Elizabeth E. Wein
Der Winterprinz

Der lieben Betty Saylor Flocken

Natur, du meine Göttin! Deiner Satzung
Gehorch' ich einzig.

König Lear, I. Akt, 2. Szene

Die Autorin:

Elizabeth E. Wein wuchs in England, Pennsylvania und Jamaica auf und studierte Volkskunde. Ihre Jugend verbrachte sie ganz in der Nähe der Schauplätze ihres ersten Romans ›Der Winterprinz‹.

Elizabeth E. Wein

Der Winterprinz

Aus dem Englischen von Barbara Brumm
Mit Vignetten von Henriette Sauvant

Deutscher Taschenbuch Verlag

Titel der amerikanischen Originalausgabe:
›The Winter Prince‹, 1993 erschienen bei Atheneum Books
For Children, an Imprint of Macmillan
Publishing Company (USA)

Ungekürzte Ausgabe
In neuer Rechtschreibung, Stand 1996
November 1998
Deutscher Taschenbuch Verlag GmbH & Co. KG, München

ISBN 3-7725-1492-8
Umschlagbild und Umschlagtypographie:
Henriette Sauvant
Gesetzt aus der Walbaum 11/13˙
Gesamtherstellung: Kösel, Kempten
Printed in Germany · ISBN 3-423-70518-3

Prolog

Er saß auf dem Boden vor dem Kamin, die Knie bis ans Kinn gezogen, mit dem Rücken zu den Flammen und beobachtete vorsichtig das Mienenspiel seines Vaters. Sein eigenes Gesicht lag im Schatten, und obwohl die Aprilnacht eigentlich zu warm war um sich so nah am Feuer aufzuhalten, rückte er nicht ab. Er wollte nicht, dass sein Vater ihm ins Gesicht sah, im Dunkeln fühlte er sich sicher.

Er war ein sonderbares, erwachsenes Kind, dünn und doch anmutig in seinen Bewegungen, mit ausdruckslosen, undurchdringlichen dunkelblauen Augen und Haaren, so bleich, dass sie manchmal weiß schienen. Sein Äußeres versunsicherte manche Menschen, was ihm zuweilen eine unheimliche Kraft verlieh, im Moment jedoch nicht. Er musste jedes Wort genau abwägen, bevor er all seinen Mut zusammennahm um ruhig zu fragen: »Werde ich nun, da deine Frau eigene Kinder hat, zu meiner Mutter zurückkehren?« Seine Stimme war sanft, leise und wohlklingend und auch sie wirkte irgendwie beunruhigend. Er wusste, dass sein Vater diese Frage von ihm erwartet hatte.

»Möchtest du denn gehen?«, fragte ihn der Vater und beugte sich in seinem Stuhl etwas vor um das Gesicht seines Sohnes deutlicher sehen zu können.

Der Junge zuckte leicht zusammen. Er dachte, nein, ich bin dir jetzt schon zu ähnlich, sie wird mich nicht zurückhaben wollen.

»Als du zum ersten Mal hierher kamst, trafen deine Mutter und ich die Entscheidung. Damals warst du aber noch ein Kind, jetzt bist du alt genug um selbst zu entscheiden.«

Der Sohn fragte vorsichtig nach: »Was möchtest du denn?«

»Ich hätte gern, dass du bliebst«, antwortete der Vater.

»Damit du mich im Auge behalten kannst?«

Eigentlich hatte er das nicht laut sagen wollen. Er umklammerte seine Knie und kam sich abgrundtief hässlich und gemein vor mit seinem bleichen Haar und seinen verletzenden Fragen.

»Nein, Kleiner«, sagte der Vater nachsichtig: »Ich brauche dich nicht im Auge zu behalten. Und ich habe dich nicht weniger gern, seitdem ich noch zwei Kinder habe.«

»Die ehelich geboren sind.« Das Kind beendete den Satz mit den Worten, die der Vater nicht hatte aussprechen wollen, und als es sich so reden hörte, kam es sich noch abscheulicher vor.

»Sie sind beide sehr schmächtig, selbst für Zwillinge«, sagte der Vater. »Der Junge, das zweitgeborene Kind, wird vielleicht nicht überleben. Wenn er stirbt, bleibst du als mein einziger Sohn übrig und du bist der Erstgeborene, was auch immer geschehen mag. Nur dem Namen nach giltst du weniger. An Zuverlässigkeit und Klugheit kannst du jedermann so weit überlegen sein, wie du es wagst, dich hervorzutun.«

Das Kind schwieg. Der Vater sprach ohne jeden Vorwurf und Zweifel, aber es wusste nicht, was es darauf sagen sollte. Es wäre ihm lieber gewesen, wenn es seinen Vater nicht dazu gebracht hätte, sich für die Kinder zu rechtfertigen, die er sich so lange gewünscht hatte. Die Luft, die durch das offene Fenster hereinströmte, roch kühl und feucht, hin und wieder schimmerten Sterne zwischen den windgepeitschten Wolken hoch am Himmel durch. Dem Jungen war zu heiß und er hätte sich gern aus dem Fenster hinausgelehnt in die laue Frühlingsnacht. Doch die Gedanken zuckten durch seinen Kopf wie Blitze über den dunklen Himmel und er fürchtete, irgendwo anzustoßen, wenn er sich bewegte. Reglos harrte er aus. »Mein Vater, ich möchte nicht, dass deine Kinder sterben«, sagte er, unsicher, ob er das auch meine, aber dessen gewiss, dass sein Vater es von ihm hören wollte. »Du brauchst dich bei mir nicht für sie zu entschuldigen. Sie hatten mehr Recht, auf die Welt zu kommen, als ich.«

»Jeder, der auf die Welt kommt, hat das Recht zu leben«, sagte der Vater. »Aber deinetwegen tut es mir

Leid. Wir alle haben dir gesagt, sie werde nie Kinder haben. Auch sie selbst dachte das.«

»Und jetzt hat sie gleich zwei«, sagte der Junge und fragte sich, wie ihr wohl zu Mute war. Im Lauf der Zeit hatte er die eigensinnige, praktisch veranlagte und zum Lachen aufgelegte Frau seines Vaters lieb gewonnen. Sie redete offen und ehrlich, meinte, was sie sagte, aber auch nicht mehr als das, so ganz anders als seine eigene Mutter, die mit ihrer Spitzfindigkeit und Rätselhaftigkeit ihre ganze Umgebung verunsicherte.

Der Vater rief ihn sanft beim Namen und sagte: »Du darfst nicht böse sein auf sie.«

»Ich bin es nicht«, sagte das Kind und dachte bei sich, sie ist keine Bedrohung für mich, es ist der zweite Zwilling, der kleine Junge, der vielleicht nicht kräftig genug ist um zu überleben. Doch du, mein Vater, bist genauso schuld daran, dass es ihn gibt, wie sie.

Er war betrübt und niedergeschlagen. Er wollte nicht in seines Vaters Haus bleiben, wo er nur als Mitglied der väterlichen Familie dazugehörte, und auch das nicht wirklich. Bei aller inneren Erregung merkte er plötzlich, dass er müde war.

Noch einmal sprach der Vater. »Mein Kind, viel Zeit wird vergehen, bevor die beiden Kleinen dir bedrohlich werden. Sie können nicht laufen, sie können nicht sprechen, sie können nicht denken.«

»Noch nicht«, erwiderte das Kind.

Der Vater stand plötzlich auf, legte dem Sohn sanft seine schweren Hände auf die Schultern und zwang ihn damit, ins Licht zu schauen. »Wenn du älter bist, werde ich dafür sorgen, dass du die Gelegenheit erhältst, dich zu bewähren«, sagte er dem Kind. »Warte noch acht oder zehn Jahre, dann kannst du tun, was du möchtest, in meine Dienste treten, reisen, zu deiner Mutter auf die Nördlichen Inseln zurückkehren. Oder du kommst hierher zurück, nachdem du all das getan hast. Du kannst immer zurückkommen. Warte nur, bis du erwachsen, selbstsicher und tüchtig bist, die Zwillinge sind dann noch Kinder. Du brauchst sie nicht zu beneiden und ich verlange nicht von dir, dass du sie liebst. Ich bitte dich nur zu warten, bis sie groß sind, bevor du dich entschließt sie zu hassen.«

Das Gesicht des Kindes verriet keine Regung, mit ausdruckslosem Blick sah es ihn an. Hinter den leeren Augen und den weißen Wimpern dachte es ganz benommen, das ist wahr, sie sind noch zu klein um sie zu beneiden oder zu fürchten. Seine Gefühle waren bisher noch nie so stark gewesen, dass er etwas gehasst oder geliebt hätte.

Und doch – wenn er an den kleinen Jungen dachte, das jüngste und wichtigste Kind seines Vaters, überkam ihn ein seltsames, unendlich fremdes, unerkennbares Gefühl. Er wusste nicht, war es Hass oder Liebe oder Hassliebe oder etwas ganz anderes. Es stimmte, der Junge war gerade erst drei Wochen alt und schmächtiger als alle Menschenkinder, die er jemals gesehen hatte. Aber dieses Gesichtchen hatte Augen, so dunkel und strahlend, dass sie ihn erschreckten. Er spürte, dass er noch nie etwas Schöneres gesehen hatte als die Augen seines kleinen Halbbruders, vermochte aber nicht zu sagen, ob ihre Schönheit etwas Abstoßendes oder Anziehendes, Entsetzliches oder Wundervolles war.

Als er darüber nachdachte, hatte er zu seinem Erstaunen – nur einen Augenblick lang, doch klar und lebhaft – eine Szene vor Augen, in der sein kleiner Bruder plötzlich mit seiner winzigen Hand in blindem Vertrauen nach einem seiner Finger gegriffen hatte. Er schaute zu seinem Vater auf und sagte leise: »Ich werde versuchen sie zu lieben. Du hast gesehen, wie ich die Hand deines Sohnes nahm.«

»Sei genau, mein junger Schütze«, sagte der Vater. »Er nahm die deine.«

Der gute Schütze

Als ich die Inseln verließ, hatte ich die vage Vorstellung, mit der Schnelligkeit und dem untrüglichen Gespür eines Hirschs vor dir zu fliehen, geradewegs auf das Gut meines Vaters in Camlan. Am Morgen meiner Abreise war ich mir dessen sicher, Patin, dass ich nach Camlan zurückkehren konnte als kehrte ich heim. Das war für mich über jeden Zweifel, den du mir hättest einreden können, erhaben, obwohl seit der Geburt der Zwillinge vierzehn, seit ich Camlan verlassen hatte, sechs, und seit ich zu dir gekommen war, zwei Jahre vergangen waren. Als mein Vater mich sechs Jahre zuvor gebeten hatte in die Bretagne zu ziehen, hatte er gedacht, ich würde in ein paar Monaten zurück sein, und als ich danach in Afrika und im byzantinischen Reich herumreiste, schrieb er in jedem seiner Briefe, er erwarte mich bald. Er war nicht glücklich über meine Entscheidung, die nächsten beiden Sommer bei dir zu bleiben, bei dir, seiner Schwester und Feindin, die so trügerisch und verworfen ist wie die Decke im Schacht eines Bergwerks.

An dem Morgen, als ich dich verließ, strebte ich so verzweifelt danach, fortzukommen und frei zu sein, dass mir die Windrichtung Wegweiser genug schien. Der erste Fischer, den ich ansprach, fuhr noch am selben Tag zum Festland und ich hatte bereits alles bei mir, was ich mitnehmen wollte, mein Jagdmesser, die drei Bögen, die ich in jenem Sommer angefertigt hatte, und einen Ranzen mit den wertvollen und empfindlichen medizinischen Geräten aus dem Orient, die ich im Jahr zuvor von Seefahrern erworben hatte. Alle übrigen Besitztümer, die mir etwas bedeuteten, hatte ich entweder vor sechs Jahren in Camlan zurückgelassen oder gleich nach dem Kauf dorthin geschickt. Nichts hielt mich mehr auf den Inseln, nichts außer der Liebe zu dir oder der Furcht vor dir. Und keinem dieser beiden Gefühle wollte ich mich ergeben.

Nach dem langen, von Schmerz und Krankheit erfüllten Sommer ließ sich die Reise so glatt und zügig an, dass mir mein überstürzter Aufbruch und die späte Jahreszeit fast unwirklich erschienen. Der Wind war günstig; geschwind fuhren wir an den öden Klippen von Hoy vorbei und es war an dem Tag klar genug um in der Ferne Kap Wrath zu sehen. Ich bin noch nie so schnell zum Festland gesegelt. Ich fühlte Gottes Segen auf mir ruhen: Welch ein Glück, so rasch und unbemerkt fortzukommen. Als ich das Festland betrat, fiel mir auf, dass meine Beine noch immer nicht ihre volle Kraft wiedererlangt hatten. Dabei lagen Hunderte Meilen menschenleeren Hochmoors vor mir und der Wintereinbruch stand bevor. Aber ich wollte nicht zurück.

Das war im Oktober. Erst geraume Zeit nach Neujahr kam ich in Deva an, der Hafenstadt, die am nächsten bei Camlan liegt. An jenem Tag schneite es heftig. Nicht einmal auf meinem Weg über das kaledonische Hochland hatte ich Schnee gesehen, aber jetzt, wo es ununterbrochen kalt war, fiel gewaltig viel Schnee. Ich blieb mehrere Tage in Deva, nur um mir anzusehen, wie der Hafen ganz zufror und die Schiffe einschloss in der Stadt meines Vaters, des Großkönigs Artus. Deva ist eine schöne Stadt, die römischen Geist atmet. Der Hafen ist jetzt kleiner als einst, weil der Fluss verschlammt. Aber die Straßen sind gepflastert, und die Ruine eines Theaters dient als Marktplatz. Es gibt dort sogar ein römisches Bad, wo das Hypokaustum noch zum Heizen benutzt wird. Artus hatte da wahrscheinlich seine Hand im Spiel, Gofan, der Meisterschmied in Camlan, nennt ihn nicht umsonst »unseren Ingenieurkönig«. Während ich in Deva war, kam Artus selbst in die Stadt um den Hafen zu inspizieren und sich zu vergewissern, dass die alten Stadtmauern dem Eis zu trotzen vermögen. Zum ersten Mal nach sechs Jahren sah ich meinen Vater wieder. Nach all den Monaten, die ich allein im eiskalten Regen durch schwarzen Torfmorast gestapft war, schienen mir die klare, trockene Kälte und des Vaters schwere Hand auf meiner Schulter berauschender als Wein, die verschneiten Straßen gesegneter als die dicht nebeneinander liegenden, windgepeitschten Zellen von Iona.

Von Deva nach Camlan sind es etwa sechzig Meilen und Artus schickte mich voraus. Ich ging als sein Abgesandter und als sein Sohn, ich ging, weil er guten Gewissens niemand anderen in dieses Wetter hinausschicken konnte und weil ich gehen wollte. Er arbeitete eine Reiseroute für mich aus und sorgte dafür, dass ich etwas zu essen bekam und jede Nacht ein Bett hatte. So verliefen die letzten Tage meiner langen Reise verhältnismäßig angenehm für mich. Die Landschaft war mir schmerzlich vertraut. Nach den öden Bergen Kaledoniens wirkten selbst die Hochmoore zum Osten hin durch den Schnee sanfter und die Ebene von Mercia wurde von ihnen nicht überschattet, sondern lag in sie eingebettet wie in einer Wiege, wunderschön. Die Gegend um Camlan besteht aus lauter Feldern und Wäldern und ist allerorten von den Stollen der alten römischen Salz- und Bleibergwerke durchzogen, nur in dem Dorf zwei oder drei Meilen westlich von Camlan gibt es auch Kupferminen, die Artus wieder in Betrieb genommen hat. Die Bergwerke und das Dorf existierten schon lange vor der Ankunft des Großkönigs. Als er die nahe gelegene römische Villa wieder aufbaute und sich dort auf Dauer niederließ, nannte die Dorfbevölkerung das neue Gut Camlan, was so viel bedeutet wie »Dorf des Siegers«. Die ursprüngliche Ansammlung von Bauernhöfen und Wirtschaftsgebäuden heißt jetzt einfach Elder Field, das Dorf vom »älteren Feld«. Den steil emporragenden Felsen, wo die Kupferminen sind, nennt man den Grat oberhalb von Elder Field, er beherrscht den Horizont mehr noch als die fernen hohen Gipfel. Camlan schmiegt sich sicher in die Mulde zwischen dem Grat und den Gipfeln, nur ein außergewöhnliches Unwetter könnte ihm etwas anhaben. Im Wald gibt es meistens mehr als genug Wild und die Äcker sind ertragreich. Alles war schneebedeckt, gleichförmig weiß, als ich ankam.

Die Dorfbewohner hatten einen schweren Sommer hinter sich, geradeso wie wir auf den Nördlichen Inseln, den Orkaden. Alle Menschen, denen ich unterwegs begegnete, sahen mager und erschöpft aus, verbissen, abgehärmt und hungrig. Sie litten auch unter der Kälte – die Winter sind hier nämlich gewöhnlich milder. Bei Einbruch der Dunkelheit kam ich endlich in Elder Field an und ich hätte die Nacht bei Gofan in der Schmiede verbringen können, doch inzwischen war mir die Straße so vertraut, dass ich ihr mit geschlossenen Augen hätte folgen können, und mich befiel heftiges, kindliches Heimweh nach Camlan. Ich konnte unmöglich den nächsten Morgen abwarten um die letzten paar Meilen zurückzulegen. Ich aß mit Gofan und Markus, seinem neuen Lehrling, zu Abend, und sie liehen mir eine Laterne, die mir im Finstern den Weg zum Gut des Großkönigs weisen sollte.

Die alte römische Villa in Camlan war trostlos – kalt und verfallen. Die Nachtklänge ihrer einstigen Pracht ließen sie nur noch trauriger erscheinen. In den Ritzen des Fliesenbodens hatten sich während des trockenen Sommers Staub und Pollen abgelagert, Getreide verschimmelte in den Ecken des Atriums in der Mitte des

Hauses. Bei der vor einem drohenden Sturm überstürzt eingebrachten Ernte hatte man es als Notlagerraum benutzt. Ein Teil des Hypokaustums war eingestürzt, jemand hatte versucht das zugige Loch im Boden des Atriums mit Trümmern alten Mauerwerks zu stopfen, die von der ersten Restaurierung der Villa übrig geblieben waren. Die alten, hierzulande außergewöhnlichen Bleiglasfenster waren noch in tadellosem Zustand, aber seit Monaten nicht mehr geputzt worden. Selbst die Kohlenbecken gaben nur wenig Wärme ab. In der Großen Halle mit dem prasselnden Feuer und den vielen Menschen war es wärmer, doch fand ich sie nach den Monaten einsamen Stillschweigens auf dem flachen Land beinahe unerträglich überfüllt und stickig. Ich fühlte mich in der Villa, so verfallen sie auch war, zu Hause, ich kannte die Flure, wo jede Lampenkonsole genau hinpasst, die kleinen Unregelmäßigkeiten im gekachelten Rand des Mosaiks im Atrium und die starr blickenden gläsernen Augen der christlichen Porträts, die dort hingen.

Kein echtes Willkommen erwartete mich. Natürlich rechnete niemand mit meiner Ankunft und die Hausbewohner, die noch wach waren, hatten alle Hände voll zu tun. Es schien nicht der richtige Augenblick, um zu fragen, ob ich noch mein altes Zimmer beziehen könnte. Als die Gemahlin meines Vaters mich in Eile empfing, sagte ich ihr, ich würde in der Großen Halle bleiben, wo die meisten Bewohner schliefen. Ginevra war damit einverstanden, sie entschuldigte sich, man habe mein Zimmer als Lagerraum verwendet, es müsse aufgeräumt werden, bevor ich es wieder beziehen könne. »Du hast es in der Halle gemütlicher«, fügte sie hinzu. »Dort ist es wärmer. Artus ist der einzige Mensch im Haus, der weiß, wie die Fußbodenheizung funktioniert, sie kann erst repariert werden, wenn er zurückkommt. Außerdem« – sie hielt inne und musste sich sichtlich zusammennehmen um nicht ins Stocken zu geraten – »außerdem glaube ich, dass Lleu im Sterben liegt. Er ist schon den ganzen Winter über krank gewesen und heute kann er kaum noch atmen. Unter anderen Umständen hätten wir dich herzlicher willkommen geheißen, Medraut.«

Lleu, der Strahlende, das jüngste Kind des Großkönigs, sein Thronerbe und mein Halbbruder. Ich hatte vergessen, wie kränklich er war. Seine Schwester Goewin war immer gesund gewesen und hatte sich höchst fürsorglich um ihren kleinen Zwillingsbruder bemüht. Sie waren acht Jahre alt gewesen, als ich fortging. Vor mehr als drei Jahren, bevor ich auf die Orkaden kam, hatte Lleu aufgehört mir zu schreiben. Er musste nun beinahe fünfzehn sein, fast schon erwachsen. War er immer noch so gebrechlich, von Asthma geplagt, so anfällig, dass er beim leisesten kalten Wind oder an einem feuchten Tag von Schüttelfrost gepackt wurde? Und Artus rechnete mit ihm als seinem Nachfolger.

»Ist Aquila immer noch euer Arzt?«, fragte ich.

»Ja, aber die letzten drei Tage hat er kaum geschlafen«, beantwortete Ginevra meine Frage noch immer ohne zu stocken.

Ich sagte vorsichtig: »Vielleicht kann ich ihm helfen.«

»Wir haben alle mitgeholfen«, erwiderte sie.

»Ich meine als Arzt«, sagte ich.

»Wirklich?« Sie war überrascht, vielleicht sogar erfreut.

»Nun, in den sechs Jahren, die du fort warst, musst du ja auch etwas gelernt haben! Du kommst mir vernünftiger vor als damals. Du siehst noch genauso aus, aber an deiner schweigsamen Art scheint jetzt mehr dran zu sein als früher.«

Ginevra hat ein kindlich-weiches, offenes Gesicht und ist zu klein und stämmig um schön genannt zu werden. Aber sie ist eine gute Kartographin, spricht drei britische Dialekte, kennt die meisten Dorfbewohner mit Namen und führt den Haushalt mit unangefochtener Autorität. Ihr rasches Urteil über mich schüchterte mich plötzlich und unerwartet ein, wenn auch nur für einen Augenblick. Sie hatte das sicher nicht bemerkt. Ich werde nämlich weder rot noch bleich, wenn ich mich unwohl fühle. Ich blickte kurz zu Boden, auf die Sprünge in den Fliesen zwischen unser beiden Füßen, und fragte, ob ich Lleu sehen dürfe.

Die Gänge waren unbeleuchtet, denn Ginevra konnte es sich nicht leisten die Lampen in den Sälen brennen zu lassen. Seit Lleu krank war, schlief er im Vorzimmer der Gemächer seiner Mutter, denn dies waren die einzigen ständig geheizten Räume im Haus. Als wir hereinkamen, schien er zu schlafen oder bewusstlos zu sein, er rang nach Atem und hatte die Augen fest geschlossen. Als ich mich neben ihn auf das Feldbett setzte und seinen Namen sagte, versuchte er zu antworten, konnte aber nur nach Luft schnappen und röcheln, elend gefangen in seinem lächerlich gebrechlichen Körper lag er da. Dennoch war ich einen Augenblick lang erstaunt über seine Schönheit. Ich fand sie genauso überwältigend wie damals, als ich ihn zum ersten Mal gesehen hatte, als er noch ein Säugling gewesen war. Ich glaube, es ist die einzige Eigenschaft an ihm, um die ich ihn immer beneidet habe und beneiden werde. Er ist graziös und zierlich gebaut wie ein Akrobat oder eine Katze, hat schwarzes Haar und glänzende, dunkle Augen. Aber nun waren die Augen geschlossen, die helle Haut wirkte trocken und fühlte sich sehr heiß an, er erkannte mich nicht.

Er erkannte nicht einmal seine Mutter. Sie versuchte ihn zu trösten, während ich seine Stirn befühlte um festzustellen, wie hoch das Fieber war. Als ich ihm jedoch die Hände an den Hals legte um die geschwollenen Drüsen abzutasten, schlug er wild um sich und versuchte mich davon abzuhalten. »Du willst mich erwürgen«, gelang es ihm mühsam unter Husten zu flüstern. Bestürzt sah ich Ginevra an.

»Sei sanft mit ihm, Medraut«, ermahnte sie mich müde. »Er fürchtet sich vor allem und jedem.«

Ich beugte mich hinunter und sagte ihm in bestimmtem Ton ins Ohr: »Du kleiner Idiot, ich versuche doch nur dir zu helfen.« Ich nahm seine Hände vom Hals weg – eine ganz gewöhnliche Geste – und richtete ihn auf, bis er aufrecht saß und an meiner

Schulter hustete und schluchzte. Mit einer Hand rieb ich ihm fest den Rücken, mit der anderen strich ich ihm über das feuchte Haar. Allmählich klang der Husten ab und er konnte ein wenig atmen. Wimmernd und erschöpft fiel er an meine Seite. »Halte ihn im Sitzen«, murmelte ich Ginevra zu. »Ich kann ihm einen Trank machen, der den Husten lindert. Wo gibt es Wasser?«

»Im Nebenzimmer«, lautete ihre Antwort. »Du kannst alles nehmen, es gibt dort Kräuter und auch Honig.«

Ich fand alles, was ich brauchte. Das Zimmer war ein Ankleideraum, den man für den Kranken speziell eingerichtet hatte; Aquila bewahrte dort offenbar beinahe all seine Arzneien und Geräte auf. Dass alles so plötzlich geschah, wirkte auf mich wie eine Droge. Ich war im Stande, mich sicher zu bewegen, klar zu denken, und wusste genau, was ich für Lleu tun konnte. Ich dachte nicht mehr an die Winterreise, an das Elend der letzten Monate mit dir und ebenso wenig daran, dass noch gar nicht gewiss war, ob ich im Haus meines Vaters willkommen sei. Ich war mir meiner Kenntnisse vollkommen sicher und spürte die Heilkraft in meinen Händen. Mit dem Trank, den ich gebraut hatte, ging ich zu Lleu zurück und stützte ihn, während Ginevra ihn überredete zu schlucken. Er wehrte sich noch immer, diesmal weigerte er sich weiterzutrinken, als er durch den Honig hindurch den scharfen und bitteren Geschmack bemerkte – trotz seines Deliriums war er erstaunlich wachsam.

»Zwing mich nicht in den Schlaf«, bat er verzweifelt,

leise und eindringlich.»Ich möchte atmen, nicht schlafen.«

»Das wird deinen Husten lindern, Kleiner«, antwortete ich. »Es macht dich nicht schläfrig.«

»Wer bist du?«, fragte Lleu plötzlich. »Bleib hier.« Er bekam wieder keine Luft und klammerte sich an mich.

»Ich rufe jemanden, der Nachtwache bei ihm hält«, sagte Ginevra.

»Ich bleibe. Es macht mir nichts aus.«

Daraufhin ließ sie uns allein. Ich legte Lleu behutsam auf die Kissen zurück und setzte mich auf den Boden neben das Feldbett um auf den Morgen zu warten.

Manchmal schlief Lleu, manchmal half ich ihm trinken oder hielt ihn aufrecht, bis er zu husten aufhörte, oder zog die Decken wieder heran, wenn er sie von sich warf. Ein Diener brachte mir eine Decke und spät in der Nacht, als Lleu gleichmäßiger atmete, konnte ich ein wenig dösen. Aber die meiste Zeit saß ich da und wachte, bis das graue Licht der Morgendämmerung allmählich durch die mit Tüchern verhängten Fenster drang und ich hörte, dass andere Hausbewohner aufstanden. Da konnte ich mich nicht mehr wach halten und schlief im Sitzen am Boden neben dem Bett ein, an die Matratze gelehnt, das Gesicht im einen Arm vergraben und den anderen um Lleus Taille geschlungen, damit ich merken würde, wenn er sich regte.

Kurze Zeit später weckte mich jemand und half mir aufstehen, dunkel nahm ich wahr, wie ich durch die Gänge zu meinem Zimmer geführt wurde. Ich war verwirrt und benommen, schon lange hatte ich mich nicht mehr bis zur Erschöpfung verausgabt. Das Mädchen, das mich begleitete, erklärte mir, mein Zimmer sei in Ordnung gebracht worden, während ich bei Lleu war, und ich könne in der Villa kommen und gehen, wie ich wolle. Sie war dunkelhaarig, groß und langgliedrig und hatte ein herbes Gesicht, dem jedoch ein humorvoller Zug etwas von seiner Strenge nahm. Sie schien mich zu kennen, und als wir bei der Tür zu meinem Zimmer angelangt waren, fragte ich sie nach ihrem Namen. Zuerst sah sie mich erstaunt an, dann lachte sie. Da erkannte ich sie, und wir lächelten beide, zum Lachen war ich zu müde. Sie sieht Artus ähnlicher als Lleu oder ich. »Prinzessin Goewin. Du musst mich für sehr töricht halten.«

»Nein, nein«, sagte sie. »Du bist noch im Halbschlaf und ich habe mich verändert, seit ich acht Jahre alt war. Ich habe dich an deinem bleichen Haar erkannt.« Sie öffnete die Tür um mich hineinzuführen und versuchte ein Gespräch anzufangen. »Du hast Lleu das Leben gerettet, nicht wahr? Ich habe darauf bestanden, dass man dein Fenster öffnet, es ist also meine Schuld, wenn es hier drinnen zu kalt ist. Ich kann mich daran erinnern, dass du fast immer das Fenster offen hattest, und es musste dringend gelüftet werden.« Statt Glasscheiben hatte mein Fenster Läden aus Holz und ich war gewöhnt sie offen zu lassen, damit Licht hereinkam, die Kälte machte mir nichts aus. Ich fand es rührend, dass Goewin daran gedacht hatte. Ich ging zum Fenster und lehnte mich hinaus: Das Penninische Gebirge glänzte hell und klar in der Ferne und in der nächsten Umgebung standen schwarze Bäume und steinerne Mauern, weiß getüncht. »Du willst nicht wieder dort hinaus?«, fragte Goewin an meine Schulter gelehnt, das helle Licht blendete sie, sie kniff die Augen zusammen.

Diesmal lachte ich wirklich. »Nein, ich gehe schlafen. Ruf mich, falls es Lleu schlechter geht.«

Ich kümmerte mich beinahe den ganzen Winter um Lleu. Ich war nicht so geübt wie Aquila, aber meine Kenntnisse über Heilkräuter und Arzneien übertrafen die seinen bei weitem. Dafür muss ich dir ehrlich danken, Aquila, du handeltest aus langjähriger Erfahrung mit Ruhe und Bestimmtheit und erkanntest mich als Kollegen und Assistenten an. Niemand sprach offen von meinem Geschick. Manch einer fürchtete es. War es nicht wahnwitzig, das Leben des jungen Prinzen dem unehelichen Sohn des Großkönigs anzuvertrauen, der vermutlich tausend Möglichkeiten kannte, ihn zu vergiften? Doch drehte sich mein ganzes Leben in jenem Winter um Lleu.

Er hatte kaum Kraft genug aufzustehen und konnte nur Suppe und schwachen Wein zu sich nehmen. Sonst bestand sein Leben nur aus ständigem Ringen nach Atem oder unruhigem Schlaf, manchmal starrte er in die Glut der Kohlenbecken und lauschte den Schritten der Hausbewohner auf dem gefliesten Flur. Wir zwangen ihn zu essen, achteten darauf, dass er es so warm wie möglich hatte, und ließen ihn nach Pfefferminze und Senf duftenden Dampf inhalieren, damit er leichter atmen konnte. Er kämpfte immerzu gegen seine Krankheit an, als gelte es, sich eines leibhaftigen Wesens zu erwehren. Viele Stunden kämpfte ich mit ihm. Seine unbewusste Angst, von irgend jemandem, der ihn berührte, verletzt zu werden, reizte mich. Was Lleu betraf, war es eine grundlose Angst, und doch gibt es kein Gefühl, das ich besser hätte nachempfinden können. Als ich im Sommer zuvor so schwer verletzt darniedergelegen hatte, lebte ich in ständiger Furcht vor dem Einschlafen, nur vor deinen Besuchen fürchtete ich mich noch mehr, vor deiner Berührung, deinen langen Fingern, wenn du die Knochenbrüche untersuchtest oder den Verband fester zogst. Aber ich hatte allen Grund, dich zu fürchten, während Lleu keinen Grund hatte, irgendjemanden zu fürchten.

Ich kannte dieses Spiel mit der Angst so gut, dass ich mich selbst vorsehen und hüten musste, ihn absichtlich zu erschrecken. Warum ist die Versuchung, einen hilflosen Menschen zu quälen, nur so groß? Lleu hatte einen tiefen Widerwillen dagegen, Schlafmittel verabreicht zu bekommen und ich hielt ihn immer in Unkenntnis darüber, ob die Arzneien, die ich ihm gab, schlaffördernd wirkten oder nicht. Seine panische Angst davor, das Bewusstsein zu verlieren, war so echt, dass er häufig entschlossen gegen ein Nichts, gegen sein eigenes Hirngespinst ankämpfte um wach zu bleiben. Ich spielte mit seiner Angst, wenn ich auch nichts unternahm um ihm wehzutun, jedenfalls nichts, was man hätte bemerken können. Nachts, wenn ich schluchzend oder mit einem Aufschrei gegen dich erwachte, gelobte ich mir ihn nicht wieder zu erschrecken. Aber Lleu hatte eine jähe, herrische Art, Fragen zu stellen. Es klang wie ein Befehl, wenn er fragte: »Hast du deine richtige Mutter je gesehen?« oder »Erzähl mir, wie du dir die Hand verletzt hast!« Und ich brachte es nicht über mich, solch eine unbedachte Grausamkeit ungestraft durchgehen zu lassen. Ich machte dann eine beiläufige Bemerkung, sein Fieber sei gestiegen, oder sprach über furchtbare Behandlungsweisen von Krankheiten, die er nicht hatte, und weidete mich daran, wenn die Farbe aus seinem schmalen, bezaubernden Gesicht wich.

O Patin, einmal fragte er, ob ich je eine Geliebte hatte. Was sollte ich darauf nur antworten?

Einmal stellte er eine Frage, auf die ich ihm wenigstens eine ehrliche Antwort geben konnte, auch wenn ich nicht gern davon sprach. Er wollte wissen, ob ich je einen Menschen getötet habe, und ich antwortete ihm: »Sieben.«

Empört fragte er zurück: »Du hast auch noch mitgezählt?«

Es ist und bleibt mir ein Rätsel, wie es ihm gelingt, unabsichtlich solch niederschmetterende Schläge auszuteilen.

Ich bemühte mich gelassen zu antworten. Er sollte nie merken, ob er mich erschüttert hatte oder nicht. »Ich bin nicht so herzlos oder unachtsam, dass ich bereits den Überblick verloren hätte.«

Betroffen sagte er rasch: »Tut mir Leid. Macht es

dir etwas aus, mir davon zu erzählen? Ich kann kein Urteil über dich fällen. Ich habe noch nie getötet.« Ich war mir nicht sicher, ob er neidisch oder entsetzt war.

»Ich werde es dir erzählen«, sagte ich, »und dann kannst du, wenn du möchtest, ein Urteil über mich fällen.« Er betrachtete mich mit seinen vorwurfsvoll glänzenden Augen, dabei saß er elegant aufrecht an seine Kissen gelehnt, seine schmalen, blassen Hände lagen ruhig auf dem Fell einer der schlanken und majestätischen Katzen, die ich ihm aus Afrika geschickt hatte. Ich überlegte, wie er mich mit seinen dunklen, vorwurfsvollen Augen wohl sehen musste: stärker und älter als er, hinkend und gefährlich, Heiler und Mörder zugleich. »Der König, unser Vater, sandte mich vor sechs Jahren in die Bretagne um mit einem gallischen Stamm fertig zu werden, der sich gerade gegen ihn erhob. Dort gab es eine kleine Auseinandersetzung, bevor die Sache erledigt war, und dabei tötete ich zwei Stammesangehörige.« Ich hielt inne, dachte nach und fuhr dann fort: »Zwei weitere Männer tötete ich, als ich mithalf ein Fischerdorf gegen sächsische Piraten zu verteidigen, in einem verzweifelten Kampf aus reiner Notwehr. Gleichfalls in Notwehr tötete ich einen Mann, der mich auf einem verlassenen Stück Landstraße angriff. Das war ein sonderbarer, hässlicher Vorfall.«

»Und der sechste?«, fragte Lleu sofort weiter.

»War einer der Männer aus dem Fischerdorf.« Es fällt mir schwer, darüber zu sprechen. »Er wurde bei dem Angriff schwer verwundet und bat mich sein Leben schmerzlos zu beenden.«

Da kam bei Lleu plötzlich ein Anflug von Mitgefühl auf: »Dazu brauchte es, glaube ich, mehr Mut als bei den anderen. Man kann nicht umhin, in Notwehr zu handeln, aber den Tod eines Menschen zu planen und darüber nachzudenken, muss schrecklich sein, selbst wenn es ein Gnadentod ist.«

»Ja«, sagte ich um die Sache zu beenden, mit gelassener Stimme. »Der siebte war eine Hinrichtung, die zu vollziehen ich gebeten wurde.«

Der ohnehin schon blasse Lleu wurde kreidebleich, nicht aus Angst, sondern weil er beinahe jede Gefühlsregung so zum Ausdruck brachte. Wenn er mich untadelig und überlegen danach gefragt hätte, wie ich so etwas tun konnte, hätte ich ihn den Nachmittag allein verbringen lassen. Aber er fragte: »Wer hat dich darum gebeten?«

»Die Königin der Orkaden.«

»Tante Morgause? Deine Pflegemutter?« Bei aller deutlichen Missbilligung war er keineswegs überrascht, Artus hatte seine Kinder nicht gelehrt Sanftmütigkeit von dir zu erwarten. Lleu sah mich fragend an und sagte schließlich: »Aber Medraut, du wolltest es doch nicht tun.«

Einen Augenblick war ich verdutzt und dachte, er habe mir das am Gesicht abgelesen. Dann fügte er jedoch weniger selbstsicher hinzu: »Nicht wahr?« Es war nur eine Frage gewesen, er hatte mich nicht durchschaut.

»Nein«, antwortete ich ehrlich. »Es war ein Mann, den ich gemocht und dem ich vertraut hatte. Seine Schuld stand zweifelsfrei fest, aber ich wollte nicht sein Henker sein.«

»Warum hast du es dann doch getan?«

»Am Ende weil er mich selbst darum bat.« Gott, bin ich denn so kaltblütig? Dass ich von so etwas einfach sprechen kann ohne im Geringsten zu verraten, was ich damals empfand, macht mich frösteln. Ich saß ruhig da, sah Lleu ins Gesicht und forderte ihn dazu heraus, mir weitere Fragen zu stellen. Er sagte plötzlich: »Dein Name bedeutet ›Schütze‹.«

»Ja, der Flinke, der Geschickte.«

Plötzlich grinste Lleu ein wenig, böse und provokant. »Bist du's auch?«

Von einer Mischung aus Stolz und Selbstverachtung getrieben, antwortete ich: »Ich werde es dir zeigen.« Ich ging in das kleine Ankleidezimmer nebenan, wo ich eine Fadenspule und einen leichten, scharfkantigen Knochensplitter fand. Dann kehrte ich zurück und setzte mich neben Lleus Bett. Mit dem Faden und einem schmalen Holzspan aus dem Kohlenbecken spannte ich eine Art Bogen, der kaum länger war als mein Unterarm. Der Knochensplitter diente als Pfeil. Ich hatte das häufig gemacht um meine Hand zu üben, als ich gelangweilt und unter Schmerzen an den langen, heißen Tagen des vorangegangenen Sommers darniederlag, bevor ich wieder gehen konnte. Für mich war es eine Ablenkung von Krankheit und Angst gewesen, das war es jetzt auch für Lleu.

»Such dir ein Ziel aus«, sagte ich.

Lleu blickte umher und schlug höflich vor: »Das grüne Kissen auf dem Hocker.«

»Das könntest sogar du treffen«, sagte ich. Er hörte den leisen Spott in meiner Stimme, verschränkte empört die Arme und forderte mich heraus: »Das Auge des mittleren Fuchses auf dem Wandteppich über der Tür.«

Dieses Ziel war so klein und scharf umrissen, daß er erwartete, ich würde entweder lachen und ihn um ein vernünftiges Ziel bitten oder aber das Ziel knapp verfehlen und mir danach sein herablassendes Lob anhören müssen. Ich war zu stolz für beides. Ich treffe immer.

»Mach schon«, sagte Lleu gespannt.

»Sieh genau hin«, sagte ich. »Ein so kleiner Bogen wie dieser hat kaum Spannkraft, wahrscheinlich wird der Knochensplitter vom Stoff abprallen, wenn er trifft.« Lleus Blick wanderte unschlüssig von den steifen, mit Narben übersäten Fingern meiner linken Hand zu dem Ziel, das er ausgesucht hatte. Aber was zählt schon meine Hand gegen den Namen, den ich trage, gegen das Bild, das sich die anderen von mir machen? Ich spannte die beinahe unsichtbar dünne Bogensehne und schoss – der scharfkantige, kleine Knochensplitter traf haargenau durch den winzig kleinen, gestickten schwarzen Knoten und nagelte den Stoff über der Tür fest.

»Oh, gut gemacht!«, rief Lleu aus. Er setzte sich auf, bleich und begeistert; die erschreckte Katze stolzierte beleidigt von dannen. Lleu starrte angestrengt auf die Tür, dann zitterte er, drehte sich zu mir und starrte mich an. »Ich muss dir restlos vertrauen, nicht wahr?«

Warum sagte er das? Wodurch war ihm das klar geworden? Ich zuckte mit den Achseln, als gäbe ich nichts darauf oder als hätte ich nicht verstanden, was er meinte. Doch überspielte ich damit nur, dass er Recht hatte.

Frühjahrsstürme

Ich träumte von dir, Patin. Auf der Reise hatte ich einen tiefen und gesunden Schlaf, sobald ich jedoch wieder in Camlan war, wurde ich häufig von beunruhigenden Träumen heimgesucht, immer von dir und immer abscheulich. Es waren die letzten Narben, die von dir zurückgeblieben sind. Ich versuchte sie nicht zu beachten und sie zu vergessen wie die Spuren auf meinem Körper; wie jene konnte ich sie aber nicht immer verbergen. Eines Nachts, als Lleu mit seinem panikartigen Ringen nach Atem das ganze Haus in Schrecken versetzte, wurde Goewin geschickt mich zu wecken. Ich habe keine Ahnung, was ich ihr in jener ersten Nacht verraten habe, denn als ich aufwachte, konnte ich mich nicht mehr an den Traum erinnern. Goewin wollte nicht wiederholen, was sie mich sagen gehört hatte, nicht einmal mir gegenüber. Aber nach jener Nacht holte sich mich auch dann ab, wenn man es ihr nicht aufgetragen hatte. Sie weckte mich immer vorsichtig, indem sie mir leise etwas ins

Ohr flüsterte oder mir ein helles Licht vor die Augen hielt, berührte mich aber nur selten. Manchmal verwechselte ich sie im Halbschlaf mit dir, und dann sprach sie so lange leise mit mir, bis ich aufwachte und wusste, dass sie es war. Es gab Leute, die mich für trügerisch hielten, und es wäre Wasser auf ihre Mühlen gewesen, wenn Goewin von den Schwüren und Missfallensbekundungen erzählt hätte, die ich dir gegenüber im Schlaf äußerte. Sie erzählte es aber nie jemand anderem.

Ich versuchte dich aus meinem Denken zu verbannen. Ich ließ mich von der leeren Ruhe der schneebedeckten Felder einhüllen. Ich kümmerte mich um Lleu oder ritt allein aus, manchmal besuchte ich Gofan in der Schmiede oder las oder half das Feuer unter dem Kornspeicher zu unterhalten, mit dem man das Getreide trocken hielt. Im Frühling konnte ich schon wieder gehen ohne zu hinken und meine verkrüppelte Hand tat bei Kälte oder Feuchtigkeit nicht mehr so weh. Die Träume ertrug ich, obwohl ich sie hasste, so wie ich Lleus gedankenlose Überheblichkeit ertrug und zugleich hasste.

Der Frühling kam nicht allmählich, mit unmerklichen Veränderungen in Luft und Erde, sondern mit einem Mal. Eines Morgens war der Schnee weggeschmolzen. Knapp einen Tag später kam Artus zurück. Der Winter muss für ihn genauso furchtbar gewesen sein wie für uns alle, er wusste oder ahnte, dass sein Sohn krank darniederlag, doch die Kälte und seine verantwortungsvolle Aufgabe hielten ihn in Deva fest.

Seine Rückkehr wirkte auf ganz Camlan aufheiternd und Ginevra veranstaltete zu seinen Ehren sogar ein Bankett. Wir zogen unsere feinsten Gewänder an und schmückten die dunklen Balken der Großen Halle mit Girlanden aus Stechpalmen, die, wie Goewin mir erzählte, an Weihnachten noch nie zur Dekoration der Decke verwendet worden waren. Jeder bekam sein bisschen Brot, das es zu dem »Bankett« gab, in Form von Laiben, die wie Vögel, Blumen und Fische geformt waren.

Am Abend vor dem Fest nahm Artus mich wie üblich mit in sein Studierzimmer um unter vier Augen ein ernstes Wort mit mir zu reden. In jüngeren Jahren waren die dort verbrachten Stunden ein Vorrecht und eine Ehre für mich gewesen und der Raum selbst schien mir noch immer von Autorität und verwirklichten Ambitionen zu künden. Er ist eines der kleineren und dunkleren Gemächer in der Villa, aber gemütlich und mir vertraut. Dieses Studierzimmer ist der Inbegriff von Britannien und Artus, der reine Ausdruck seines Volkes wie des Königs. In den dunklen Holzschränken stapeln sich die Quittungen über Steuereinnahmen und die Berichte über die Ernteerträge von allen Inseln sowie aus der Bretagne und in den vielen Regalen Ginevras genaue, sorgfältig gearbeitete Landkarten. Das Zeichenbrett und die Schablonen, die Lineale und Messinstrumente gehören Artus und Ginevra gemeinsam, das Tonmodell der Stadtmauer in Deva hingegen ist nur sein Eigen. Die ganze Wand hinter seinem Schreibtisch bedeckt ein leinener Wandteppich, kunstvoll bestickt mit dem Grundriss seiner geliebten Villa. Mit ihrem untrüglichen Auge für Maße hatte Ginevra ihn vor zanzig Jahren gestickt, nachdem er das weitläufige alte Haus mit so viel Sorgfalt wieder aufgebaut und den Mittelpunkt seines Königreichs nach Camlan verlegt hatte. An zahllosen Abenden saß oder stand ich hier als Kind vor meinem Vater und erzählte ihm von den aufregenden oder belanglosen Ereignissen des Tages. Hier hatte mir Artus sechs Jahre zuvor auch zum ersten Mal wirklich die Gelegenheit gegeben, mich seines Vertrauens würdig zu erweisen, als er mich in die Bretagne sandte um in seinem Namen ein strenges Kommandounternehmen durchzuführen, bei dem die Aufständischen jedoch nicht allzu hart bestraft wurden.

An diesem Abend unterhielten wir uns ausführlich über meine Reisen und über die fernen Länder, die ich gesehen, und die Menschen, die ich kennen gelernt hatte. Mit Hochachtung und Zuneigung sprach ich von Kidane, dem Kaufmann, bei dem ich geblieben war, als ich dem afrikanischen Königreich von Aksum als Gesandter diente, und von seiner Tochter Turunesch, die mir eine liebe Freundin geworden war. Einmal fragte mich Artus, ob ich über die Zeit, die ich mit dir verbracht hatte, reden wolle, aber ich teilte ihm nur mit, dass ich dir am Ende entfremdet war. In diesem Gespräch riet ich ihm deine jüngeren Kinder holen zu lassen um seine Position zu stärken. Ich wusste, es würde deinem Gemahl König Lot von den Orkaden gefallen, wenn seine Söhne am

Hof ihres Onkels, des Großkönigs, großgezogen würden und du hättest nicht die Macht, sie am Kommen zu hindern. Ich war betont kühl, als ich diesen Vorschlag machte. Artus drängte mich nicht mehr von dir zu erzählen, er verbirgt genug eigene dunkle Erinnerungen in seinem Herzen.

Dann sprach er von Lleu. Einen solchen Vertrauensbeweis hatte ich nicht erwartet. Ich merkte plötzlich, dass ich schüchtern und schweigsam wurde und mir lächerlich geschmeichelt vorkam, denn er sagte zu mir: »Du weißt doch, wie sehr ich Lleu liebe. Er ist mein jüngstes Kind und meine ganze Freude, aber kein Mensch hat je erwartet, dass er das Erwachsenenalter erreichen würde. Dieser Winter ist der schlimmste gewesen und ich glaube, er hat ihn nur dank deiner Hilfe überlebt. Ich gestehe dir offen und ehrlich, dass ich fürchtete, meine Schwester könnte dich gegen mich und die Kinder meiner Königin aufwiegeln. Deine hingebungsvolle Fürsorge für Lleu in den letzten drei Monaten hat mir eindeutig bewiesen, dass meine Angst grundlos war. Lleus Krankheit hat mir aber auch gezeigt, dass ich es mir nicht leisten kann, vor Liebe zu ihm so blind zu sein, dass ich mit ihm rechne, obwohl ich noch immer die Hoffnung hege, er werde überleben und mein Thronerbe sein.

Und so werde ich die Zukunft des Königsamtes gestalten. Solange Lleu am Leben ist, bleibt er mein erster ehelicher Sohn und mein Erbe. Sobald er sechzehn wird, werde ich ihn zum Prinzen von Britannien ernennen lassen. Bei seinem Volk ist er beliebt, aber so wie man ein Kind liebt, wie man ein seltenes Schmuckstück hütet, als ein Symbol – der Strahlende, der Namensvetter des Herrn der Sonne. Er ist körperlich schwach, er ist so weichherzig, dass er nicht einmal auf die Jagd gehen möchte, und er hat keinen Sinn für schwierige Entscheidungen. Er hat keine echte Begabung, nichts, was ihn mir für irgendeine Art Krieger oder Verwalter geeignet erscheinen lässt.

Aber du bist anders. Medraut, ich werde dich in allem unterweisen, was ich weiß. Ich möchte, dass du mit den Steuerquittungen und Einnahmeberichten ebenso fertig wirst wie mit der Aufsicht über die Ernte und der Leitung der Verteidigung. Du weißt, dass du nie den Titel Großkönig führen kannst. Wenn Lleu stirbt, muss ich Goewin zu meiner Thronerbin machen. Selbst wenn Lleu überlebt, besteht die Möglichkeit, dass die wirkliche Macht in deinen Händen liegt, gleich, welchen Titel ich ihm verleihe. Und ich möchte lieber, dass du ihm zur Seite stehst und ihn mit deinem überlegenen Geschick, deiner Stärke und Klugheit unterstützt, als dass du auf Pläne sinnst, ihn zu stürzen. Ich werde dich zum Regenten ernennen und du wirst das Rückgrat, die Stütze seines Königsamtes sein.«

Während der ganzen Unterredung saß ich sprachlos mit zusammengepressten Händen da und zitterte vor Freude und Spannung. Das Lob meines Vaters bedeutete mir mehr, als ich zu sagen vermag. Und dass die Regentschaft, die Führung, die Verantwortung bei mir liegen sollten – damals schien es mir, als käme es gar nicht darauf an, wem der Titel König verliehen wurde.

»Als ersten Schritt habe ich mir überlegt dich als Steiger in den Kupferminen vor Elder Field einzusetzen«, sagte Artus. »Dort gibt es in einem der schwierigeren Stollen einen Steiger, der zugleich Grundpächter ist und dem Flöz nicht so viel Zeit widmen kann, wie erforderlich wäre. Du kannst ihn entlasten und hast dann immer noch den halben Tag für dich und um das Wichtigste von all dem zu lernen, was ich dich lehren muss. Es ist erst ein Anfang, aber dein Leben und deine Position sind gesichert. Ich kümmere mich darum. Ich weiß, dass du fähig bist Menschen zu führen und zusammenzuhalten, was ich aufgebaut habe. Nimmst du die Stelle im Bergwerk an?«

»Von Herzen gern!«, antwortete ich ohne zu zögern. »Sir – o mein Vater, nichts täte ich lieber.«

Er lachte ein wenig über meinen Eifer und sagte: »Ich bitte dich auch noch um einen Gefallen. Versuche doch, Lleu etwas von deinen Kenntnissen zu vermitteln. Er ist unfertig. Er ist noch nicht ganz ausgewachsen und nicht sehr stark, er ist leicht verängstigt und häufig unbesonnen. Er muss bearbeitet, gerdegebogen werden wie ein Pfeil und auf den richtigen Weg gebracht werden. Mein guter Schütze, sieh zu, ob du einen seines Namens würdigen Mann aus ihm machen kannst.«

»Auch diese Herausforderung nehme ich an«, antwortete ich.

Danach gingen wir gemeinsam in die Große Halle um mit den anderen Hausbewohnern zu feiern. Das Frühjahr war eine Zeit hoffnungsvoller Erwartungen, es versprach ein Ende von Hunger und Krankheit, ein

Ende von Totgeburten und knochendürrem Vieh und ein Ende der mühseligen Einteilerei, damit die magere Ernte des letzten Jahres bis zur nächsten reicht. Wir waren froh über den Frühling.

Die folgenden Wochen waren mit neuer Arbeit und dem Erwerb neuer Kenntnisse erfüllt. Artus machte mich zu einem seiner Waffenbrüder, würdevoll nahm er mich in die auserwählte Runde seiner Krieger und Ratgeber auf, ein ganzes Jahr bevor sein Thronerbe einer der ihren wurde. Auch der Bergbau war mir eine Freude und ein Trost. Die Minen in Elder Field sind nicht groß, obwohl einige natürliche Stollen sehr tief reichen. Jeder Arbeitssuchende kann in den weniger gefährlichen Schächten und im Tagebau mitarbeiten. Ich hatte es selbst schon getan, als ich jünger war. Nun teilten wir, ein Mann namens Cado und ich, uns die Aufsicht über einen der tieferen Schächte, wobei jeder gewöhnlich nur einen halben Tag arbeitete. Cado war ein zuverlässiger Mensch mit einem kantigen Gesicht, der auf seinem Bauernhof genauso gewissenhaft arbeitete wie im Bergbau. Seine anfängliche, aus Unsicherheit geborene ehrerbietige Haltung mir gegenüber legte er bald schon ab und erwies sich als ein gütiger Mann mit einem scharfen, aber nicht unliebenswürdigen Witz. Der Stollen, in dem wir gemeinsam arbeiteten, war gefährlich und unberechenbar, aber das machte die Arbeit lohnend. Die sechs Mann, die uns unterstanden, waren flink, klug und stark. Wir wussten, was wir taten, oder wir lernten, was wir zu tun hatten. Verwerfungen in den Decken stützten wir mit Felsbrocken und Eichenstämmen ab, neu gegrabene Gänge untersuchten wir auf giftige Gase. Ich mochte die gleichmäßige Dunkelheit, die immer gleiche Temperatur sommers wie winters, die grün und rot schimmernden, nassen Wände aus Mineralien und Tonerde. Ich mochte Cado und ich mochte die Gesellschaft der anderen sechs, mit denen ich arbeitete, den Respekt, den sie mir erwiesen, und die Verantwortung, die ich ihnen gegenüber an den Tag zu legen hatte.

An den Abenden spielten Artus und ich Dame, oder ich studierte mit Ginevra Landkarten. In meinem kleinen Zimmer stapelten sich die Schachteln, die ich aus Byzanz und Afrika hierher geschickt hatte, alles, was ich im Lauf von sechs Jahren an Büchern, Werkzeugen, Stoffen, Schmucksachen und Geschenken angehäuft und seit dem Erwerb nicht mehr gesehen hatte. Nach und nach packte ich all diese Dinge aus. Manchmal halfen mir Lleu und Goewin dabei, oder sie schauten nur zu, fasziniert von der geheimnisvollen Sammlung fremdländischer Güter. Die Zwillinge überredeten mich ihnen vorzulesen oder Geschichten von den fernen Ländern zu erzählen, die ich gesehen hatte. Mein kleines Gemach und die einfachen Dinge um mich herum waren mir ein Trost: die afrikanischen Katzen, die ein und aus gingen, der Mosaikboden mit den drei tanzenden Delphinen, der Anblick der hohen Gipfel in der Ferne, die Fledermausjungen in der kleinen Kiste, die draußen vor dem Fenster hing. Eines Tages begegnete Goewin mir gegen Abend vor dem Haus, als ich mit der hohlen Hand nach der

Kiste mit den Fledermäusen griff, und sie fragte mich, was ich in Händen halte. Einen Augenblick stand ich da und überlegte, ob sie erschrecken oder sich freuen würde, wenn ich sie ihr zeigte, dann öffnete ich meine Hände ein wenig, so dass eines der Fledermausjungen zum Vorschein kam, ein winzig kleines silbernes Ding. »Sie fressen Insekten«, erklärte ich ihr. »Möchtest du sie in der Hand halten?«

»Kann ich das?«, fragte Goewin, als traue sie sich kaum etwas so Exotisches und Zerbrechliches anzufassen. »Lässt sie mich überhaupt?«

»Ich glaube ja«, antwortete ich und gab ihr das warme, bezaubernde Geschöpf in die Hände. »Sie lernen gerade mir zu vertrauen.«

Im April wurden die Zwillinge fünfzehn. In einem Jahr wollte Artus Lleu zum Prinzen von Britannien ernennen, zum Erben seines Königreichs. Lleu, der Prinz von Britannien, es war kaum zu glauben, wenn man ihn ansah – so zerbrechlich und blass war er. Ich sorgte dafür, dass er kräftiger wurde. Ich achtete darauf, dass er reichlich zu essen bekam, und teilte meine Mahlzeit mit ihm, wenn ich dachte, er bekomme nicht genug. In dieser Jahreszeit gab es nichts zu jagen, doch mussten die Pferde bewegt werden. Wir machten lange, leichte Ritte durch das unwirtliche, schlammige Gelände. Häufig begleitete Goewin uns. Für Lleu muss es wie eine Befreiung aus dem Gefängnis gewesen sein, endlich heraus aus der überfüllten, dunklen Großen Halle und der trostlosen, kalten Villa. Ich war hocherfreut, wie viel Vergnügen ihm das schwache, fahle Sonnenlicht und der Duft der feuchten Erde, das kalte Gelb der Osterglocken und der grünende Haselnussstrauch bereiteten und wie viel Kraft er daraus zog.

Lleu und Goewin ritten auch ohne mich aus, sie gingen auf Entdeckungsreisen in Feld und Wald und auf dem roten Sandsteinfelsen des Grates oberhalb von Elder Field. Goewin ist schon immer eine gewandte Reiterin gewesen. Sie versuchte Lleu halsbrecherische Kunststücke und Sprünge beizubringen, aber ihr Bruder war damals noch nicht so kräftig wie sie, geschweige denn so geschickt. Ich begegnete ihnen häufig, wenn sie übten, und beobachtete sie, wenn sie wie wild über die ungepflügten Felder um die Wette ritten, und manchmal gesellte ich mich auch ungebeten zu ihnen. Ich äußerte nie auch nur ein missbilligendes Wort, sah es aber nicht gern, wenn Lleu über Mauern und Bäche sprang. Beide spürten das und nahmen es mir ein wenig übel, wenn ich mit ihnen ritt, dann fühlten sie sich eingeengt und unwohl. Aber lieber wollte ich verdammt sein, als mir von Lleu je etwas übelnehmen zu lassen, keiner sollte über meine Gefühle verfügen. Ich war weder sein Kindermädchen noch sein Vormund und er konnte reiten, wie und wohin er wollte. Wenn die beiden sich nach Einbruch der Dunkelheit hinausschlichen um im Mondschein zu reiten, erzählte ich es niemandem und versuchte nicht sie davon abzuhalten. Als Lleus Eskapaden mit einem Unglück endeten – er brach sich den Arm –, machte ich mir keine Vorwürfe.

Aber in jener Nacht baten sie dann doch lieber mich um Hilfe als jemand anderen. Auf das zaghafte Klopfen hin öffnete ich meine Tür und da stand Goewin, diesmal so bleich wie ihr Bruder, und stürtzte den halb ohnmächtigen und verletzten Lleu. In dieser Situation stellte ich keine Fragen. Ohne groß nachzudenken nahm ich Lleu in die Arme und trug ihn zu meinem Bett, als wäre er ein fünfjähriges Kind und nicht schon fünfzehn. Als ich die Fetzen seiner Jacke und seines Hemdes abschnitt, konnte ich nicht umhin zu murmeln: »Guter Gott, Prinzessin, was hast du ihm angetan? Nachdem ich mich fast den ganzen Winter gemüht habe ihn am Leben zu erhalten, bringst du ihn in einer Nacht halb um.«

Goewin stand im Eingang und schaute unglücklich zu. »Wir sind ausgeritten«, sagte sie. »Ich meinte, wir sollten galoppieren und ich ritt vor – wir mussten über einen Bach springen und er ritt zu schnell um noch anhalten zu können. Es war dunkel, er verfehlte den Absprung und wurde abgeworfen. Ich ... ich konnte es nicht verhindern.« Ihre Stimme bebte. Es war ihre Schuld gewesen und sie wusste es. Sie kannte die Grenzen von Lleus Reitkunst besser als alle anderen.

»Weine nicht, kleine Prinzessin«, sagte ich. »Er stirbt schon nicht.«

Das machte sie wütend. »Kleine Prinzessin« – die Anrede verletzte sie. Einen Augenblick stand sie im Eingang und starrte mich zornig an, dann brachte sie mit versagender Stimme hervor: »Ich hole dir Wasser.« Äußerlich ruhig, aber innerlich kochend verließ sie den Raum, ihr schwarzes Haar flatterte, die Hände waren zu Fäusten geballt.

Ich zündete eine Laterne an. Der linke Ärmel von Lleus Jacke war beinahe abgetrennt und ich vermutete, Lleu war seitlich abgeworfen worden, auf dem Arm gelandet und dann gerutscht. Der Oberarmknochen war glatt gebrochen, die Haut von der Schulter zum Ellbogen blutig geschrammt. »Wo hast du dich sonst noch angeschlagen?«, fragte ich.

Lleu sprach durch die Zähne. »Auf der ganzen Seite, ich weiß nicht.«

»Am Kopf?«

»Nein.« Angespannt und bewegungslos lag er da, mit geschlossenen Augen und geballten Fäusten. Außer am Arm konnte ich keine schwere Verletzung feststellen, nur blaue Flecken und Abschürfungen. Goewin kam zurück, stellte, ohne ein Wort zu sagen, einen Wasserkrug neben mich auf den Boden und machte dann kehrt um im Kohlenbecken in der Glut zu stochern, bis es ihr gelang, wieder ein Feuer zu entfachen. Danach saß sie am Bettrand neben Lleus Kopf, so, dass sie mir nicht im Weg war. Sie sah zu, wie ich Lleus schlanken Körper untersuchte, aufmerksamer als Lleu selbst verfolgte sie, wie meine langen Finger die blauen Flecken abtasteten. Es wäre so leicht gewesen, ihm wehzutun. Aber ich musste noch immer daran denken, wie hilflos und verängstigt ich selbst den Sommer zuvor war, wie ich unter deinen Händen dagelegen hatte ohne mich wehren zu können, wie Lleu, aber noch schlimmer verwundet.

»Nur der Arm ist gebrochen«, stellte ich schließlich fest und fragte sie: »Hilfst du mir, Goewin?«

Sie half mir tatsächlich. Sie hörte auf mich, befolgte meine Anweisungen und arbeitete mit mir zusammen, sie wollte mir aber nicht ins Gesicht sehen und auch nicht mit mir sprechen, bis ich nach dem Wasserkrug auf dem Boden langte und mir dabei das lose Gewand, das ich trug, den Rücken hinunterglitt. In dem Moment fuhr Goewin mit geschmeidigen Fingern die langen, schlecht vernarbten Wunden auf meinem Schulterblatt nach, die verblassten Klauenspuren, und in ihrer Berührung lag sehr viel Behutsamkeit und Mitleid. »Woher kommen die?«, fragte sie flüsternd.

Mein Körper ist mit Narben übersät. Warum sah sie gerade jene? Ich murmelte: »Wie habe ich überhaupt Narben bekommen?« und zog mir ruckartig wieder den Ärmel über die Schulter. Ich wünschte, sie hätte mich weder berührt noch etwas zu mir gesagt. Ich bückte mich um die Schürfwunden an Lleus Arm zu säubern und spürte, auch ohne sie anzusehen, dass Goewin mich noch immer anstarrte.

»Was hast du die letzten sechs Jahre gemacht, dass du so viele Verletzungen davongetragen und so viel Klugheit erlangt hast?«, fragte sie mit unsicherer Stimme.

Lleu lag da und hörte zu, mit angespanntem Körper wartete er darauf, dass ich ihm wehtun und ihn heilen würde. Was ich auch sagte, konnte ihn erschrecken. »Ich kann es dir jetzt nicht erzählen«, antwortete ich Goewin ohne zu zögern. Meine steifen Finger lagen ganz ruhig auf Lleus gebrochenem Arm und ich war ihm plötzlich dankbar für sein Vertrauen und seine Angst.

Gemeinsam schienten und bandagierten Goewin und ich Lleus Arm, wuschen die Schürfwunden aus und strichen sie mit Salbe ein. Viel mehr konnten wir nicht für ihn tun. »Hast du eure Pferde in den Stall gebracht?«, fragte ich. Goewin nickte. »Dann geh zu Bett«, sagte ich. »Lleu kann die Nacht über hier bleiben.«

»Aber wo wirst du dann ...«, hob Goewin zu fragen an. »Ich habe genug Decken für uns beide. Es hat keinen Sinn, ihn jetzt umzubetten.«

Sie sah das ein, wollte aber nicht so plötzlich fortgeschickt werden. »Ich bleibe noch, bis du fertig bist«, sagte sie, beugte sich vor und küsste ihren Zwillingsbruder. »Tut mir Leid«, flüsterte sie ihm ins Ohr – ich sollte es nicht hören. »O Lleu, es tut mir so Leid!«

»Es war nicht deine Schuld«, flüsterte Lleu ihr zu. »Danke.«

Goewin blieb neben Lleu sitzen und ich begann aufzuräumen und Decken für mich auf dem Boden auszubreiten. Plötzlich fiel mir ein, Lleu würde wegen seines Arms nicht schlafen können, und so mischte ich einen Trank aus Mohn und Wein für ihn. Ich brachte ihn ihm ans Bett, richtete ihn sanft an Kopf und Schultern auf und hielt die Tasse an seine Lippen. »Trink!«

»Was ist das?«

»Um die Schmerzen zu lindern.«

Lleu trank dankbar und ich legte ihn wieder hin, blieb aber in seiner Nähe und beobachtet ihn. »Es war nicht Goewins Schuld«, sagte Lleu. »Es war mein Vorschlag, heute Abend auszureiten.«

Es war eine silbrig helle Nacht bei zunehmendem Mond. Ich konnte ihnen keinen Vorwurf daraus machen, dass sie da draußen sein wollten. »Du hast die gerechte Strafe für einen so tollkühnen Vorschlag bekommen«, sagte ich. »Deine Schwester müsste dafür bestraft werden, dass sie ihn auch noch unterstützt hat.«

»Wahrscheinlich werde ich gestraft, Sir«, sagte Goewin grimmig.

Lleu, der mit geschlossenen Augen ruhig dalag, sagte plötzlich: »Medraut.«

»Kleiner?«

»Der Trank«, fragte Lleu, »macht der mich schläfrig?«

Ich sah ihn an ohne irgendetwas zu empfinden, als betrachtete ich ihn aus der Ferne, und antwortete: »Ja.«

»Du weißt, er hasst es, schläfrig gemacht zu werden«, sagte Goewin zornig. »Du tust das absichtlich.«

»Es ist so leichter für ihn«, sagte ich, innerlich amüsiert über ihrer beider Entrüstung.

»Ich hasse das«, sagte Lleu und setzte sich mühsam auf.

Lleu, der Strahlende, war wutentbrannt, hilflos und großartig zugleich. »Bleib ruhig liegen, Kleiner, ruhig.« Goewin sah mich mit frostigen Augen an. »Kämpf nicht dagegen an.«

Lleu kämpfte jedoch. Immer unterschätze ich seine

Willenskraft. »Du musst mir versprechen, das nicht wieder zu tun«, sagte er. Er mühte sich wach zu bleiben und war wütend, dass er es nicht konnte. »Lieber hätte ich Schmerzen.«

»Ohne guten Grund werde ich es nicht wieder tun.« Bin ich so grausam? »Ich tue es auch jetzt nicht ohne guten Grund. Mit deiner Verletzung wirst du deine Eltern morgen schon genug erschrecken, da brauchst du nicht auch noch schwarze Ränder unter den Augen zu haben.«

»Sir, du hast ihn nicht einmal gefragt!«, sagte Goewin.

Sie hatten sich gegen mich verbündet.

»Medraut, hör mir zu«, sagte Lleu. Er hatte die Augen geschlossen und sprach langsam und sehr ruhig. »Ich befehle dir – *ich befehle dir,* mir in Zukunft niemals ohne meine Einwilligung, wie krank oder verwundet ich auch immer sein mag, etwas zu geben, das mich schläfrig macht. Schwöre es.«

Ich saß mit geneigtem Kopf da. Ich musste hartherzig und stolz wirken, distanziert, als fühlte ich mich äußerst wohl in meiner kalten, strengen Umgebung. Und doch war ich mitten in der Nacht klaglos und fraglos aufgestanden um ihnen zu helfen und mich um sie zu kümmern, um die beiden Kinder, die widerrechtlich meinen Platz in meines Vaters Herzen und in seinem Heim eingenommen hatten. »Ich verspreche«, sagte ich leicht zögernd, »dich von heute an niemals mehr schläfrig zu machen, wenn du krank oder verletzt bist.« Lleus steifer Körper hatte sich entspannt. »Hast du das verstanden?«, sagte ich. Fragend wandte ich mich an Goewin. Lleu murmelte etwas, kurz und unhörbar. »Selbst wenn du es nicht verstanden hast«, fuhr ich ruhig fort, »dieses Versprechen werde ich halten.« Ich beugte mich über Lleu und küsste ihn so unbefangen und ehrlich, wie Goewin es getan hatte, dann stand ich auf und streckte ihr meine Hand hin um ihr aufzuhelfen. An der Tür angelangt, drehte sie sich noch einmal um und schaute mir direkt in die Augen.

»Nun«, sagte sie vorsichtig, »jetzt hast du es überstanden.« Sie meinte nicht das Versprechen, das ich gerade gegeben hatte. Ihre Worte berührten mich mit der gleichen ruhigen Sicherheit wie ihre Fingerspitzen. Sie hatte mich um Hilfe gebeten. Sie vertraute mir auch ohne sich vor mir zu fürchten, obwohl sie wusste, wie sehr du mich verfolgtest. »Danke, Medraut«, sagte sie im Hinausgehen.

Gratwanderungen

Das Geheimnis meiner Abkunft quälte mich. Merkwürdigerweise sprach Artus, selbst wenn er mit mir allein war, von dir immer nur als meiner Tante oder Pflegemutter. Dennoch fragte ich ihn, ob ich den Zwillingen die Wahrheit sagen dürfe. Ich hielt es für wichtig, dass sie, und vor allem Lleu, Bescheid wussten, damit sie mich in aller Offenheit als den akzeptieren konnten, der ich bin. Vielleicht war es nur meine Eitelkeit, meine Selbstsucht und ohne Belang, doch Lleu sollte den wahren Grund kennen, warum ich nicht der Thronerbe meines Vaters werden konnte, den Grund, der tiefer reichte als meine uneheliche Abkunft. Artus war einverstanden. Also erzählte ich ihnen, dass du meine Mutter bist und dass dein Bruder Artus mein Vater ist.

Als er das hörte, teilte mir der Strahlende unverzüglich mit: »Aber das ist Inzest«, und ich konnte nicht umhin, betont kühl zu erwidern: »So ist es.«

Als du ihn dir nahmst, hatte man Artus noch nicht

gesagt, wer seine Eltern waren, er konnte nicht ahnen, dass du seine Schwester bist. Ich schärfte Lleu und Goewin ein, dass ihren Vater keinerlei Schuld traf, und vermied es, ein Urteil über dich und deine Rolle zu fällen. Ich erzählte ihnen auch nicht, was Artus später vermutete und was du selbst mir gesagt hast, dass du wissentlich mit ihm schliefst, damit du das Kind, das du ihm gebären würdest, als Waffe gegen ihn verwenden könntest. Schon mit diesem Wissen allein kann ich nur schwer leben, aber der Inzest … Ich wünschte, Lleu wäre im Stande gewesen etwas anderes zu sagen, als ich ihm das offenbarte. Diese eine schmutzige Nacht im Leben meines Vaters verblasst im tiefschwarzen Licht meiner eigenen Schande zur Belanglosigkeit.

Nun wussten sie also darum und teilten das Geheimnis. Endlich konnte ich den Gedanken an dich wegschließen, so wie ich die Drachenarmreifen aus dem Reich der Mitte versteckte, die ich weder offen zu tragen noch zu verschenken wagte. Und nun träumte ich auch nicht mehr von dir.

Ein milder Sommer kündigte sich an. Wenn ich nicht arbeitete, war ich häufig mit Lleu und Goewin zusammen. Insgeheim sehnte ich mich nach ihrer Gesellschaft und die beiden ließen mich manchmal der Dritte im Bunde sein. Nicht ganz und nicht immer. Aber genug. Wir besuchten die Schmiede, wir ließen meine rotgoldenen orientalischen Papierdrachen vom höchsten Punkt des Grates aus steigen. Wir ritten zusammen aus und verbrachten Stunden damit, die

Umgebung zu erkunden. Zweimal nahm ich Lleu und Goewin auch in die Kupferminen mit, das erste Mal bei Tag mit Artus. Wir standen im Eingang der Höhle, die zu den Hauptstollen führt, und Cadarn, der Obersteiger, erklärte den Zwillingen, wie das Kupfererz gewonnen wird und wie die Schachteingänge mit Stürzen aus Stein verstärkt werden. Ich bin mir aber nicht sicher, ob sie mehr sahen als die faszinierende schwarze Höhle vor ihnen, durch die flammende Pfeile und schimmerndes Wasser schossen und in der die Stimmen der Männer und der Klang von Metall auf Stein widerhallten. Das zweite Mal nahm ich sie nachts mit.

An den langen Frühlingsmorgen reparierte Artus den Boden und die Heizungsanlage der Villa. Gewissenhaft entfernte er Teilstücke der Fliesen und ersetzte die morschen Hohlziegel aus Ton, die unter dem Atrium lagen. Der freigelegte Kellerraum des Hypokaustums sah wie eine kleine Krypta aus, antik und atembeklemmend, so alt und unheimlich, dass Lleu, während der Boden freigelegt war, nach Einbruch der Dunkelheit nicht mehr allein durch das Atrium gehen wollte. Eines Nachts forderte ich ihn heraus: »Möchtest du die Dunkelheit schlechthin sehen?«

Goewin antwortete furchtlos: »Zeig sie uns.« So nahm ich sie an dem Abend wieder zu den Minen mit. Ruhig gingen wir unseres Wegs durch die frisch gesäten Felder zum Wald und weiter zum Grat. Wegen Lleus gebrochenem Arm konnten wir nicht klettern, daher wählten wir die sichersten und freiesten Pfade.

Unter dem Grat besteht der Boden jedoch nur aus Erde und dort wird die Vorstellung von Sicherheit brüchig und belanglos. Wir standen in der ersten Höhle und sprachen kein Wort mehr, Lleus Gesicht war im Schein seiner Kerze wachsbleich.

»Schaut hinauf«, sagte ich.

Die erste Höhle ist breit, lang und hat eine niedrige Decke aus wellig glattem Fels ähnlich den Rückenmuskeln eines Pferdes. »Es ist wie der Sand am Meeresstrand«, sagte Goewin. »Es ist schön.«

Lleu meinte: »Wir dürfen nicht zu weit hineingehen.«

»Nein«, antwortete ich. Und dabei lachte ich nicht.

Wo wir abbogen, markierte ich die Wände mit Kohle. Lleu und Goewin hatten diese Stollen bisher nur bei Tag gesehen, wenn alles in Bewegung war, wenn die Männer Karren zogen und Erz aus dem Stein hauten. Die Karren standen nun still und das Gestein lag in großen Haufen da oder ragte merkwürdig unnatürlich aus den Wänden, wo man es abgeschlagen hatte. Die Höhlen sind nachts nicht dunkler als bei Tage. Sanft zerteilte das Licht unserer Kerzen die Dunkelheit, wie eine Hand das Haar scheitelt, nicht wie ein Meißel, der einen Felsblock formt. Wir blieben in den breiten, geraden, ebenen Gängen, denn die Stollen und Höhlen sind miteinander verbunden, kreuzen sich, verlaufen parallel und über- oder untereinander. Es ist ein ruhiger, geheimnisvoller Ort. Bei Nacht scheint dort wieder die ursprüngliche Stille, die Stille des Erdinneren einzukehren, das der kärglichen Ausbeute, die die Bergleute während der kurzen Tage machen, nicht achtet.

»Dies alles gehört dir, Lleu«, sagte Goewin plötzlich. »Wenn du der Großkönig bist, wird auch dies Teil deines Königreichs sein.«

»Wagt irgendjemand zu sagen, dass er das besitzt?«, fragte Lleu.

»Sicher keiner, der sich vor der Dunkelheit fürchtet«, erwiderte ich ruhig.

Er hasste das. Er hasste es und nahm es stets ohne Widerspruch hin. Immerhin befanden wir uns zweihundert Fuß unterhalb der Erdoberfläche und nur ich kannte den Weg nach draußen. Selbst Goewin verteidigte ihren Bruder nicht. Der Prinz von Britannien, und fürchtet sich davor, nachts durch sein eigenes Haus zu gehen! Nun, er war ja noch nicht Prinz von Britannien.

Vielleicht war es mir gelungen, ihn mit meinem Spott zu beschämen, von nun an lernte er jedenfalls seine Angst zu verbergen. Nach dieser Nacht half Lleu seinem Vater bei der Reparatur des Atriumbodens, er folgte ihm auf Schritt und Tritt, setzte Glas-, Malachit- und Azuritsplitter in die kaputten Teilstücke des Mosaiks ein und fügte sie zusammen. Nachdem er einen Blick in den Abgrund geworfen hatte, schreckte ihn der staubige, niedrige Hohlraum unter der Villa nicht mehr. Meine Lektion in Sachen Dunkelheit war damit aber noch nicht zu Ende.

Mitte Juli ritt ich eines Nachmittags mit Lleu und Goewin nach Nordosten, quer über das grüne Land zu den Hochmooren am Horizont, durch den bewaldeten Park, in dem die Hirsche, Rehe und Eber des Großkönigs fett wurden, über eine der alten, geraden, mit schweren Steinplatten gepflasterten römischen Landstraßen hinweg. Jenseits davon folgten wir dem Lauf eines kleinen Flusses zwischen steilen, bewaldeten Hügeln und ließen die leuchtend rot blühenden Mohnblumenfelder hinter uns. Der Weg wurde steiler, hinter und unter uns glänzten die Eichen- und Birkenblätter grün im Sonnenlicht und der Fluss schlängelte sich in diamanten schimmernden Rinnsalen. Der hohe, flache Gipfel über uns, den man erst von der Spitze des Grates sehen kann, war in Wolken und Nebel eingehüllt. Ich kenne die Moore recht gut, aber Lleu und Goewin waren noch nie zuvor dort gewesen.

»Soll ich deine Zügel nehmen?«, fragte ich Lleu, als das steile Gelände auch noch uneben wurde und die Pferde mit ihren Hufen mehr und mehr auf Steine und Adlerfarnbüschel traten. Der Wald rings um uns wurde lichter und hörte dann ganz auf.

»Ich komme zurecht«, antwortete Lleu wütend. Er konnte nun zwar schon besser reiten, wegen des gebrochenen Arms hatte er aber immer noch Schwierigkeiten mit den Zügeln. Caius, der Verwalter des Großkönigs, lehrte Lleu auf die römische Art reiten, damit er das Pferd mehr mit den Knien als mit den Händen lenkte.

»Der Boden wird holpriger«, sagte ich zu meiner Entschuldigung. »Also sei vorsichtig.«

Wir ließen die Bäume hinter uns. Heidekraut und Stechginster bedeckten leuchtend violett und goldfarben die Erde. Es war windstill, verstreut hingen flockige Wolken tief am Himmel, manchmal verdeckten sie die Sonne, dann wieder nicht. Die tiefsten Wolken fegten um den Gipfel des Hügels, den wir gerade hinaufritten, und bildeten einen zerfetzten Nebelvorhang, hinter dem nichts mehr zu sehen war. »Wohin reiten wir?«, fragte Goewin.

»Dies ist der höchste Gipfel, den man von Camlan aus am Horizont sehen kann«, sagte ich. »Habt ihr noch nie einen dieser Berge bestiegen?« Ich wusste, sie hatten es noch nicht getan. Ich schaute geradeaus auf den Gipfelkamm, ritt gelassen ein paar Schritte vor meinen jüngeren Geschwistern und sagte: »Nun, das Dunkel unter der Erde habt ihr bereits gesehen. Was ihr jetzt sehen werdet, ist vielleicht der umgekehrte Abgrund.«

Mit einem kurzen, entrüsteten Schnauben ritt Goewin nach vorn, bis sie neben mir war, und sagte mit kühler, neugieriger Stimme: »Sir? ›Der umgekehrte Abgrund‹, das verstehe ich nicht.«

»Das Dunkel hoch oben. Es ist nicht wirklich dunkel wie im Bergwerk, aber trotzdem ein geheimnisvoller Ort. Seht euch um, sobald wir in den Nebel reiten.«

Wir tauchten in den Nebel ein. Wassertropfen hingen wie Amethystketten am Heidekraut. Hinter uns, wo der Boden abschüssig war, kam die Wolke wie eine Wand herunter und verdeckte die Landschaft unterhalb. Nur der Fluss war noch zu sehen, ein glänzender Lichtstreif, der in einem kühlen Winkel die weiße Nebelwand durchschnitt. Der Nebel hüllte das Land zwischen uns und dem Fluss ein und die ferne Wasserlinie sah aus, als hinge sie in der Luft.

»Warum glitzert es da?«, fragte Lleu.

»Dort unten scheint die Sonne«, erklärte ihm Goewin. »Nur wir befinden uns in den Wolken.«

Wir ritten weiter. Nun wuchs kein Heidekraut mehr, der nackte Torf war zu sehen und die Landschaft wurde bizarr. Keine zehn Meilen weiter südlich sind die Moore lieblicher als hier. »Wir könnten uns schrecklich verirren«, sagte Lleu.

»Das könnten wir«, sagte ich. »Der Nebel könnte noch viel dichter sein. Wenn das so wäre, würden wir an einem Ort stehen bleiben, bis es aufklart. Aber wie es jetzt steht, können wir den Fluss im Auge behalten.« Hinter uns war immer noch der Fluss zu sehen, ein Draht aus reinem Silber, der in weißen, leeren Luft hing.

Innerhalb unseres Nebelfeldes war der Torf schwarz, die Luft grau. Plötzlich stürzten hier und da Bäche über dunkle Erdbrocken. Wir ritten nun nicht mehr aufwärts; der Berg wird zum Gipfel hin flacher und wir bewegten uns auf beinahe ebener Erde den Kamm oben am Hügel entlang. Weitläufige Moore erstreckten sich vor uns bis zum höchsten, von Wolken umhüllten Punkt; große, zerklüftete Felsblöcke tauchten aus dem Nebel auf, die auf den ersten Blick wie Hütten, Menschengruppen oder verdorrte Bäume aussahen, sobald wir an ihnen vorbeiritten, wurden sie jedoch wieder zu Stein. Die Pferde gingen vorsichtig Schritt für Schritt zwischen den Torfklumpen hindurch, die aus dem Morast herausragten und in kurzer, derber Grasnarbe miteinander verwurzelt waren. Drei graue Vögel flogen, aufgeregt laut mit den Flügeln schlagend, ab in den Nebel, und zweimal hörten wir den lauten, schrillen Ruf eines aufgestörten Moorvogels. Das waren die einzigen Lebewesen, denen wir begegneten. Schließlich gelangten wir an einen breiten, sacht dahinplätschernden, seichten Bach mit erstaunlich weißen Sandbänken wie an einer Flussmündung. Am nahen Ufer stand ein Cairn, eine Pyramide aus locker aufeinandergelegten Steinen. Wir stiegen ab und legten ein paar Steine auf die Pyramide, tranken Wasser aus dem Bach und verzehrten unseren Proviant: Honig, Brot, Käse und Eier. Beim Essen redeten wir, denn wenn wir schwiegen, kam uns zu sehr zu Bewusstsein, wie einsam wir waren und wie leicht wir uns hätten verirren können.

»An einem klaren Tag könnte es hier oben herrlich sein«, sagte Goewin.

»Warum meint Medraut dann, es sei ein verhängnisvoller Ort?«, brummte Lleu.

»Niemand hat verhängnisvoll gesagt«, antwortete ich gelassen. »Es war nur von geheimnisvoller Dunkelheit die Rede.«

»Wie bei den Minen«, sagte Lleu langsam, er hatte mich verstanden. »Das stimmt, aber der Ort selbst ist nicht bedrohlich. Man braucht nicht hierher zu kommen. Vater hält alle wirklichen Übel fern – die Piraten und die Eindringlinge, die vom Meer kommen, die Pikten aus dem Norden –, er verhandelt mit ihnen und sorgt dafür, dass sie Ruhe geben und zufrieden sind.«

»Es ist gar nicht so einfach, mit den Seewölfen zu verhandeln«, sagte ich.

Goewin fügte nachdenklich hinzu: »Man muss es tun – man muss sich in sie hineindenken können. Es ist nicht so wie mit den Jagdhunden, die man nur zu füttern braucht, damit sie einem treu ergeben sind. Hunde schmieden keine Pläne, sie denken nicht.«

»Aber die Sachsen denken falsch«, sagte Lleu.

»Das denkst du!«, erwiderte Goewin lachend. »Die Räuber von den Kriegsschiffen mögen böse Leute sein, aber nicht alle Sachsen sind schlecht, bestimmt nicht jene, die sich hier in Frieden niedergelassen haben. Man kann sie nicht alle fortschicken. Außerdem sind auch von deinen Leuten nicht alle gut. Was tust du, wenn ein Vertrag gebrochen wird? Was tust du, wenn es in deinem Volk zu Verrat kommt?«

Lleu lachte nun auch. »Wenn ich unter meinen Leuten Verrat entdecke, dann wende ich mich an dich, du misstrauisches Wesen. Ich kann die Verteidigungsstrategie meines Vaters weiterverfolgen.«

»Aber es ist nicht nur eine Sache der Verteidigung!«, meinte Goewin mit Nachdruck. »Du musst in der Lage sein, etwas zu verändern, du musst wissen, ob du angreifen oder selbst neue Verträge schließen willst, auch wenn du dir nicht ganz sicher bist, dass sie eingehalten werden. Du darfst nicht nachgeben, musst deinem Feind gegenüber aber zugleich gerecht sein. Das ist es, was Vater wirklich macht. Du musst lernen etwas zu riskieren.«

Verzückt betrachtete ich die Gesichter der Zwillinge,

während sie sich das letzte Argument erarbeiteten. »Hast du schon lange darüber nachgedacht, wie man ein Königreich regiert, Goewin?«, fragte ich. O ja, sie ist von uns dreien immer schon das einzige echte Kind des Großkönigs gewesen, die Tochter von Artus, dem Drachen, und Artus, dem Bären, der verbietet und verzeiht, der ein paar schwankende, bedrohliche Völker zu einem einzigen, friedlichen Königreich zusammenhält.

Wir machten kehrt und tauchten wieder ins Sonnenlicht ein; der Heimritt durch das weitläufige, strahlende Land begann.

Der Strahlende

In der Mitte dieses milden Sommers lernte Lleu mit dem Schwert zu fechten. Bedwyr, den Artus seinen getreuesten Ratgeber und besten Freund nennt, übernahm Lleus Ausbildung in der Fechtkunst, als dessen Arm noch geschient war. Bedwyr hatte in einer der ersten Schlachten des edlen Königs seine linke Hand verloren, war aber trotzdem nach wie vor der fähigste Schwertfechter, den ich je kannte. Als Lleus gebrochener Arm ihn noch an seinem üblichen Spiel mit dem Schwert hinderte, wurde Bedwyr plötzlich auf ihn aufmerksam und ernannte sich zu Lleus Ausbilder. Anfangs übten er und Lleu ohne Waffen. Wenn man ihnen zusah, hatte man den Eindruck, als lernte Lleu eine Art engen, gefährlichen Tanz. Die beiden verbrachten ihre Nachmittage damit, einander auszuweichen und einzukreisen. Als Lleus Arm dann gesund genug war um hier und da einen Schlag auszuhalten, band Bedwyr ihn Lleu an die Seite um ihn ganz ruhig zu stellen, und sie begannen mit Holzschwertern zu fechten.

Leus aufblühendes Talent war so erstaunlich, dass sie zuerst nicht davon zu sprechen wagten. Bedwyr, dessen dumpfes und schwerfälliges Minenspiel nur selten über ein Stirnrunzeln hinausgeht, ist nicht gerade ein Mensch, der mit Lob verschwenderisch wäre, dennoch hörte ich, wie er Artus einmal zubrummelte: »Ich weiß nicht, wie du auf die Idee gekommen bist, Caius könnte deinen Sohn das Schwertfechten lehren. Lleu kann seinen Gegner nicht mit Kraft schlagen, dafür hat er zu wenig Gewicht. Aber du solltest zusehen, er hat ein seltenes Talent. In einem Jahr ist er in der Lage, dich zu entwaffnen.« Früh genug war Lleus Arm wieder heil. Gemeinsam sorgten er und Bedwyr dafür, dass er beinahe genauso stark und geschickt wurde wie der rechte, bis Lleu das Schwert mit beiden Händen führen konnte. Er steigerte sich rasch, wie ein junger Hirsch heranwächst, und er begann seine Geschicklichkeit so zu entwickeln, dass er offenkundig beinahe so unfehlbar war wie sein Meister. Lleu tanzte, er war zu schnell um getroffen und zu behände um gefasst zu werden. Ich glaube nicht, dass das Fechten damals mehr für ihn war als ein Tanz, ein Spiel; die Schwerter, die er benutzte, waren schließlich nur aus Holz oder stumpf. Seine fieberhafte Begeisterung beim Schwertfechten weckte in ihm jedoch das Gefühl für Präzision und Geschwindigkeit und ließ seine Arme und seinen Rücken so stark werden wie ein junger Baum. Ich hatte ihn immer für einen schwachen und zarten Jungen gehalten, seine Geschicklichkeit war jedoch Furcht erregend.

Ich glaubte, ich sei zufrieden. Endlich konnte ich wieder auf die Jagd gehen. Das ganze Jahr über hatte ich kein Tier erlegt, das größer war als ein Kaninchen, und nun jagten wir Wolf, Hirsch und Eber wegen der Felle und wegen des Wintervorrats an Fleisch. Die Herausforderung der Jagd stimmte mich fröhlich. In größeren Gruppen waren wir tagelang mit Speeren in dem riesigen Wald südlich von Camlan zu Fuß unterwegs und brachten dann vier oder fünf große Beutetiere auf einmal nach Hause. Am liebsten ritt ich jedoch allein aus oder in kleinen Gruppen zu zweit oder zu dritt und besonders gern jagte ich mit Pfeil und Bogen.

Die Ernte fiel nicht üppig aus, aber ausreichend. Das allein war schon ein Grund zu feiern. Wir entzündeten im ganzen Land Freudenfeuer zum Erntedank, auf dem Grat oberhalb von Elder Field im Westen und auf dem Leuchtenden Kamm im Osten und wir tanzten dazwischen in Camlan, dem Mittelpunkt aller Lichter. Lleu war wochenlang ständig von einer Gruppe fahrender Künstler, Jongleure und Akrobaten, fasziniert gewesen, die bei der Ernte und beim Speichern des Getreides mitgeholfen hatten. Er hatte die Purzelbäume und Handstandüberschläge, die man ihm als Kind beigebracht hatte, nie verlernt und war jetzt elegant und geschmeidig wie ehedem, aber kräftiger. Die Künstler waren von ihm begeistert und am Abend des Erntedankfests machten sie ihm eine Maske aus Kupfer und Bernstein wie seinem Namensvetter, Lleu Law Gyffes, dem Herrn der Sonne. Sie ließen ihn die Kunststücke vorführen, die sie ihn gelehrt hatten, warfen ihn in die Luft und fingen ihn wieder auf und nannten ihn »Prinz der Akrobaten« und »Prinz der Tänzer«.

Du brauchst nicht zu meinen, dass ich mich von den Feiernden fern gehalten und ihnen von jenseits des Feuerscheins, das langsam wuchernde Krebsgeschwür im klopfenden Herzen, verdrießlich zugeschaut hätte. Ich tanzte und trank mit den anderen. Spät am Abend, als der Tanz vorbei war und wir gemütlich um die erlöschenden Freudenfeuer saßen, brannte ich die bunten Fackeln ab, die ich aus dem Reich der Mitte hatte, und die Knallkörper, die laut explodieren und verbrennen. Ich erzählte die Geschichte von der afrikanischen Frau Turunesch, die sie mir gegeben hatte, wie sie und ihr Vater Kidane Aksum verlassen hatten und mutig um die halbe Welt gereist waren um solche Dinge zu finden. Diejenigen, die noch wach waren, hörten mit Staunen und Vergnügen zu, so dass ich mich wie einer der ihren fühlte, vertrauenswürdig, anerkannt und bewundert unter den Gefährten des Großkönigs.

An den Herbst und den darauf folgenden Winter kann ich mich kaum erinnern, nur an gewisse Augenblicke, die vor meinem inneren Auge so hell und deutlich erscheinen, als wären sie von einem Blitz erleuchtet. Alle waren Anschläge auf die stürmischen Gefühle für Lleu, die zu meistern ich mich sehr bemühte, und die Vorfälle bildeten eine Art Kette bis hin zu dem Moment, als Artus seinen Sohn offiziell zum Prinzen von Britannien ernannte. Das früheste Ereignis war nach einem Tag, an dem wir auf der Jagd gewesen waren, als Lleu mit verächtlicher und überlegener Stimme zu mir sagte: »Du bist offensichtlich blutdürstig.«

Lleu jagte nicht. Das heißt, er ritt zwar mit uns und half auch mit das Fleisch zu enthäuten und zu zerlegen, aber seine Schüsse verfehlten immer ihr Ziel. Anfangs hatte ich gedacht, er sei einfach nur ein schlechter Schütze, und mich gefragt, warum man ihn nicht besser ausgebildet hatte. Doch war es kaum glaubhaft, dass ein so unvergleichlicher Schwertfechter mit dem Bogen in der Hand so wenig auf Treffgenauigkeit achten sollte. Lleu schoss absichtlich daneben, er konnte töten, wollte es aber nicht. Ich erwiderte: »Bist du so vornehm, dass du dir deinen Wintervorrat an Fleisch von anderen schießen lässt?«

Goewin fügte noch hinzu: »Ich gehe gern auf die Jagd – bin ich auch blutdürstig?«

»Sei nicht töricht«, sagte Lleu. »Du bist nicht so versessen darauf, Leben zu zerstören, wie Medraut.«

Zumindest kann ich ebenso gut heilen wie töten.

Blutdurst war nicht alles, was Goewin und ich miteinander gemein hatten. Eines Herbstnachmittags, als sie in dem Säulenvorbau des Atriums umherstreifte, begegnete sie mir, wie ich auf den breiten Steinstufen saß, die zum Garten der Königin hinunterführen. Ich steckte gerade Federn an Pfeile und Goewin setzte sich neben mich um mir zuzusehen. Diese Arbeit gefällt mir, sie erfordert geschickte Hände, ein sicheres Urteilsvermögen und einen ausgeprägten Sinn für

Gleichgewicht. Ein paar Minuten saß Goewin freundlich da ohne etwas zu sagen oder mich zu unterbrechen, dann fragte sie plötzlich: »Wie hast du dir deine Hand verletzt?«

Einen Moment lang schaute ich auf die Hügel in der Ferne, dann warf ich ihr einen kurzen Blick zu. »Bei der Hirschjagd zu Fuß«, sagte ich. Ich werde ihr keine Lüge erzählen. »Ich wäre dabei fast umgekommen. Die Knochen meiner Finger wurden ... falsch zusammengesetzt und mussten wieder gebrochen und richtig aneinandergefügt werden.«

Sie antwortete ebenso kühl, wie ich zu ihr gesprochen hatte. »Sie stören dich nicht.«

»Nicht mehr.«

»Deine Pfeile sind schön«, stellte Goewin einfach fest. Da sah ich sie richtig an und lächelte ein wenig in aufrichtiger Dankbarkeit.

»Ich habe das Thema nicht gewechselt«, fügte sie hinzu.

»Ich weiß«, sagte ich. »Aber die Hand sieht schlimmer aus, als sie ist. Sie behindert mich nicht.« Ich beugte mich wieder über meine Arbeit und fügte im Scherz hinzu: »Und selbst wenn, meine Pfeile wären immer schön.«

Goewin lachte. »Du sprichst wie Lleu.«

»Wie?«

»Selbstsicher. Lleu ist so selbstsicher! Wie erträgst du seine Beleidigungen und Befehle nur immer mit so viel Anstand? Manchmal treibt er es so weit, dass ich ihn am liebsten schlagen würde.«

»Nun ... Diana und Apollo mögen sich streiten«, sagte ich.

»Wer ist das?«, fragte Goewin interessiert.

Ich lächelte. »Die alte römische Mondgöttin und der Sonnengott. Sie sind Zwillinge wie ihr. Es gibt eine Geschichte darüber, wie sie sich streiten, wer von beiden der bessere Bogenschütze sei. In eurem Fall ist das ziemlich klar.«

»Wer achtet jetzt schon darauf, dass Lleu schlecht zielt«, sagte Goewin, »wo er es mit dem größten Schwertfechter Britanniens aufnehmen kann?«

»Du bist doch nicht eifersüchtig?«, fragte ich.

Goewin schaufelte sich eine Hand voll trockener, brauner Blätter von den Steinplatten in den Rockschoß. Sie trug dieses Kleid schon zwei Jahre und es war ihr zu kurz. Trotz der Kälte lief sie barfuß. Aber niemand schalt sie deswegen je aus, wie dies bei Lleu der Fall war. Plötzlich machte sie einen leicht vernachlässigten Eindruck auf mich. »Nein«, antwortete sie mir. »Schließlich könnte ich nie mit einem Schwert umgehen.« Sie streute die Blätter auf ihre staubigen Füße. »Ich könnte ...«

»Nur du könntest ein Königreich regieren«, sagte ich.

So leise, dass es beinahe ein Flüstern war, erwiderte Goewin: »Ja, ich glaube, das könnte ich.«

»Siehst du, Prinzessin«, sagte ich ruhig, »du und ich, wir sind gar nicht so verschieden.«

Als wir zusammen ins Haus gingen, saß Lleu im Atrium auf dem Boden unter einem von Ginevras in Töpfen gezogenen Zitronenbäumen und spielte mit den Teilen einer Ecke des Mosaiks. Die bunten Steinchen glitzerten in der sengenden Nachmittagssonne, die durch die alten Glasfenster drang. Lleu war in sein Spiel vertieft und ganz gelöst; allein die Art, wie er saß, mit geneigtem Kopf, nachdenklich und bewegungslos, hatte etwas Anmutiges. Als er Goewin bemerkte, sprang er auf und wirbelte sie in einem wilden Tanz kurz über das Mosaik, dabei verschoben sie ein paar ungenutzte Fliesenstücke, die unter ihren Füßen klappernd über den Boden schossen wie Steine, die man über das Eis hüpfen lässt. Halb setzten sich die Zwillinge, halb fielen sie auf einen der Steinsimse, die in die Fensternischen als Sitze eingebaut waren. »Was ist los?«, lachte Goewin.

»Ich habe Bedwyr geschlagen«, verkündete Lleu.

»Was hast du?«, fragte Goewin, sie konnte kaum glauben, was er sagte.

»Viermal habe ich ihn heute entwaffnet.«

Verblüfft sagte Goewin: *»Heute?* Du hast Bedwyr heute *viermal* entwaffnet?«

Lleus dunkle Augen funkelten und sein Gesicht glühte. Er nickte. Er hätte so etwas nie gesagt, wenn es nicht wahr gewesen wäre.

»Wie in aller Welt hast du das geschafft?«, fragte Goewin mit zittriger Stimme.

»Ich habe die verschiedensten akrobatischen Kunststücke gelernt. Er wusste nicht, wo ich sein würde – er konnte mich nicht fassen. O Goewin, es hat uns so gefreut!«

»Lleu«, sagte Goewin vorsichtig und blickte dabei zu mir auf, »Bedwyr gilt als der beste Schwertfechter im Königreich.«

»Ich weiß«, sagte Lleu mit sanfter Stimme.

»Du musst aber – Lleu, du kannst nach einem Sommer Ausbildung gar nicht so gut sein!«

»Frag Bedwyr«, sagte Lleu. »Aber es war eigentlich mehr als ein Sommer. Ich konnte das Schwert bereits führen, bevor Bedwyr mich in die Lehre nahm. Er lehrt Gewandtheit.«

»So viel Geschicklichkeit konnte er Gaius nie beibringen, dass er ihn hätte entwaffnen können«, sagte Goewin. Sie sah ihren Zwillingsbruder mit großen Augen an. »Du musst einfach glänzend sein. Und niemand hat das je bemerkt!«

»Ich war noch nie zuvor so gut«, erwiderte Lleu. »O Goewin, ich kann dir gar nicht sagen, wie« – er lachte –, »wie großartig ich mich fühle. Bin ich nicht großartig?«

Goewin versuchte ihn aus dem Sitz am Fenster zu schubsen, aber sie war ihm an Stärke nicht mehr gewachsen. Stattdessen lachte sie. »Du eingebildetes Wesen, du bist großartig.«

Ich aber konnte nicht lachen.

Artus war nicht in Camlan, als das geschah. Er machte gerade seine alljährliche Rundreise durch den Süden Britanniens und inspizierte die Verteidigungsanlagen und die Vorräte in den kleinen und großen Städten. Lleu erzählte ihm in einem Brief von dem Ereignis und Artus antwortete ihm überglücklich: »Lleu, mein Strahlender, du wirst ein guter König werden – stell dir vor, der hervorragendste Schwertfechter in Britannien mit fünfzehn! Ich werde dich ausbilden, wie ich es mit Medraut getan habe ... Bleib stark, werde gescheiter, dann kröne ich dich im Frühjahr voller Stolz.«

So viel Liebe in seinen Worten, so viel Liebe und Freude. Es war nie der Titel, um den ich Lleu beneidete.

An einem Novembermorgen ein paar Wochen später ging ich mit Lleu und Goewin nach Elder Field um die Schmiede zu besuchen. Es war der erste klare Tag nach zwei Wochen schlechten Wetters, die Luft war kühl, aber nicht kalt. Der Pfad über die umliegenden Felder, der zum bewaldeten Grat und zu den Minen führt, war so morastig, dass wir beinahe waten mussten. Männer arbeiteten draußen, sie pflanzten Hecken und kürzten die Vorjahrstriebe der Haselnusssträucher, froh, dass es gerade nicht regnete. Wir gingen nah am Waldrand entlang. Die Bäume glänzten von Wassertropfen und der Boden war so hoch mit nassem Herbstlaub bedeckt, dass es an unseren Fesseln hängen blieb. Als wir in der Schmiede ankamen, begrüßte Gofan uns herzlich, wenn auch kurz, und gab uns über Markus' Gehämmer hinweg zu verstehen, wir sollten ihnen nicht im Weg sein. Aber das heftige Klappern und die Hitze, die sie erzeugten, täuschten; die beiden arbeiteten an jenem Tag nicht besonders hart. Im Spätherbst, der Zeit des Heckenpflanzens und der Jagd, waren sie nicht mehr wie im Frühjahr und Sommer ständig damit beschäftigt, Geschirr- und Jochzubehörteile, Sensenklingen und Pflugscharen herzustellen und zu reparieren. Gofan brachte seinem jungen Lehrling gerade eine komplizierte Arbeit bei, sie arbeiteten an einem schmiedeeisernen Tor oder Sichtschutz.

Nach einer Weile ließen die beiden ihre Arbeit ruhen und setzten sich zu uns um mit uns zu reden. Durch den offenen Vorbau schien das Sonnenlicht auf den Boden, hin und wieder, wenn die Wolken über den Himmel zogen, wurde es schattig, dann leuchteten die Kohlen in der Esse für einen Augenblick heller. »Was habt ihr in eurer römischen Villa getrieben?«

»Nichts so Nützliches wie du mit deiner Arbeit«, antwortete Goewin.

»Lleu hat das Mosaik repariert«, sagte ich und strich mit der Hand über das Tor, das gerade abkühlte. Es fühlte sich noch schöner an, als es anzusehen war, unebener und strukturierter denn eines Messers Schneide, aber alles andere als rau.

»Du musst ein Handwerk erlernen«, sagte Markus ernst zu Lleu. Goewin und Gofan lachten.

Lleu erwiderte kühl und würdevoll: »Ich lerne Schwertfechten.«

»Das stimmt«, sagte Gofan mit seiner tiefen Stimme, die gut gemeinte Anmaßung seines Lehrlings sanft zurückweisend. »Du musst in dem gewandt sein, was man von dir erwartet. Wie alt bist du – fünfzehn? Wärst du nicht der Sohn des Großkönigs, dann gingst du jetzt in die Lehre oder fingst gerade eine an. Von dir erwartet man aber nicht, dass du ein anderes

Handwerk lernst als das militärische und die Landwirtschaft, die man dich bereits lehrt. Deine Kunst und dein Geschick müssen in der Führung liegen.«

Mit unbewegter Miene sagte Goewin: »Lässt sich Führung denn lehren?«

»Ich werde immer Leute wie dich um mich haben, damit sichergestellt ist, dass gemacht wird, was ich getan haben möchte«, sagte Lleu zu ihrer Beruhigung.

Das Schmiedeeisen in meinen Händen wirkte auf mich beruhigend, Minuten zuvor noch vor Hitze geschmolzen und purpurrot, war es jetzt kühl und schwarz.

»Ich werde nicht deine Böden fliesen«, sagte Markus.

»Oh, vielen Dank, mein getreuer Diener«, sagte Lleu und verschränkte die Arme. »Ich würde es von dir auch nicht verlangen.«

»Das Tor, das wir gerade machen, ist nicht notwendiger und dient keinem höheren Zweck als das Mosaik, das er repariert hat«, wies Gofan seinen Lehrling zurecht. »Ich tue das, weil mir diese Arbeit gefällt, und Medraut sieht uns gern bei der Arbeit zu, und wenn das Tor fertig ist, werden andere sich an seinem Anblick erfreuen und es gern benutzen. Jemand hat ebenso viel Stolz und ebenso viele Gedanken auf den Fliesenboden der Villa verwendet und Lleu macht eine ehrbare Arbeit, wenn er dieses Kunstwerk erhält.«

Als fühlte er sich verpflichtet das Lob seines Meisters abzuschwächen, sagte Markus: »Wisst ihr, was gerade im unteren Teil des Bergwerks geschieht?«

Ich sah von dem glatten Metall auf.

»Was geschieht dort?«, fragte Goewin.

Markus, der das Thema angeschnitten hatte, war offenkundig der Meinung, er habe genug gesagt. Nachdem er einen oder zwei Momente lang selbstzufrieden geschwiegen hatte, erklärte ich: »Es hat so viel geregnet, dass die unterste Ebene überflutet ist. Die Felssohle hindert das Wasser im Boden zu versickern, und wir müssen nach wie vor das Wasser ausschöpfen.«

Lleu begann einen Satz mit den Worten: »Ich könnte ...«

»Du könntest nicht«, antwortete ihm Goewin. »Du könntest nie ein Bergmann sein – ebenso wenig wie ein Bauer oder ein Weber.«

»Was kann ich dann werden?«

Seine ganze Überlegenheit war verflogen. Lleu glitt von der Fensterbank, auf der er saß, herunter und ging in den morastigen, sonnenbeschienenen Hof hinaus um den Himmel zu betrachten. Ich folgte ihm und stellte mich neben ihn, schaute aber nicht in den Himmel, sondern auf den kahlen, roten Grat und die schwarzen, blattlosen Bäume, die ihn säumten. »Medraut, du gehörst hierher«, sagte Lleu.

Du kannst dir vorstellen, wie überrascht ich war. Ich antwortete behutsam: »Du bist hier geboren.«

»Aber ich gehöre nicht hierher. Selbst wenn mir alles gehörte – du kennst den Weg durch die Minen und über die Moore. Wieso? Ich kenne kaum den Weg über den Grat.«

»Unsinn«, sagte ich. »Du lernst es gerade. Du kennst den Malachit, aus dem wir Kupfer gewinnen, und du weißt, dass wir ihn auch zu Bronze legieren, du verwendest ihn beim Mosaik, nur auf andere Weise.«

Lleu betrachtete die tiefen, rasch vorbeijagenden Wolken und hörte mir zu, aber offenbar unbeeindruckt. »Ich wünschte, ich hätte dieses Mosaik gemacht«, sagte er. »Ich weiß, es ist nicht vollkommen, man sieht hier und da die kleinen Unregelmäßigkeiten, die falschen Farben und ungeraden Linien am Rand. Aber wer macht schon noch solch eine Arbeit, nun, da die Römer fort sind? Ich wünschte, ich könnte die Musterbücher einsehen, die sie benutzten. Gern würde ich die Werke anderer Künstler anschauen und auch andere Kunstwerke als Mosaike. Liebend gern hätte ich die Wandmalereien gesehen, die in der Villa waren, bevor Vater das Haus wieder aufgebaut hat.«

Lleus Gefühlsausbruch amüsierte mich und stimmte mich zugleich merkwürdig traurig. »Du wirst reisen müssen«, sagte ich heiter. »In Byzanz gibt es so viele Mosaiken und Fresken, dass selbst du dich daran satt sehen könntest. Heute musst du dich mit Gofans Eisentoren zufriedengeben.«

»Würde ich ja gern, aber Markus gibt mir das Gefühl, ich sei ein Idiot. ›Du musst ein Handwerk erlernen!‹«, ahmte er ihn betont übertrieben nach.

Ich lachte. »Du bist weder ein Ingenieur noch ein Krieger wie dein Vater, aber du hast deine eigenen

Kunstfertigkeiten. Früh genug wirst du dich in einem Streit redegewandt aus der Affäre ziehen, so wie du jetzt beim Schwertfechten die Angriffe deines Gegners parierst.«

Er schwieg, dachte aber darüber nach. Dann machte er kehrt und ging wieder hinein. Ich stand allein im Vorhof, halb lächelnd über die absurde Situation, dass ich mich bemühte Lleu von seinem Wert zu überzeugen.

So ging das Jahr zu Ende. Im Frühjahr machte Artus Lleu zum Erben seines Königreichs und ernannte ihn zum Prinzen von Britannien. Im Lauf eines Jahres war Lleu vom kränklichen Kind zum hervorragenden Schwertfechter geworden, endlich hatte der Nachtfalter die Puppenhülle gesprengt. In seinem Schatten musste ich glanzlos, wertlos und gemein erscheinen. Ich war, angewidert von der Macht, die ich als dein Ratgeber und Scharfrichter auf den Orkaden kennen gelernt hatte, hierher gekommen und musste mich nun mit meiner neu gewonnenen stillen Autorität zufrieden geben. Lleus eigener Triumph sollte nicht zählen. Aber er zählte doch. Als ich in der Kleineren Halle unter den Waffenbrüdern des Großkönigs mit Goewin an meiner Seite stand und zuerst in leicht gespanntem Schweigen auf den Beginn der Zusammenkunft wartete – da machte es mir etwas aus, obwohl ich nach außen hin heiter und beherrscht wirkte, hinter meinen Augen geschützt und verschlossen. Außerdem war Goewin meine Stütze. Sie und Ginevra waren die einzigen anwesenden Frauen, da Ginevra als Königin jedoch an der Seite ihres Mannes stand, war Goewin allein. Sie erschien kleiner, als sie ist, Caius, der Verwalter rechts von ihr, ließ sie so klein erscheinen. Nichts milderte ihren strengen Gesichtsausdruck.

Mit weißem Gesicht stand Lleu der versammelten Menge gegenüber und sah dennoch ungewohnt elegant aus; zierlich und aufrecht stand er vor seinem Vater, einfach gekleidet und ohne Waffen, das dunkle Haar kurz geschnitten im alten Stil eines römischen Soldaten. Ernst lauschte er den Worten des Großkönigs, als dieser ihn über die Pflichten belehrte, die zu erfüllen man von ihm erwartete. Dann gab ihm Ginevra seine Waffe, wie es die Mutter seines Namensvetters getan hatte, indem sie ihm ein echtes Schwert an die Seite band. Zuletzt stellte der König sein jüngstes Kind, seinen Erben, der mächtigen, wachsamen Gesellschaft seiner Waffenbrüder vor. Lleu verneigte sich vor uns und gelobte uns seine Treue und seinen Dienst und einer nach dem anderen gelobten wir ihm das Gleiche. Nach mir begann Caius zu sprechen, er überging Goewin. Ich streckte die Hand vor ihr aus und brachte ihn mit einer sanften Geste zum Schweigen, ich sagte nur: »Die Prinzessin?«

Mit den gleichen Worten wie ich gelobte auch sie ihrem Zwillingsbruder die Treue: »Lleu, Sohn des Artus, mein Prinz und Bruder, ich schwöre dir Treue bis in den Tod.«

Lleu schaute sie voller Mitgefühl an und lächelte wider Willen, noch bevor sie zu Ende gesprochen hatte. Auf meiner Seite legte Goewin, von allen anderen unbemerkt, ihre kühlen Finger in meine Hand und drückte sie dankbar.

Nach den Gelöbnissen krönte Artus seinen Sohn mit einem schmalen goldenen Haarband und ernannte ihn zum Prinzen von Britannien.

Als die Zeremonie vorbei war, versteckte sich Goewin, so still und leise verschwand sie von der Bildfläche wie die diesjährigen Fledermausjungen, wenn sie sich zum Schlafen in der Kiste unter dem Dachgesims verkriechen. Ich traf sie im dunklen, rückwärtigen Teil des Vorbaus, wo das alte, nicht mehr benötigte Mauerwerk und zerbrochene Säulen aus dem Weg geräumt und gestapelt waren und geduldig darauf warteten, dass der Rest der Villa ebenso verfiel wie sie. Goewin stand ganz hinten, an die Wand hinter den letzten Säulen gelehnt, und schluchzte hemmungslos. Bestürzt und beschämt über mein Kommen verbarg sie ihr Gesicht im Saum ihres Kittels und murmelte immer wieder von Schluchzern unterbrochen: »Die Römer sind für immer aus Britannien verschwunden.«

Ich sagte sanft: »Goewin, komm hierher.« Ich führte sie hinaus in den Garten und legte ihr eine Hand auf die Schulter, wie ich es kurz zuvor bei Lleu gemacht hatte. »Was willst du damit sagen?«

»Vaters Königreich, diese Einheit, wird nicht von Dauer sein – Lleu ist nicht wie er, und selbst wenn er ihm ähnelte, es verändert sich allzu vieles zu rasch. Es kann nicht bestehen bleiben. Vater müsste mich mit Constantius verheiraten, dem Sohn des Königs von

Dumnonia im Süden. Das wäre nicht schlecht, es ist ein wichtiges Land mit all den Zinnbergwerken und Fischereihäfen. Aber er könnte mich ebenso gut mit einem meiner Vettern verheiraten und mich auf die Orkaden verbannen, wie er es mit seiner Schwester getan hat. Eins kannst du mir nämlich glauben: als Königin von Dumnonia würde ich nicht tatenlos zusehen, wie Britannien unter Lleus Herrschaft zerfällt. Wenn es sein muss, entreiße ich ihm das Königsamt mit Gewalt.«

»Prinzessin!«, rief ich aus.

»Wenn du ihn nicht vorher tötest«, sprach sie zu Ende. »Ich hasse es, am Rande der Ereignisse zu stehen!«

»Schau!« Ich deutete auf Elder Field. Wir schauten über die Felder zu den Bäumen hin, die auf dem Grat wuchsen, hellgrün, mit jungen Blättern. Der kahle, rote Sandsteinfelsen war wild und mächtig und in der Frühlingssonne erfreulich anzusehen. Zwei Elstern saßen auf dem Rasenbankett vor der Mauer im hinteren Teil des Gartens und putzten sich. »Es gibt kein Ende«, sagte ich. »Es fängt immer etwas Neues an.«

Kräftemessen

Einen Monat später ging diese meine abgeschiedene Welt mit ihrem Geflecht von Beziehungen in die Brüche. An jenem Abend schrien die Pfauen, als ich vom Grat heimkam. Ihr bizarres, durchdringendes Kreischen erfüllte den langen Sommernachmittag und ich nahm es doch nicht auf. Ihre Laute waren mir zu vertraut, ein Geräusch, das zu überhören ich bereits vor langer Zeit gelernt hatte. Ginevra hält aber keine Pfauen. Ich trat auf den Säulengang zu um mich im Garten der Königin, wo wir die späten Sonnenuntergänge in Ruhe genossen, zur Familie zu gesellen, und blieb, von einer niederschmetternden Überraschung wie vom Schlag getroffen, stehen. Lächelnd erhobst du dich, gingst durch den Garten zu mir hin und umfasstest meine Hände zum Gruß.

Ich saß in der Falle, verzweifelt und lächerlich stand ich da und versuchte mir vorzustellen, warum du hier seist. Schließlich dachte ich an deine jüngeren Söhne, an die Kinder von König Lot, und erinnerte mich, dass Artus sie erst vor kurzem auf meinen Vorschlag hin hatte holen lassen um sie an seinem Hof großzuziehen. Nie hatte ich erwogen, dass du mit ihnen kommen könntest. Während ich verzweifelt vor mich hinstarrte, schwiegst auch du: deine hageren Finger umklammerten die meinen und deine leeren Augen waren, Schieferplatten gleich, der Spiegel meiner eigenen. Mutter und Sohn, Licht und Schatten, Bild und Gegenbild – töricht stand ich vor dir und alle konnten sehen, wie sehr wir uns ähneln.

Schließlich sagte ich ruhig: »Patin«, und ging die paar Stufen mit dir in den Garten hinunter.

Ginevra forderte mich auf neben ihr Platz zu nehmen und ich nahm ihre Einladung sofort an. Du betrachtetest mich amüsiert und sagtest: »Mein Kind, du hast deinen Platz hier also genauso vorgefunden, wie du ihn verlassen hattest?«

O Gott, alle starrten sie mich an! Lleu, der zu Füßen seiner Mutter saß, hörte auf mit den Riemchen seiner Sandalen herumzuspielen und deine eigenen vier Jungen schauten mich mit unverhohlener Neugier an. Selbst Goewin beobachtete mich aufmerksam von ihrem Sitzplatz auf einem der niedrigen Steinsimse aus, mit hochgezogenen Knien, das Kinn auf die bloßen Arme gestützt. Und Artus, mein Vater, durchbohrte mich in meiner offenkundigen Verzweiflung mit einem rücksichtslos musternden Blick: »Ja, beinahe unverändert, Mylady«, versuchte ich gelassen zu antworten, meine verräterischen Hände ballten sich jedoch zu Fäusten und öffneten sich, als wären sie zornig oder hätten Angst.

Ginevra sagte: »Es ist gut, ihn wieder unter uns zu haben. Lleu verdankt Medrauts Geschick sein Leben.«

Du lächeltest, antwortetest: »Es freut mich«, und wandtest deinen verhangenen Blick Lleu zu. Er lächelte zögernd zurück und zupfte mit den Fingern wieder nervös an den Riemchen seiner Sandalen herum. Eifersucht und Angst wallten in mir auf, dabei sahst du ihn nur an.

Du setztest dich wieder. Die Jungen scharten sich um dich, sie wussten nicht genau, was sie tun sollten. »Setzt euch, Knaben«, sagte Ginevra freundlich. »Fühlt euch wie zu Hause!«

Als guterzogene Jungen wussten sie genau, wie sie auf die Aufforderung der Königin von Britannien zu reagieren haben, und jeder suchte sich gehorsam einen Platz. Gwalchmei und Gaheris rangelten um einen Platz auf dem Sims gegenüber von Goewin, der junge Gareth setzte sich schüchtern neben Lleu, als wolle er ihm zaghaft seine Freundschaft anbieten. Nur Agravain blieb neben dir stehen, das lange, kupferfarbene Haar ganz wie deines, den Mund vor Stolz abweisend zusammengekniffen. Still und stur bestand er darauf, dein treuer Diener zu sein.

Auf Leute, die dich nicht kennen, wirkst du stets heiter. Wenn man dich so sah, hätte niemand vermutet, dass du eine wochenlange Reise hinter dir hattest. Du warst aber noch nicht lang im Garten, ich stellte fest, dass du dem Prinzen und der Prinzessin gerade erst vorgestellt worden warst. Du sahst Lleu immer noch mit starrem Blick an und sprachst ihn dann plötzlich an: »Lleu, Sohn des Artus, Lleu, Sohn des Drachen, das jüngste Kind des Großkönigs und das glücklichste! Der Strahlende, der Schöne und nunmehr Prinz von Britannien.«

Bei dieser Flut von Namen und Titeln hörte Lleu auf herumzuzappeln und stellte sich gerade hin. »Mylady? Tante, Königin Morgause?«, erwiderte er kühn.

»Wie stolz und tapfer du bist« – du lächeltest – »für einen so zierlichen jungen Mann. Ich möchte, dass meine Kinder dir Treue geloben, wie es die anderen Gefährten des Großkönigs getan haben.«

»Alles zu seiner Zeit«, sagte Ginevra und warf Artus einen durchdringenden Blick zu.

Er führte ihren Gedanken zu Ende und überging jedwede Intrige, die du hättest anzetteln können. »Lass sie wenigstens erst miteinander sprechen.«

»Haben deine Jungen schon das Gut gesehen?«, fragte ich, und als du mit Nein antwortestest, sagte ich sofort: »Dann lass es mich ihnen zeigen.« Denn ich konnte in deiner Gegenwart nicht entspannt im Garten sitzen.

Die Zwillinge kamen auch mit und so spazierten wir mit deinen vier Kindern über die Ländereien von Camlan. Lleu und Goewin gewannen rasch die Zuneigung ihrer beiden jüngeren Vettern, einfach indem sie taten, was man von ihnen erwartete, und freundlich und höflich waren, denn Gaheris wird nur selten höflich behandelt, und Gareth ist allseits beliebt. Ganz anders verhielt es sich mit dem eifersüchtigen und mürrischen Agravain. Er ist ein paar Jahre älter als Lleu und Goewin, aber nicht wie Gwalchmei alt oder klug genug, so dass die Zwillinge von vornherein wussten, dass sie ihn respektieren müssen. Deine vier Kinder waren also nunmehr der gedankenlosen Überheblichkeit des Prinzen von Britannien ausgesetzt, der sich ihre Namen nicht merken konnte.

In jenem Sommer war die Villa fertig restauriert. Die Fenster waren sauber und durchsichtig und der Mosaikboden sogar an bedeckten Tagen lichtüberflutet. Mangel und Hungersnot waren gleichfalls so gut wie vergessen. Hier herrschten Reichtum und antike Pracht, Kunst und Vollkommenheit. Im Atrium waren die Polster unter Gofans merkwürdigen schmiedeeisernen Lampenständern auf den niedrigen Couchen hell bezogen und wirkten im Sonnenlicht luxuriös. Die Luft duftete frisch grün von den Zitronenbäumchen, die Ginevra ringsum in der geräumigen Halle aufgestellt hatte. Deine Kinder traten vorsichtig auf, wenn sie voller Bewunderung auf den schimmernden Böden gingen. Aber auch sie sind ja Prinzen und genossen selbst auf den Orkaden ein gewisses Maß an Luxus. So wandte sich Gwalchmei nach der Besichtigung von Caius' gepflegten Stallungen von Prinz zu Prinz an Lleu und bot ihm an: »Möchtest du gern die Tiere sehen, die Mutter mitgebracht hat? Sie sind als Geschenke für deinen Vater gedacht.«

Für die Reise waren sie natürlich in Käfige gesperrt.

Es waren kleine Wildkatzen und Hochlandwild, ein Affe und eine bemerkenswerte Auswahl an Vögeln: Falken, Singvögel und auch Pfauen. »Die könnte man frei herumlaufen lassen«, meinte Gwalchmei. »Wenn man sie gut füttert, gehen sie nicht an die Pflanzen im Garten, außerdem können sie nicht weit fliegen.«

»Ich habe noch nie einen echten gesehen«, sagte Goewin. »Mama hat ein Mosaik mit einem Rad schlagenden Pfau auf dem Boden ihres Gemachs. Schlagen sie ein Rad?«

»Nur wenn ihnen danach ist«, antwortete Agravain und Gareth fügte hinzu: »Sie sind sehr eingebildet.«

»Woher habt ihr sie?«, fragte Lleu.

»Mutter lässt sie holen. Sie hält immer Pfauen«, erklärte Gareth.

»Sie sind schön«, sagte Lleu und betrachtete aufmerksam und gespannt die hochmütigen Tiere.

»Mutter wird es freuen, dass sie dir gefallen«, traute Gaheris sich zu behaupten.

Agravain korrigierte ihn: »Mutter hat sie nicht für den Prinzen mitgebracht.« In all ihren Gesprächen bezogen sie sich immer wieder auf dich.

Sie wollten unbedingt Lleus Fechtkunst auf die Probe stellen und planten für die nächste Woche mehrere Zweikämpfe mit ihm. Dann saßen Gwalchmei und ich, manchmal auch Goewin, auf der hinteren Mauer des Gutes als Schiedsrichter und schlugen mit den Fersen gegen das trockene Gemäuer und auf dem Rasen vor uns versuchten Gareth, Gaheris und Agravain abwechselnd, Lleu zu überlisten, es gelang ihnen aber nicht.

Den beiden jüngeren Knaben schien das nichts auszumachen, sie freuten sich über die Herausforderung und das Training. Agravain gefiel es hingegen gar nicht, dass er ständig von jemandem vernichtend geschlagen wurde, der jünger und schmächtiger war als er.

Es schnürt mir noch immer die Kehle zu, wenn ich an den Tag denke, als du während eines dieser Duelle zufällig zu uns kamst. Agravain konnte es kaum ertragen, dass du zusahst, und selbst Gareth fing an den Spott in deinem Blick zu spüren. Schließlich fragte Gaheris in einer Pause nach seinem letzten Wettkampf Lleu: »Könntest du es auch mit zweien von uns auf einmal aufnehmen?«

»In Ordnung«, sagte Lleu.

»Nein, mit dreien«, forderte Agravain in schroffem Ton.

»Das ist ungerecht!«, sagte Goewin.

»Ich tu's«, antwortete Lleu entgegenkommend.

Nur Gareth war sich noch unschlüssig. »Sie hat Recht.«

»Ich nehme es mit so vielen auf, wie ihr wollt«, sagte Lleu lässig und fragte Agravain direkt: »Du willst wohl unbedingt, dass ich geschlagen werde, nicht wahr?«

»Nein, Mylord«, rechtfertigte sich Agravain errötend, er fühlte sich ertappt, während du still vor dich hin lachtest. »Ich wollte nur dein Geschick auf die Probe stellen.«

»Ich kämpfe nicht drei gegen einen«, sagte Gareth.

»Nun, mach schon«, versuchte der zuversichtliche Lleu ihn zu überreden. »Es ist nur ein Spiel«.

»Es ist ungerecht«, sagte Gareth.

Agravain widersprach ihm: »Wenn Lleu einverstanden ist, dann ist es gerecht. Wenn Gareth nicht mitmachen will, kann Gwalchmei für ihn einspringen.«

»Ich mach da auch nicht mit«, sagte Gwalchmei mit Sanftmut. Artus hatte ihn bereits in die Runde seiner Waffenbrüder aufgenommen, er brauchte sich nicht zu bewähren. »Ihr müsst euch schon allein durchschlagen.«

»Medraut«, sagtest du plötzlich, »du machst mit.«

»Was willst du damit sagen, Patin?«, fragte ich frostig.

»Ich möchte gern sehen, wie sich dein Geschick im Vergleich zu dem des Prinzen ausnimmt«, sagtest du.

Und ich musste antworten: »Er kann mich schlagen.«

»Ach Medraut, mach doch mit«, sagte Lleu. »Nur dieses eine Mal, es ist doch nur ein Spiel.«

»Mach mit!«, sagtest du. Es war ein Befehl.

Mit leiser Stimme sagte ich: »Patin, ich würde es lieber nicht tun.«

»Schau nicht so finster«, sagtest du kühl. »Mach mit!«

Hilflos, wie ich immer vor dir war, hatte ich keine andere Wahl als zu gehorchen. Grimmig schweigend hob ich eins der hölzernen Schwerter auf und stellte mich Lleu gegenüber neben Gaheris und Agravain auf.

Wie ein Fuchs wich er uns und unseren Schlägen aus und wehrte sie ab. Wir hätten ebenso gut gegen einen Wasserfall antreten können. Immer wieder entwaffnete er Gaheris und der gestand seine Niederlage ein, als Gwalchmei ihm zurief: »Du bist am Ende. Wenn es echte Schwerter wären, wärst du längst tot.« Nachdem Gaheris ausgeschieden war, mussten Agravain, Lleu und ich plötzlich im Ernst gegeneinander antreten, unser Spiel nahm leicht verzweifelte Züge an.

Gegen mich focht Lleu, als wären wir allein auf der Welt. Gegen Agravain trat er nur an, weil er es musste, dessen Schläge wehrte er ab, als wäre sein Vetter bloß ein lästiges Insekt, eine geringfügige Störung. Agravain kämpfte zäh, zweimal hob er sein Schwert vom Boden auf und wurde immer gereizter. Als Agravains Schwert zum dritten Mal über den Rasen flog, stampfte Lleu wütend auf das hölzerne Heft, so dass es zersplitterte, bevor Agravain es wieder aufheben konnte. Agravain packte Lleu am Arm und versuchte ihn mit den Händen zu Boden zu zerren.

»Lass mich los!«, rief Lleu laut, und als Agravain ihn weiter festhielt, ließ Lleu sich plötzlich zu Boden fallen und rollte sich außer Reichweite.

»Geh da raus«, schrie Goewin. »Er hat dich geschlagen.«

Agravain warf seinen langen, kupferfarbenen Zopf stolz über die Schulter und ging weg; innerlich vor Wut kochend sank er neben seinen Brüdern gegen die Steinmauer.

Danach standen ich und Lleu uns allein gegenüber, schweigend ineinander verbissen. Der alte bittere Groll tobte in meiner Brust: Ich war stärker, größer und erfahrener als Lleu und wusste doch, dass ich nicht gewinnen konnte. Er musste mich vor dir und all deinen jüngeren Söhnen besiegen. Ich kämpfte ohne Rücksicht auf den Größenunterschied zwischen uns, ich wusste, dass er mir überlegen und meine Kraft mein einziger Vorteil war. Lleu sprang jedoch zur Seite, wich meinen Schlägen aus und parierte meine heftigen Angriffe wild entschlossen. Als Lleu endlich sein Schwert unter die Querlatte des meinen schob und mir die hölzerne Klinge gegen den Hals presste, konnte ich nicht mehr weiterkämpfen. Ich kapitulierte in aller Form, kniete vor ihm nieder wie vor einem Richter oder Henker, mit gebeugtem Kopf und entblößtem Nacken.

»Oh, gut gemacht!«, hauchte Gareth.

»Gut gemacht«, wiederholtest du seine Worte.

Lleu ließ sein Schwert fallen. Er bot mir seine Hand um mir aufzuhelfen, ich nahm sie und stand langsam auf. Welch ein Auftritt, wir beide so höflich und gelassen! Doch ihm zitterten die Hände, das schwarze Haar, das er sich aus der Stirn strich, war feucht und sein Gesicht war fahl. Es war doch etwas mehr gewesen als ein Spiel.

Die Jagd

Ich mag das Schwert nicht. Es ist eine schwerfällige Waffe und nicht zielgenau, dafür gedacht, wahllos Schaden anzurichten, total und sinnlos zu zerstören. Mit Pfeil und Bogen lässt sich sauber und schnell töten, sie sind die Waffen des Jägers, nicht des Kriegers, desjenigen, der Tiere tötet, nicht Menschen, der tötet um zu überleben, nicht um der Macht willen. Beinahe unmöglich einen Hirsch, einen Hasen oder einen Schwan mit dem Schwert zu erlegen.

Ich sage mir das immer wieder vor wie eine Litanei, als Entschuldigung für die Freude, die mir die Jagd bereitet, für das selbstvergessene Hochgefühl, das Lleu Blutdurst nennt. Nach deiner Ankunft in Camlan war die Jagd mein einziger Trost und mein einziges Vergnügen. Meist ging ich allein auf die Jagd, ich fühlte mich wohl in dem tiefen, grünen Wald südlich von Camlan. Wenn ich im Bergwerk nicht gebraucht wurde, erwartete man mich nicht einmal am Abend zurück. An den Tagen, an denen ich arbeiten musste, konnte ich mich zumindest durch die knorrigen Bäume, die sich an den roten Sandstein des Grates klammern, an Kaninchen und Rebhühner heranpirschen. Dann hatte ich immer Pfeil und Bogen bei mir.

So auch eines Morgens, als Goewin früh in mein Zimmer kam und mich fragte: »Wirst du heute auf dem Grat jagen?« Wie ganz Camlan wusste auch sie, was ich in meinen freien Stunden tat.

»Ich hatte es nicht vor«, antwortete ich kurz angebunden und hantierte mit Messer, Horn und Bogensehne. »Warum fragst du?«

»Lleu und die Vettern wollen dort eine Art Spiel spielen«, sagte sie, sie saß an meinem Schreibtisch und sah zu, wie ich meinen Köcher auffüllte. »Sie werden sich überall verfolgen und voreinander verstecken. Ich glaube, sie sind ein Haufen Idioten, trotzdem möchte ich nicht, dass du einen von ihnen fälschlicherweise für ein Wildschwein hältst und jemandem einen Pfeil durch die Kehle schießt.«

Darüber musste ich lachen. »Was tun sie denn, dass du nicht mitmachen willst?«

»Sie spielen eine Art Jagd. Keine echte. Sie nehmen ein paar Hunde mit, aber keine Waffen, weder Pfeil und Bogen noch Speere.«

Sie runzelte noch immer die Stirn. Ich fragte: »Was jagen sie denn dann, dass du so heftig dagegen bist?«

Mit einer Fingerspitze zerquetsche die sanftmütige Prinzessin ein kleines, leuchtendes Insekt, das sich über meinen Schreibtisch bewegte, und schnippte es durch das offene Fenster nach draußen. »Lleu.«

»Ich hoffe, er stellt sich als Jagdbeute besser an denn als Jäger«, sagte ich.

Sie lachte auf. »Oh! Na ja, er kennt den Grat besser als unsere Vettern. Er kann sich vor ihnen verstecken, selbst wenn er nicht schneller laufen kann als sie. Deshalb brauchen sie die Hunde.« Sie erhob sich und fügte im Hinausgehen hinzu: »Ich wollte dich nur warnen.«

»Danke«, erwiderte ich.

Aber sie blieb an der Tür stehen und ging nicht fort. »Wenn Lleu ihnen entkommt und bei Sonnenuntergang in den Garten der Königin zurückkehrt ohne gefangen worden zu sein, hat er gewonnen. Ich mache bei so etwas Kindischem nicht mit. Der Prinz von Britannien!« Sie hielt einen Moment inne. »Ja, ja!«

»Kindisch finde ich das nicht«, sagte ich. »Doch nicht die Wilde Jagd.«

Goewin lachte. »Denkst du an Gwyn-ap-Nudd, der die Seelen der Toten über den Himmel jagt? So schlecht sind Morgauses Kinder nicht.«

»Nein.« Wir lachten beide. »Aber im Süden veranstaltete man die Wilde Jagd im Ernst, sie endete damit, dass das auserkorene Opfer auf der Schwelle seines eigenen Hauses in einem rituellen Akt geschlachtet wurde. Mancherorts gibt es sie immer noch, allerdings tut man nur so, als würde das Opfer getötet.«

»Gott steh uns bei«, sagte Goewin grimmig. »Ich hoffe, unsere lieben Vettern wissen nichts davon.«

»Ich glaube nicht.«

»Es ist schon recht, dass du nicht mitspielst«, sagte

sie, als sie kehrtmachte um zu gehen. Mit dem Bogen in der Hand schaute ich ihr nach und dachte, es wäre tatsächlich ein Spaß, Lleu zu folgen. Da kam mir der Gedanke: Warum sollte ich das eigentlich nicht tun? Ich würde ihn nicht beim Spielen stören, sondern nur zusehen.

Ich bemühte mich sehr zu erraten, was Lleu wohl tun würde. Seine Vettern mussten ihn zuerst aufbrechen lassen, damit er wenigstens am Anfang eine Chance hatte, ihnen zu entkommen. Ich dachte, er würde vielleicht südlich den Weg durch die Buchenwälder nehmen, der zu den Fischereigewässern führt. Der Wald war dort schwülheiß von der Augusthitze, das Sonnenlicht sickerte grüngolden durch das dichte Laub. Ich band mein Pferd ziemlich weitab vom Pfad an, wo die dunklen Rhododendronsträucher es verdeckten, und versteckte mich dann selbst zwischen den Farnen um nach Lleu Ausschau zu halten. Es war angenehm, dort zu liegen im Wissen, dass ich nur auf meinen Bruder wartete und kein wachsames Auge auf ein Beutetier haben musste. Ich spürte die Kühle des lehmigen Waldbodens an Brust und Handflächen, er war ganz scheckig vom Sonnenlicht, das auch meinen Rücken wärmte. Und als ich so halb träumend dalag, trat eine Hirschkuh aus dem hohen Unterholz und überquerte den Weg und bald schon folgte ihr eine zweite. Ich atmete den warmen Farnduft ein und dachte eine scheinbar unendlich lange Zeit über nur noch an das grasende Wild.

Endlich erschien Lleu, leichtfüßig und beinahe

geräuschlos bewegte er sich vorsichtig lauschend den Pfad entlang. Er trug kurze Lederhosen und ein leinenes Hemd und nahm sich darin wie ein Geschöpf des Waldes aus. Er hatte nicht einmal ein Jagdmesser bei sich. Er blieb stehen, als er das Wild sah, das genauso still war wie ich, und schaute um sich. Vielleicht hatten ihn die beiden Tiere sogar bemerkt, aber sie liefen nicht davon. Meine linke Hand lag ruhig auf dem Bogenschaft, mit den Fingern meiner Rechten griff ich nach einem Zweiglein und warf es behutsam am Kopf des näher stehenden Tieres vorbei. Beide hoben die Köpfe, beäugten kurz Lleu, ihren unerwünschten Besucher, und liefen dann schnurstracks in den Wald zurück. Lleu rief ihnen zärtlich nach: »Lauft schnell, Schwestern!«

Ich sah ihn vorbeigehen und ließ ihn ziehen. Dann stand ich auf, band mir die Haare aus dem Gesicht und ging zum Pferd zurück. Ich wartete lang genug um Lleu einen ordentlichen Vorsprung einzuräumen, und folgte ihm dann. Oh, er bewegt sich ziemlich leichtfüßig, doch war es anfangs nicht schwer, seiner Spur zu folgen, er konnte nicht anders, als hin und wieder auf der weichen Erde einen Fußabdruck oder zumindest abgebrochene Zweige und niedergetretene Farne zu hinterlassen. Dennoch verlor ich seiner Spur. Er ging an den Fischereigewässern vorbei und nahm nicht den direkten Weg zurück, er war mit seinen Ländereien besser vertraut, als ich gedacht hatte. Das Südende des Sees ist mit spindeldürren Bäumen und dichtem Schilf bewachsen, dort wird das Gelände sumpfig und unwegsam. Wenn man von einem Grasbüschel zum nächsten hüpft, kann man zur Insel in der Mitte des Sees gelangen, obwohl sie vom Ufer aus unerreichbar erscheint. Vorsichtig und leise musste Lleu sich einen Weg durch den Sumpf gesucht haben, bis er auf der Insel wieder festen Boden unter den Füßen hatte. Dort konnte er sich unter die dornigen Brombeersträucher legen, den Sonnenuntergang abwarten, durch das Gewirr aus wilden Rosen und grünen Blättern in den Himmel schauen und dem Ruf der Sumpfvögel und dem Summen der Insekten lauschen. Voller Verachtung dachte ich, er macht es sich ziemlich einfach, seine Vettern zu überlisten, wenn er sich den ganzen Tag über auf der Gläsernen Insel versteckt. Daraufhin galt mein Interesse wieder dem Wald und der Jagd und Lleu überließ ich seinem Schicksal.

Der Tag ließ sich gut an. Von der Einsamkeit und der Stille des Waldes eingelullt, ritt ich langsam dahin. Ich sah kein Wild mehr und abgesehen davon, dass ich zwei kleine Rebhühner fing, schien der Tag ohne besondere Vorkommnisse zu verlaufen. Ich ritt nach Elder Field zurück und näherte mich gerade dem Fuß des kahlen Felsens, der den höchsten Punkt des Grates bildet, als ich Agravain laut rufen hörte – er hatte offensichtlich etwas entdeckt. Dann ertönte unverkennbar das ohrenbetäubende Gebell von Hunden, die durch dichten Wald jagen. Vom Lärm angezogen, ritt ich ihm entgegen. Als ich näher kam, sah ich, dass Lleu am Fuß des Felsens in eine hitzige Auseinandersetzung verwickelt war: Agravain und Gaheris hatten ihn gefangen und Agravain presste ihn gegen den roten Felsen. Dennoch gelang es Lleu vor meinen Augen, sich aus dem Griff seines Vetters loszureißen. Er war jedoch in die Enge getrieben und begann, sicher völlig unbedacht, die Felswand hinaufzuklettern.

Agravain zerriss halb einen Ärmel von Lleus Hemd bei dem Versuch, ihn hinunterzuziehen, aber Lleu trat fest mit dem Fuß nach unten und traf ihn an Kinn und Schulter. Agravain verlor das Gleichgewicht und rutschte ab, Lleu hingegen kletterte weiter und fand instinktiv Tritte und Griffe. Er musste sich die Handflächen blutig reißen, bewegte sich jedoch erstaunlich sicher in der Wand. Und Agravain packte, anständig wie er ist, einen eigroßen Stein und schleuderte ihn auf Lleu. Der verfehlte ihn, aber nur um Haaresbreite, und neben einem von Lleus Füßen bröckelte die Felswand ab, spitze Splitter und Steinbrocken fielen nach unten. Lleu stieß einen gellenden Schrei aus: »Tu's nicht, nein!« und rief irgendeinen Namen.

Sein Vetter bedachte ihn mit einem weiteren Geschoss und brüllte: »*Agravain!* Merk ihn dir endlich, du aufgeblasener Schwachkopf!«

Ein Felsbrocken prallte nur wenige Zentimeter von Lleus Hand entfernt gegen die Wand. Er klammerte sich neun Meter über dem Boden an Spalten im Sandstein fest und schrie: »Agravain, hör auf damit!«

Gaheris machte einen schüchternen Versuch, seinen Bruder zurückzuhalten, doch Agravain schüttelte ihn ab. Ich schwang mich vom Pferd und packte Agravain am Arm, als er gerade zu einem dritten Wurf ausholte. Wütend drehte er sich um, wurde jedoch puterrot und blickte betreten drein, als er sah, wer ihn anhielt. Lleu, über uns, blieb gar nichts anderes übrig, als weiterzuklettern. In der Hälfte der Wand erreichte er ein schmales Felsband, kaum so breit wie sein Körper, und zog sich den Vorsprung entlang, bis er mit dem Gesicht zur Felswand dalag.

»Was soll ich tun?«, stammelte Agravain bestürzt und suchte in meiner Miene nach Rat.

»Denk nach«, sagte ich und ließ sein Handgelenk los. Er und Gaheris standen einen oder zwei Augenblicke lang schweigend und rot vor Verlegenheit da. Schließlich rief Agravain Lleu zu: »Mylord, bist du auch nicht verletzt?«

Lleu blickte hinunter. Agravain stotterte weiter: »Mylord, es tut mir Leid ... das war unbedacht. Du hast mich getreten ... ich war zu wütend um nachzudenken. Du bist doch nicht verletzt, oder?« Ich war beherrscht genug über diese unbeholfene Entschuldigung nicht zu lachen.

»Mir geht's gut«, sagte Lleu langsam. »Nein, ich bin nicht verletzt. Gut gemacht, Medraut.«

»Das Vergnügen ist ganz meinerseits«, erwiderte ich spontan.

»Prinz...«, hob Gaheris unsicher zu sprechen an und Agravain sagte noch einmal: »Mylord...«

Ihre förmliche Demut schien Lleu zu beruhigen. »In Ordnung«, sagte er und fügte nach einer kurzen Pause spitz hinzu: »Gaheris, nächstes Mal könntest du aber vielleicht etwas schneller und entschiedener handeln. Und du, Agravain, hör auf zu denken!« Plötzlich konnte er sich ihre Namen merken.

»Ja, Mylord«, antwortete Gaheris leise. Agravain sagte nichts mehr. Er zuckte zusammen, als sei er geschlagen worden.

»Ist doch egal«, sagte Lleu. »Das Spiel fängt von vorn an.« Er ließ sich von dem Felsband herab und kroch auf allen vieren seitwärts, bis er flacheres Gelände erreichte. Ich sorgte dafür, dass Agravain und Gaheris ihrem Vetter einen Vorsprung gewährten, damit sie ihm nicht gleich auf den Fersen waren – eine gerechte Strafe für ihre Dummheit. Lleu lief ostwärts, nach Hause; wir warteten, bis die Blätter hinter ihm nicht mehr bebten, dann gingen wir auseinander.

Es war heiß. Nachdem ich wieder allein war, wurde es still um mich, die goldene gleißende Nachmittagsluft war schwül und summte von Insekten. Auch ich ritt nach Osten, diesmal jedoch ohne ein wirkliches Ziel. Ich ließ das Pferd sich seinen eigenen Weg über den Sandsteinschotter suchen. Die Vogelbeeren wurden gerade reif, ihre orangefarbenen Rispen leuchteten und Brombeeren bildeten erste Trauben unter den weißen Blüten. Im Schatten der dunklen Stechpalmenblätter stieß ich auf den steinernen Trog des Heiligen Brunnens und hielt an um zu trinken und mir Gesicht und Haare mit Quellwasser zu bespritzen. Als ich so dastand und mir das kühle Nass den Rücken hinunterlaufen ließ, erblickte ich auf dem Hügel unterhalb unverkennbar eine große rote Flanke und ein ausladendes Geweih. Stille und Schläfrigkeit waren wie weggeblasen und ich konzentrierte mich voll und ganz auf die Jagd und das mir ebenbürtige Beutetier.

Ohne auf die wilden Rosen und die scharfkantigen, schnarrenden Stechpalmen zu achten, ließ ich mein Pferd dem Hirsch nach den Hügel hinuntergaloppieren. Er konnte mich nicht abschütteln, ich hatte den ganzen Tag über so wenig getan, dass das Pferd noch frisch war. Unten am Grat, wo das Unterholz von Buschwerk in dichten Farn übergeht, begann ich näher heranzukommen. Da machte der Hirsch plötzlich einen Bogen um einer zierlichen, dunklen Gestalt auszuweichen, die unerwartet vor ihm auftauchte. Ausgerechnet jetzt kreuzte Lleu meinen Weg. Stolpernd erhob er sich aus den Farnen, wo er sich hingeworfen hatte um von dem Hirsch nicht niedergetrampelt zu werden, dann fiel er wieder auf die Knie, während ich dem Hirsch dichtauf folgte. Und diesmal wäre er wirklich zerquetscht worden, wenn ich in dieser verzweifelten Lage nicht blitzschnell die Zügel so heftig angezogen hätte, dass ich beinahe vom Pferd gefallen wäre, als es jäh einen Satz zur Seite machte und stehen blieb.

Einen Augenblick durchströmte mich blinde Wut. Wir waren beide plötzlich enttäuscht worden – ich hatte meine Beute verloren. Lleu war der Weg versperrt. Reglos kniete er da, zerlumpt, unerklärlicherweise barfuß, dreckig und abgerissen, ich saß mit dem Bogen in der Hand auf meinem tänzelnden, schnaubenden Roß. Lleus Blick war der einer stummen, verzweifelten Kreatur auf der Flucht vor ihrem Jäger. Natürlich! Jetzt dachte ich erst wieder an das Spiel. Und so sann ich auf Rache für das entgangene Wild und für Lleus Holzschwert an meiner Kehle. Mit heiserer Stimme sagte ich: »Bist du noch immer die Beute?«

Er nickte wortlos.

»Dann habe ich wieder eine«, sagte ich und schoss einen Pfeil in einen herabbaumelnden Fetzen seines Ärmels. Er traf und blieb dort hängen.

Erstaunt starrte Lleu ihn an, dann griff er mit einer Hand danach, um ihn herauszuziehen, und stürtzte sich mit der anderen auf den Boden um aufzustehen. Im selben Augenblick schoss ich einen zweiten Pfeil in die Erde, haargenau zwischen seine Hand und den bloßen Fuß; dort blieb er leicht bebend stecken.

Das war eine noch größere Herausforderung als der Hirsch und gefährlicher obendrein. Ich konzentrierte mich voll und ganz auf meine Hände, wissend, dass ich mit äußerster Genauigkeit treffen musste.

»Beweg dich nicht«, sagte ich.

Lleu bewegte sich nicht. Er kauerte da, beinahe unter den Hufen meines Pferdes, und ich schoss einen dritten Pfeil ab, der sein Haar streifte. Mit irrem Blick rief er leise: »Wenn du daneben zielst!«

»Das passiert mir nicht!«, rief ich ihm zu und schoss einen vierten Pfeil so nah an seinem Kopf vorbei, dass dessen Federn sein Ohr streiften. »Ich ziele nie daneben!«

»Hör auf zu schießen!«, schrie Lleu. Er sah, wie ich den nächsten Pfeil in meinen Bogen spannte und schluchzte: »Du vergeudest deine Pfeile!«

Ich schoss in die Wölbung zwischen Zeigefinger und Daumen der Hand, mit der er sich auf den Boden stützte. »Es lohnt sich«, sagte ich vor Rache glühend und zog einen weiteren Pfeil aus dem Köcher. Reglos und weiß, einer Alabasterstatue gleich, verharrte Lleu und fauchte mich durch die zusammengebissenen Zähne an wie eine Katze.

Da musste ich laut lachen und ließ den Bogen fallen. »Der Jäger wird zur Beute«, keuchte ich und konnte nicht aufhören zu lachen. »Der Mensch wird zum Tier. Steh auf, du Idiot!«

Lleu stand langsam auf. Zwei Pfeile steckten in der Erde zwischen seinen bloßen, staubigen, zerkratzen Füßen, und ein dritter hing von seinem zerrissenen Ärmel herunter. »Ich laufe nicht vor dir weg«, sagte er mit leiser Stimme. »Es ist mir völlig gleichgültig, ob sie mich fangen. Aber glaub bloß nicht, dass du mir Angst machen kannst.«

»Wenn du sehen könntest, wie kreidebleich du bist«, sagte ich beinahe zärtlich und wischte mir mit einem Handrücken die Augen.

»Es ist gar nicht komisch«, presste er hervor. »Es ist nicht im Geringsten komisch.«

»Dann entschuldige ich mich dafür, dass ich gelacht habe«, sagte ich. »Ich habe jahrelang nicht so gelacht.«

»Falls überhaupt je«, sagte Lleu frostig. Sein Gesicht nahm wieder Farbe an und die Angst wich dem Zorn.

»Warum bist du nicht auf der Gläsernen Insel geblieben?«, fragte ich.

»Ich habe mich gelangweilt, außerdem kam es mir

wie Betrug vor ... niemand hatte eine Ahnung, wo ich war.« Er starrte mich an. »Du hast mich *dort* aufgespürt? Dann bist du mir die ganze Zeit...« Er hielt inne und sagte noch einmal grimmig: »Ich laufe nicht vor dir weg.«

Ich sagte: »Kleiner Prinz, vor mir brauchst du nicht davonzulaufen. Du kannst vor deinen Vettern davonlaufen.« Dann hob ich mein Jagdhorn zum Mund und ließ es lang ertönen. »Hast du Kraft genug um den ganzen Weg nach Camlan schneller zu laufen als sie?«

»Hol dich der Teufel!«, rief Lleu. »Hol dich der Teufel, Medraut! Ich bin schon den ganzen Nachmittag gelaufen!« Er schob sich an meinem Pferd vorbei, drehte sich nach ein paar Schritten aber noch einmal um und sah mich an. Ich lachte und stieß noch einmal ins Horn. Er raste den Hang hinunter.

In gemächlichem Schrittempo ritt ich ihm nach, triumphierend und erschöpft von der ungeheuren Anspannung, die es mich gekostet hatte, mit den fünf vergeudeten Pfeilen haargenau ins Ziel zu treffen. Was machte es mir schon aus, wenn Lleu es schaffte, den Garten der Königin vor seinen Vettern zu erreichen? Letzten Endes würde er schneller sein als sie, das musste er auch. Er wusste, dass er gegen mich verloren hatte, und war darum entschlossen gegen sie nicht auch noch zu verlieren.

Damit hätte das Spiel zu Ende sein sollen.

Im Lauf des Tages hatte Lleu jedoch seinen jüngsten Vetter an Händen und Füßen gefesselt irgendwo am Grat liegen gelassen und ihn in seiner Gedankenlosigkeit völlig vergessen. Gareth ist der gutmütigste von all deinen Jungen, und als wir ihn fanden, betrachtete er sich als fair geschlagen, obwohl er den ganzen Nachmittag mit Lleus Sandalenriemchen gefesselt gewesen war.

Du aber verzeihst nie.

Beim Abendessen sprachen deine vier Jungen noch immer über das Spiel am Tage und du hörtest ihnen amüsiert und nachsichtig lachend zu. Doch als wir nach Tisch aufstanden, nahmst du Lleu beiseite und sagtest leise zu ihm: »Mein Prinz, nächstes Mal gehst du aber nicht so achtlos mit meinem Jüngsten um, nicht wahr?«

»Natürlich, Mylady«, antwortete Lleu bereitwillig. »Gareth war aber nie in Gefahr. Ich habe die Hunde bei ihm gelassen, damit sie ihn beschützen.« Er fügte hinzu: »Ich habe mich danach bei ihm entschuldigt. Wenn du möchtest, entschuldige ich mich auch bei dir.«

Da sagtest du zu ihm: »Vielleicht solltest du eine Strafe bekommen.«

»Die Entscheidung darüber liegt bei meinem Vater«, antwortete Lleu betont majestätisch, »nicht bei dir, Tante.«

»Ich werde es deinem Vater vorschlagen«, sagtest du zu Lleu, obwohl Artus selbst daneben saß und deinen Auftritt mit stiller Verachtung verfolgte.

»Ich werde es in Betracht ziehen, wenn du es tust«, sagte Artus, stand langsam auf und stützte sich mit einer Hand auf den Tisch, einem wachsamen Waldtier ähnlich, das einen möglichen Feind abschätzt. »Strafe und Rache sind zweierlei.« Du hieltest Lleu mit einer Hand an der Schulter fest und er stand ruhig da und wartete darauf, dass du ihn loslassen würdest.

Ich traue dir nicht über den Weg, sobald ich deine Fingernägel so nah an jemandes Augen sehe, darum befreite ich Lleu mit einer plötzlichen Bewegung aus deinem Griff. Ginevra sprach in knappen Worten aus, was ich gedacht hatte: »Rühr ihn nicht an!«

Du wandtest dich mir zu und legtest deine Hand nun auf meine Wange. Es war eine sanfte, zärtliche Berührung, und ich glaubte, du machtest dich über mich lustig. »Mich auch nicht«, sagte ich und wehrte deine Hand ab. Du lächeltest Lleu milde an und sagtest: »Nicht immer genügt eine Entschuldigung. Aber diesmal lassen wir's gut sein.«

Die Königin der Orkaden

Am darauf folgenden Tag regnete es, dennoch saßen ein paar Familienmitglieder nach dem Abendessen im Säulengang. Der Abend war warm und heiter und es war angenehm, in dem mit Steinen und Fliesen gepflasterten Vorbau zu sitzen und den ringsum aufsteigenden, schweren, frischen Duft der nassen Gärten zu atmen. Artus und ich spielten Dame, Goewin saß zwischen uns und verfolgte konzentriert unsere Züge. Es hätte ein ruhiger Abend werden sollen. Doch dann kamst du in den Säulengang hinaus um dich zu uns zu gesellen. Du stelltest dich hinter mich um dir das Spiel anzusehen, und als du da standest, fuhrst du mir mit den Fingerspitzen über den Nacken. Ein merkwürdig gemischter Schauder aus Freude und Widerwillen überlief mich, so dass ich auf den Armen Gänsehaut bekam. Instinktiv versuchte ich mich zu ducken um dir auszuweichen. Nachsichtig sagte Artus zu dir: »Du störst.«

»Oh, da weiß ich mir ein besseres Spiel«, sagtest du

heiter und setztest dich hinter Artus auf einen Stuhl am Rand des Vorbaus. Als Lleu ein paar Minuten später herauskam, riefst du ihm zu: »Bleib bei mir. Sprich mit mir«, und er war zu höflich und nicht genug vor dir auf der Hut um auf Ausflucht zu sinnen. »Dir ist kalt«, sagtest du in normalem Tonfall zu ihm. »Rede mit mir und ich reibe dir die Hände.« Lleu saß auf den Fliesen zu deinen Füßen und ließ dich seine Hände anhauchen und sie sanft reiben, während ihr beide miteinander spracht. Ich beugte mich missmutig über das Spielbrett, als könnte ich euch nicht sehen.

Nach einer Weile hörtet ihr jedoch auf zu schwatzen und schließlich machte Goewin mich mit einem Fingerzeig darauf aufmerksam, dass Lleu eingeschlafen war. Er schlief genauso, wie er gesessen hatte, am Boden zu deinen Füßen, den Kopf an dein Knie gelehnt, eine Hand lag noch immer in deinem Schoß. Als ich hinsah, fuhrst du ihm mit deiner hageren Hand übers Haar. Und als du bemerktest, wie mein Blick langsam auf dich fiel, fasstest du ihn spöttisch, herausfordernd und verführerisch bei den Händen. Der Stein, den ich in der Hand hielt, zerbrach plötzlich zwischen meinen Fingern.

Mit ruhiger Hand legte ich die zerbrochenen Teile auf das Brett vor mir und stand auf, während Artus auf seinem Hocker schaukelte um zu sehen, was mich so faszinierte. Ich beugte mich zu dir und flüsterte dir am Ohr vorbei: »Was kannst du nur von Lleu wollen?«

Ruhig lächelnd fragtest du mich: »Was willst du damit sagen?«

Verärgert flüsterte ich: »Du bist ungewöhnlich liebevoll.«

Da lachtest du hellauf. Als du dann sprachst, waren deine Worte an mich gerichtet, aber deine Stimme war so laut, dass auch Artus und Goewin sie hören konnten. »Hier und jetzt verachtest du meine Zuneigung, obwohl auch du, als du klein warst, trostbedürftig zu mir gekrochen kamst, nachdem ich dich hatte auspeitschen lassen.«

Mir riss der Geduldsfaden. Ich fragte: »Was hat das mit Lleu zu tun?«, bemühte mich dann aber meinen Zorn zu unterdrücken. Ich stand vor dir und sah, die Hände in die Hüften gestützt, auf dich herab. »Du hast den Prinzen nicht auspeitschen lassen und er ist nicht zu dir gekrochen gekommen um sich von dir trösten zu lassen.«

»Nein?«, sagtest du und fuhrst Lleu durchs Haar. »Meine Gesellschaft muss für ihn uninteressant sein, ich scheine ihn so gelangweilt zu haben, dass er eingeschlafen ist.« Mit Blick auf Goewin und Artus sagtest du: »Medraut hat sich nicht verändert. Schon als Kind war ich ihm verdächtig, ständig widersprach er mir und wollte sich einfach nicht mit mir vertragen. Er schien mich dazu herauszufordern, streng mit ihm zu sein. Manchmal musste ich ihn für Dinge bestrafen lassen, die Gwalchmei getan hatte.«

»Ich bedauere nur, dass du so lange mit einem solchen Kind belastet warst«, sagte Artus kühl. »Ich hätte ihn früher holen lassen, wenn ich das gewusst hätte.«

»Einmal wurde er so sehr geschlagen, dass er vor Fieber glühte, als er zu mir kam«, fuhrst du erbarmungslos fort. »Das war die Strafe dafür, dass er mich der Lüge bezichtigt hatte. Erinnerst du dich, Medraut? Du warst erst zehn.«

»Ich war sieben«, zischte ich leise.

Du zucktest mit den Achseln. »Egal, jedenfalls ziemlich jung. Aber schon damals wolltest du danach nicht zugeben, dass du Unrecht hattest.«

Verzweifelt stieß ich die Worte aus: »Wen kümmert's, was ich getan habe? Es ist fast zwanzig Jahre her.«

»Vor zwei Jahren warst du noch erbärmlicher«, sagtest du und streicheltest meine verkrüppelte Hand. »Und bist es immer noch, glaube ich.« Du nahmst die mit Narben übersäten Finger und küsstest sie.

Ich zog meine Hand weg und sagte mit erstickender Stimme: »Du wirst mich nicht...« Ohne den Satz zu beenden nahm ich jedoch Reißaus und ging niedergeschlagen die Steinstufen in den Regen und die tropfnassen Gärten hinaus.

Ich kehre nie mehr zurück, dachte ich, nie mehr komme ich zu dir gekrochen und bitte dich mir zur Versöhnung übers Haar zu streichen. Wie ein Blinder ging ich vom Haus weg und blieb erst an der Steinmauer am Rand des Guts stehen, dort blickte ich nicht zurück, sondern auf die Hügel. Gequält, von zornigen Schluchzern geschüttelt, stand ich da und merkte kaum, dass ich meine Fingerknöchel so heftig gegen den nassen Stein drückte, dass ich mir die Haut aufriss.

Inzwischen war Goewin mir gefolgt. Lange stand sie neben mir, lehnte, ohne ein Wort zu sagen, an der Mauer und wartete ab, bis ich mich beruhigt hatte. Schließlich legte sie ihre Hand auf meine armen Finger und sagte: »Sie hat jetzt keine Macht mehr über dich.«

»Doch«, keuchte ich, »doch. O Gott, ich wünschte, sie wäre nie gekommen. Warum reist sie nicht ab?«

»Warum sollte sie?«, fragte Goewin zu Recht. »Vielleicht sieht sie ihre Jungen nie wieder. Sie gibt leeres Geschwätz zum besten und weckt böse Erinnerungen, aber hier ist sie machtlos.«

Ich schaute sie prüfend an. Sie beobachtete mich staunend und besorgt. Selbst in dem Moment fürchtete ich mich noch davor, es ihr oder irgend jemandem zu erzählen, aber ich musste mich jemandem anvertrauen, sonst wäre ich verrückt geworden. Schließlich sagte ich: »Sie hat meine Hand verkrüppelt. Ich hatte mir bei der Jagd die Finger gebrochen, wie ich dir erzählt habe, und sie wurde zu Rate gezogen um die Knochen zusammenzuflicken. Sie drehte und brach sie absichtlich so, dass die Hand nicht mehr heil werden konnte. Später mussten sie noch einmal gebrochen werden. Ich habe sie dann selbst zusammengeflickt.«

»Warum?«, hauchte Goewin ungläubig. »Warum sollte irgendjemand so etwas tun?«

»Um mir eine Lektion zu erteilen, genauso, wie sie es behauptet hat«, stieß ich die Worte nur so aus. »Um mich zu lehren, dass ich mir bei der Jagd nicht alle Knochen brechen soll. Gott steh mir bei, sie war so außer sich vor Wut. Man brachte mich nach Hause, zerfetzt und mit gebrochenen Knochen, die Haut schon ganz blutarm, staubbedeckt und nach Hirschblut stinkend. Sie war so wütend. Murmelnd fluchte sie die ganze Zeit über vor sich hin, ich sei ein Idiot, als sie die zersplitterten Knochen meiner Beine und meines Handgelenks zusammenflickte.«

»Medraut, ich habe dich jagen gesehen«, flüsterte Goewin. »Wie konntest du dich nur so schrecklich verletzen?«

»Wir waren zu Fuß auf der Jagd, mit Speeren, und ich ging mit meinem Dolch auf einen ausgewachsenen Hirsch los«, antwortete ich, wohl wissend, dass das keine Erklärung war. »Dass sie Lleus Hand so liebevoll streicheln und dabei die ganze Zeit daran denken kann, was sie mir angetan hat! Sie ist so unberechenbar und so grausam und …«

»Sie hat uns nichts zuleide getan«, sagte Goewin.

»Und so stark«, beendete ich meinen Satz und strich mir das nasse Haar aus dem Gesicht. »Selbst nachdem sie meine Hand verkrüppelt hatte, klammerte ich mich noch Trost suchend an sie, so wie ich es als Kind getan hatte. Jedes Mal ging ich zitternd zu ihr zurück.«

»Aber warum hast du solche Angst vor ihr?«, fragte Goewin beharrlich weiter.

»Wenn ich mich ihr widersetze, beschwört sie unser dunkles Geheimnis, dass sie meine Mutter ist und ich ihr gehorchen muss.«

»Ist es so ein Geheimnis?«, fragte Goewin. »Du nennst sie Patin.«

»Niemand weiß es. Nur die wenigen Menschen, die bei meiner Geburt auf ihr Stillschweigen eingeschworen wurden, und seit kurzem du und Lleu. Es ist der Grund dafür, dass Artus mich nie zum Thronerben machen würde, selbst wenn ich sein einziges Kind wäre. Für mich gibt es keine größere Schande. Ich könnte es nicht ertragen, wenn ihre anderen Kinder es erführen.«

»Aber warum, Medraut?«, beharrte Goewin ruhig.

»Was denkst du?«, fragte ich sie ebenso ruhig zurück.

Sie sah weg. Sie wollte eine klare Antwort und ich wollte ihr keine geben. »Sag mir, was du denkst«, wiederholte ich meine Aufforderung. »Du hast mich im Schlaf reden gehört, du hast die Narben auf meinem Rücken gesehen. Sicher hast du eine Vermutung.«

»Gut«, sagte sie grimmig entschlossen. Ihre Hand lag noch immer fest auf der meinen – vertrauensvoll, vertraulich und unendlich mutig. »Dann sage ich dir, was ich mir gedacht habe, Medraut. Ich glaube, dass du wie alle anderen nichts von deiner Herkunft wusstest und dass du und Morgause ein Liebespaar waren. Und als du herausfandst, dass sie deine Mutter ist, nahmst du dir vor, dich selbst zu zerstören.«

Ich sagte kein Wort. Schließlich fragte Goewin: »War es so?«

»Nein«, antwortete ich bitter. »Du könntest kaum etwas Schlimmeres von mir denken! Aber deine Vermutung stimmt nicht. Ich habe immer schon gewusst, dass sie meine Mutter ist.«

Goewin starrte die Wand an, ihr Gesicht war entschlossen, die Stirn gerunzelt. Wir waren beide nass bis auf die Haut. »Hier hat sie keine Macht«, beharrte Goewin endlich stur auf ihrer Behauptung um sich und mich zu beruhigen. »Das hast du ihr selbst zu verstehen gegeben. Lleu ist nicht bestraft worden. Sie kann niemandem etwas antun.«

»Wenn ich vor ihr stehe, bin ich nicht so mutig wie du«, sagte ich. »Mit meinen bloßen Händen und einem Jagdmesser habe ich einen majestätischen Hirsch erlegt, aber sie kann mich mit ein paar Worten und einem Kuss zur Strecke bringen.« Noch einmal strich ich mir das feuchte Haar aus den Augen und lächelte reumütig. »Ach, Gott, ich bin tropfnass.«

Goewin lächelte mit. »Ich auch. Komm wieder herein.« Ruhig gingen wir durch die silbrigen, grünen und grauen Gärten zurück. Der Säulengang war leer.

Wir trafen dich in der Halle. Die Lampen waren noch nicht angezündet und im Dämmerlicht des regnerischen Abends war es zu dunkel, um dein Gesicht zu erkennen. »Der Prinz ist zu Bett gegangen«, teiltest du uns freundlich mit. »Ihr könnt in sein Zimmer gehen und sehen, dass alles in Ordnung ist. Ihm ist sehr kalt und Artus musste ihn ins Bett tragen, weil wir ihn nicht wecken konnten.«

»Ihr konntet ihn nicht wecken?«, fragte Goewin beunruhigt nach.

»Ich würde annehmen, dass es sich um eine Schierlingsvergiftung handelt, wenn ich nicht eine so gute Meinung vom Personal meines Bruders hätte«, sagtest du ernst.

Empört sagte Goewin: »Wer würde so etwas tun? Er hat sicher Fieber.« Sie drängte sich an dir vorbei in Lleus Schlafzimmer, doch ich folgte ihr nicht gleich. Ich fragte dich ruhig und routinemäßig: »Bei welcher Art Fieber bekommt man Schüttelfrost?«

»Du brauchst keine Angst zu haben«, sagtest du. »Ich glaube, morgen früh wird er schon wieder gesund sein.«

Lleu lag im Bett und schlief. Goewin zog die schweren Vorhänge vor die Fenster, als ich hereinkam, und Artus zündete gerade das Feuer im Kohlenbecken an. Ich kniete mich ans Bett, rüttelte Lleu an der Schulter und sagte sanft: »Was macht dich so müde, Kleiner?« Halbherzig schob er meine Hand weg und murmelte ein paar unverständliche Silben, es gelang uns jedoch nicht, ihn so wach zu bekommen, dass er sitzen oder einen zusammenhängenden Satz sagen konnte. Trotzdem atmete er gleichmäßig und ihm war eigentlich nicht besonders kalt. Artus stellte sich neben mich und fragte ruhig: »Was ist das?«

»Nichts, Sir«, antwortete ich. Schierling? Vielleicht ein Fingerhut voll aus einer vergifteten Tasse, aber nicht genug um ihm etwas zuleide zu tun. Es konnte auch ein Zufall gewesen sein.

Warum bist du dann aber überhaupt auf die Idee mit dem Schierling gekommen?

Ich endete mit den Worten: »Nichts, außer dass er ungewöhnlich müde scheint. Ich glaube, morgen früh ist es vorbei.«

»Er hatte dieses Jahr keine Atembeschwerden«,

sagte Artus, »und er ist viel kräftiger als früher. Medraut, du kennst dich als Arzt genauso gut aus wie Aquila, bist du dir sicher, dass es nichts Schlimmes ist?«

»Nichts, das nicht durch Schlaf zu kurieren wäre. Wirklich, Mylord«, antwortete ich.

Wir ließen es dabei bewenden. Im Lauf der folgenden Woche begann die Ernte und an den Tagen, an denen ich dort mithelfen konnte, nahm ich meine Mahlzeiten mit den Feldarbeitern im Freien ein. Dann kehrte ich erst nach Einbruch der Dunkelheit erschöpft und sonnverbrannt zurück und fiel todmüde ins Bett ohne zu Hause mit irgendjemandem gesprochen zu haben. Nun bereitete mir nicht einmal mehr die Arbeit im Bergwerk Vergnügen, denn bei dem Schacht, den wir gerade gruben, stießen wir immer wieder auf festen Fels und es gelang uns nicht, an die Malachitader heranzukommen, die wir in nächster Nähe vermuteten. Am Wochenende saß ich an meinem Schreibtisch und versuchte gerade einen Plan zu entwerfen, wie wir uns um das Gestein herumarbeiten könnten, ich war zu müde und zu sehr in meine Arbeit vertieft um aufzusehen, als Lleu hereinkam.

»Was stimmt nicht mit mir?«, fragte er eindringlich. »Du weißt es. Ich bin mir sicher, du weißt es. Verabreichst du mir heimlich ein Betäubungsmittel?«

»Nein!« Ruckartig drehte ich den Kopf, sah ihn an und sagte wütend: »Ich habe es dir geschworen! Außerdem, warum sollte ich das tun?«

»Wage nicht, mich anzulügen!«, sagte Lleu grimmig.

»Ich wage alles«, sagte ich zu ihm, dabei klang meine Stimme in meinen Ohren so ruhig und Furcht erregend, wie ich stets nur die deine gehört habe. »Aber ich lüge nicht.«

Ein paar Augenblicke starrten wir einander in gespanntem Stillschweigen an. Dann seufzte ich leise, stützte meinen Kopf in die Hand, lehnte mich auf dem Schreibtisch nach vorn und schaute ihn an. »Soll das heißen, dass du noch immer so müde bist?«, fragte ich.

»Ja, seit der Nacht nach unserem Spiel«, sagte er. »Medraut, es tut mir Leid, aber du kennst dich in Arzneien und Kräutern besser aus als irgendjemand sonst hier.«

Dem war nicht so.

Aber er wusste damals noch nichts von deinen Kenntnissen und ich konnte kaum glauben, dass du es wagen würdest, dir durch einen so himmelschreienden Verrat in seinem eigenen Haus den Zorn deines Bruders zuzuziehen. Ich schaute auf das Mosaik mit den Delphinen hinunter, auf ihre ewige Verfolgungsjagd auf dem grauen Meeresgrund. »Ich habe die letzten vierzehn Tage täglich im Bergwerk und auf dem Feld gearbeitet«, sagte ich. »Wann hätte ich Zeit haben sollen, dich zu vergiften? Warum sollte ich es tun? O Gott!«

»Es tut mir Leid«, sagte er noch einmal mit sanfter Stimme, den Tränen nahe. »Es tut mir Leid. Ich habe Angst, Medraut! Was geht da vor sich?«

»Ich kann es nicht sagen«, antwortete ich langsam. »Bist du nur erschöpft, oder hast du sonst noch etwas?«

»Nicht wirklich. Aber ich schlafe einfach immerzu ein! Ich bin nicht krank, es ist, als bekäme ich ein Rauschmittel, als tränke ich Mohn oder zu viel Wein.«

»Hast du jetzt auch das Gefühl?«

»Nein«, gab er zu. »Manchmal ist es da, dann wieder nicht.«

»Weiß sonst noch jemand davon?«, fragte ich.

»Nur, wenn einer es bemerkt hat. Ich habe es niemandem erzählt außer Goewin. Medraut, du musst etwas unternehmen, du kannst einfach nicht zulassen, dass ich auf rätselhafte Weise vergiftet werde!«

»Du weißt nicht sicher, dass es Gift ist«, sagte ich müde, »außerdem kann es sich ändern. Ich behalte dich jedoch im Auge. Wenn du spürst, dass es wieder anfängt, komm sofort zu mir oder schick Goewin.«

Daraufhin ging er beruhigt weg. Ich dachte an das, was du in jener ersten Nacht gesagt hattest, und überlegte immer mehr.

Kurz vor Einbruch der Dunkelheit kam Goewin zu mir und ich schlief bereits, obwohl es noch so früh war. Sie rüttelte mich ein wenig an der Schulter; sonst berührte sie mich unter solchen Umständen nur selten, denn ich schlief nackt unter meinen Decken und meine Alpträume beunruhigten sie. Und ich träumte in der Tat. Statt aufzuwachen knurrte ich: »Nein!« und schlug ihr voll ins Gesicht.

Sie stand da und starrte mich an, sie war nicht wirklich verletzt, aber zu verblüfft um ein Wort zu sagen. Ich saß aufrecht und still da, in Trance. »Sir?«, sagte sie zaghaft, während ich sie anschaute ohne sie zu sehen.

»Medraut!«

»Prinzessin?«, murmelte ich schließlich, als mir endlich bewusst wurde, wo ich war und was ich getan hatte. »Goewin?« Staunend sahen wir einander an. »Verzeih mir. Ich…« Ich schluckte und zitterte. »Es war ein Traum, Mylady. Was willst du?«

Sie sah mich lange und streng an. Schließlich sagte sie langsam: »Mit Lleu stimmt etwas nicht. Es ist nicht nur Erschöpfung, seine Handgelenke sind eiskalt.«

Ich hörte ihr mit ruhiger Miene zu, stieg dann rasch aus dem Bett und zog ein loses Gewand an. Ich zündete eine Kerze an und suchte ohne Eile in meinen Regalen nach den Fläschchen, die ich wahrscheinlich brauchte. »Weißt du, was es ist?«, fragte Goewin.

»Ich bin mir nicht sicher«, antwortete ich. »Wenn es Gift ist, dann Schierling.«

Sie presste ihre Lippen zusammen. »Kannst du etwas dagegen tun?«

»Ich glaube ja. Geh und zünde ein Feuer für ihn an. Ich komme nach.«

Goewin und ich saßen bis spät in die Nacht bei Lleu, teils um ihn zu trösten, teils um ihn zu versorgen und teils um mit gedämpfter Stimme gemeinsam zu erörtern, was vor sich ging. Lleu war nun eher aufgeregt als matt, er stocherte in der Glut des Kohlenbeckens, zappelte unruhig herum und hantierte abwechselnd mit allem, was im Zimmer herumlag, Bücher und Wachskerzen, Schmucksachen und Spiele. Er konnte nicht stillhalten. In den letzten beiden Jahren hatte er seine volle Größe erreicht und eine seiner natürlichen Anmut ebenbürtige Drahtigkeit erworben, seine Gesten wirkten nun aber bemüht und entschlossen, als müsste er jede Bewegung genau überlegen und sich darauf konzentrieren. Zum Schluss saß er auf dem Boden neben dem Bett, brach für einen Augenblick zusammen und vergrub das Gesicht in den Händen. Danach schaute er auf und fragte: »Wer macht das?«

Ich glaube, Goewin hatte wie ich eine leise Ahnung von der Antwort auf diese Frage. Dennoch sagten wir beide nichts. »Hast du eine Vermutung? Weißt du etwas?«, weinte Lleu leise vor sich hin.

»Ich habe eine Vermutung«, sagte Goewin mit grimmiger Entschlossenheit.

»Ohne Beweis kannst du niemandem für so etwas die Schuld geben«, sagte ich.

»Wir können es Vater erzählen, damit er dafür sorgt, dass es aufhört.«

»Nein!«, wandte ich mich dagegen. »Es kann ein Zufall sein.« Ich wollte die Bedrohung herunterspielen und Lleu selbst beschützen. »Denk an die Angst und den Ärger, die auf dem ganzen Gut um sich greifen würden, wenn wir von Gift redeten. Lleu ist nicht verletzt.«

»Doch!«, sagte er.

»Bist du nicht«, antwortete ich. »Du fühlst dich unwohl und du hast Angst. Aber du bist nicht in Gefahr.«

Goewin widersprach mir in stiller Wut: »Woher

willst du das wissen? Wenn es ein Zufall sein kann, dann kann es ebenso gut böser Wille sein, und weil bekannt ist, dass du dich bei Giften auskennst, wird jedermann dich beschuldigen, Medraut.«

»Ich habe dich schon beschuldigt«, warf Lleu ruhig ein.

»Ach, Lleu, wenn du mir schon nicht über den Weg traust, wer wird es dann tun? Es würde mir furchtbar weh tun, wenn du mit so einer Anschuldigung zu deinem Vater gingst! Ich lasse nicht zu, dass man dir ein Leid zufügt.«

»Medraut, so etwas Unvernünftiges habe ich noch nie von dir gehört!«, rief Goewin. »Das ganze Essen und Trinken in Camlan scheint verdorben zu sein, sobald Lleu es in den Mund nimmt.«

»Dann besorgen wir ihm Essen aus Elder Field«, sagte ich kompromisslos. »Bitte, Goewin, hilf mir das durchzustehen, hilf mir Camlan von hässlichen Intrigen und Verdächtigungen zu verschonen.«

Ich glaube, Goewin willigte endlich ein, weil sie wollte, dass ich ihr damit beweise, dass man sich auf mich verlassen kann, dass ich dafür sorge, dass alles gut wird. Widerwillig befolgten die Zwillinge meinen Plan. Lleu kam mit mir aufs Feld hinaus und nahm seine Mahlzeiten dort ein. Am ersten Morgen, an dem er mich zur Ernte begleitete, band er sich ein feuchtes Leinentuch vor Mund und Nase und sagte zu seiner Entschuldigung: »Bei dem Staub fällt mir das Atmen schwer.« Dann arbeitete er aber genauso fleißig wie alle anderen. Wenn er zu Hause war, überwachte Goewin jeden seiner Schritte, systematisch und in aller Stille sorgte sie dafür, dass er nichts aus dem Haus aß. Dennoch befanden wir uns weiter in einem Zustand der Spannung und wagten nicht zu glauben, dass die Sache bereits zu Ende sein könnte.

Schach

Als wir am vierten Tage danach aufwachten, lärmten im Garten der Königin die Singvögel in ihren Käfigen. Aus einer Laune von dir heraus und zu deinem Vergnügen war er vor dem Morgengrauen geschmückt worden. Elegante Käfige aller Größen und Formen standen auf den Spazierwegen und Mauern und hingen von den kleinen Bäumen, bunte Bänder flatterten von den Korbstangen und Glöckchen aus Knochenporzellan und Silber erklangen. Ach, Patin, wie kommt es, dass du bei aller Grausamkeit ein Auge für schöne Dinge hast? Der Garten sah aus, wie für ein Hochzeitsfest hergerichtet.

Du verbrachtest dort den Tag, bewundertest die Singvögel und füttertest die Pfauen mit Brotkrümeln. Unwiderstehlich angezogen wie eine Motte vom Licht, kam ich früh vom Feld heim und trieb mich unter den eleganten Käfigen herum. Ich bemühte mich dir auszuweichen, allerdings ist der Garten der Königin nicht sehr groß. Schließlich zwang ich mich zu dir hinzugehen. Du saßest auf dem Gras zwischen den Pfauen und sammeltest die hell leuchtenden, regenbogenfarben schimmernden Brustfedern, die herumlagen. »Wann reist du ab?«, fragte ich nachdrücklich.

Du sahst auf, deine Augen hatten das tiefe, traurige Grau oder Blau eines Winterabends. »Ich reise ab, wenn die Ernte eingebracht ist«, sagtest du und zupftest dabei von einem Stengel Lavendel eine Blüte nach der anderen ab und zerdrücktest sie zwischen den Fingern, bis deine Hände von ihrem markanten süßen Duft umgeben waren. »Ich besuche meine Mutter in Venta Belgarum und kehre dann zurück auf die Orkaden.«

»Sei nur geduldig«, fügtest du hinzu und strecktest dich träge und katzenhaft. »Hier ist es so mild und warm. Es erinnert mich an das Sommerland im Süden, wo ich aufgewachsen bin. Auf den Orkaden ist es kalt.«

»Zwanzig Meilen östlich von hier liegen die Hohen Gipfel und dort ist das Land ebenso kalt und unbarmherzig wie alles im Norden«, sagte ich.

»Ach, aber du magst doch die Kälte.« Mit einer Pfauenfeder fuhrst du über mein Handgelenk und beklagtest dich: »Medraut, warum hast du mir nicht auch ein Paar der schönen afrikanischen Katzen geschickt?«

»Oh, lass doch«, sagte ich sanft und wandte mich dem Haus zu. Lleu ging gerade die Treppen des Säulenvorbaus hinunter und blickte erstaunt um sich. Auch er war frühzeitig vom Feld heimgekehrt.

»Nein, bleib. Setz dich zu mir.« Du ließest deine schmale Hand in die meine gleiten um mich hinunterzuziehen und sagtest verschwörerisch: »Ich habe auf ihn gewartet. Es wird ihm gefallen, meinst du nicht?«

Lleu spazierte langsam von Haselholzturm zu Weidenpalast, strich mit seinen schlanken braunen Händen die knatternden Wimpel beiseite, den dunklen Kopf gebeugt oder den Blick nach oben gerichtet, damit ihm auch kein Vogel entgehe. »Ich bin heute Morgen nicht hier heruntergekommen«, rief er dir über seine Schulter hinweg zu. »Ich habe nur durch die Atriumfenster hinausgeschaut.«

»Gefällt es dir, Prinz?«, fragtest du.

Langsam kam er zu uns herüber und schaute mit glänzenden Augen um sich. »Es ist wunderschön, Tante!«, antwortete er. »Wie bist du auf die Idee gekommen?«

»Es ist gar nicht so schwer, sich eine Unterhaltung auszudenken, wenn man ein so müßiges Leben führt wie ich«, sagtest du freundlich. »Möchtest du, dass ich dir die Namen der Vögel sage?«

»Gut«, sagte er, setzte jedoch seinen langsamen Rundgang durch den Garten fort. Schließlich kam er zu uns zurück und streckte dir seine Hand entgegen um dir aufzuhelfen. Mit dankbarer, graziöser Geste nahmst du sie, Pfauenfedern flatterten aus deinen Fingern. Doch als du aufstandst, machtest du Lleu mit einem deiner Fingernägel einen blutigen Kratzer auf die Innenseite seines Handgelenks.

»Oh, Verzeihung!«, riefst du aus und zogst Lleus Hand rasch an die Lippen, so dass du den Kratzer küssen konntest.

Er stand still da und blickte dich fest an: »Mylady«, sagte er ruhig, »was wolltet Ihr damit?«

»Nur ein Zufall«, sagtest du.

»Es war kein Zufall!«, rief ich aus und wollte aufstehen. Du hieltst mich mit einer Hand an der Schulter fest – ein wortloser Befehl, mich nicht zu bewegen. »Leiser, mein Schütze, leiser«, sagtest du. »Ich verstehe dich auch so.«

Der Hauch Lavendel umschwebte deine Hand und deine rot und schwarz emaillierten Armreifen klapperten und klirrten neben meinem Ohr. »Bei dir ist nichts zufällig«, begehrte ich auf, deine Hand auf meiner Schulter machte mich jedoch machtlos.

»Sehr selten«, stimmtest du mir zu. Lleu stand vor dir, kleiner als du, zierlich und dunkel. Die Pfauen liefen im Kreis um ihn herum. »Na, Prinz, du bist ja so bleich geworden wie ein Leintuch!« Du lachtest.

Lleu wandte sich rasch von dir ab. Er lenkte sich ab, so gut er konnte, und fuhr einem Pfau mit den Fingerspitzen über die leuchtenden blauschwarzen Nackenfedern. Schüchtern und befangen hielt er den Kopf gebeugt, so dass wir sein Gesicht nicht sehen konnten. Ich sah zu dir auf und drehte plötzlich meine Handflächen nach außen um meinen Ärger kundzutun und als fragende Geste, aber du drehtest nicht einmal den Kopf. »Du bist schön, Prinz«, sagtest du ruhig zu Lleu, »wunderschön. Ich habe noch nie jemanden gesehen, der so finster schön ist.«

»Geh weg«, flüsterte Lleu ohne aufzusehen. »Lass mich in Frieden. Warum willst du mich verletzen?«

»Tänzer, Schwertfechter«, sagtest du. »Schwarzes Haar und Augen, so tief und dunkel, Prinz von Britannien, Erster und Bester in den Augen des Großkönigs. Bist du nicht in jeder Hinsicht mein Gegner? Wenn es dich nicht gäbe, wäre mein Sohn Thronerbe.«

»Patin, musst du das sagen?«, unterbrach ich sie angewidert.

Gereizt sagte Lleu: »Medraut will das Königsamt gar nicht.«

»Ich dachte mir schon, dass du errätst, wen ich meinte«, sagtest du aalglatt. »Hast du ihn denn je gefragt?«

Lleu rieb sich das Handgelenk und bemerkte nebenbei: »Ich hasse diese Pfauen.«

»Und mich?« Halb lächeltest du.

Er konnte dir nicht in die Augen sehen. »Ich glaube, ich habe dich bisher nicht gehasst«, sagte er. »Aber du scheinst mich zu hassen.«

»Natürlich nicht, albernes Kind«, erwidertest du. »Komm, ich gehe mit dir zur Villa.« Du botest ihm deinen Arm an und er nahm ihn wie in Trance. »Ich werde es dem König erzählen«, sagte er verzweifelt.

»Was wirst du ihm erzählen?«, fragtest du. »Es gibt nichts zu erzählen, Strahlender.« Du drehtest sein Handgelenk um und fuhrst mit den Fingerspitzen über den Kratzer, den du ihm zugefügt hattest. »Soll ich den mit Salbe einreiben?«

»Nein, rühr ihn nicht an!«, sagte Lleu. Er lief vor dir weg, fast bis ins Haus und stolperte ein wenig. Ich kam nur mühevoll auf die Beine und wollte ihm gerade folgen, da packtest du mich am Ärmel und hieltst mich zurück. »Ich sagte, du sollst bleiben«, wiederholtest du deinen Befehl. »Eine Weile kann der kleine Sonnenprinz auch ohne deine schützende Hand überleben.«

Ich fragte sie streng: »Warum hast du ihn eigentlich verletzt?«

»Er hat mein Kind schwer vernachlässigt. Ich versuche nur ihn ein bisschen zu bestrafen.«

»Es war ein Spiel. Er hat um Verzeihung gebeten und ihm ist verziehen worden. Warum musst du immer weiterbohren?«

»Du arbeitest gegen mich, Medraut«, sagtest du ruhig. Die Vögel in den Käfigen zwitscherten und flöteten über unser beider Köpfe. »Du nimmst meinen Anschlägen die Spitze.«

Mit unterdrücktem Zorn sagte ich: »Patin, ich bemühe mich darum, den Frieden in diesem Haus zu erhalten, und ich hoffe, du spürst, dass ich gegen dich arbeite.«

Du lachtest wieder und gabst mir keine Antwort.

Später fand ich Lleu im Atrium. Im stillen Sonnenschein schlief er zusammengerollt auf einer der breiten Fensterbänke, den Kopf auf eine Hand gebettet, und in einer Kniekehle döste eine Katze. Lleu schlief und wir waren einen ganzen Tag nicht auf dem Feld gewesen. Ich beugte mich zu ihm nieder um ihn zu wecken und fragte ihn: »Etwas nicht in Ordnung?«

Steif setzte er sich auf und die Katze sprang weg. »Das kann nicht sein«, antwortete er. »Ich habe vier Tage lang nichts vom Essen hier zu mir genommen.«

»Aber du bist immer noch so müde.« Ich setzte mich neben ihn auf die Steinbank.

»Ich nehme an, es ist Morgause. Ich glaube, ihre Berührung allein ist schon giftig«, sagte Lleu wütend und erschöpft, während er sich das Handegelenk rieb. »Könnte das sein?«

Ich lächelte. »Bei der Jagd verwenden einige Leute vergiftete Pfeile oder Speere. Die Berührung genügt aber nicht, die Haut muss verletzt sein.«

Die Worte blieben mir im Hals stecken und einen stillen Augenblick lang sahen Lleu und ich einander in stummem Entsetzen an. Dann drehte Lleu langsam sein Handgelenk um und zeigte es mir. Die Schattenmuster der filigranen, matten Bleiglasfassungen und das Licht der schimmernden Butzenscheiben mit den Bläschen im Glas fielen auf seinen bloßen Arm. Der schmale Kratzer darauf war nicht tief genug um richtig zu bluten, die Haut rundum war jedoch rot und fühlte sich heiß an. Ich nahm Lleus Hand und hielt den Kratzer an meine Lippen. »Es riecht nach Lavendel«, sagte er. »Das würde mich nicht schläfrig machen.«

»Nein, das würde es nicht.« Die Wunde roch nach Eisenhut. Darüber konnte auch der Lavendelduft nicht hinwegtäuschen.

Lleu rieb sich die Augen und murmelte: »Ich habe es satt.«

»Ich auch.« Ich schnaubte ein wenig um mein höhnisches Lachen zu unterdrücken. Vergiftete Fingernägel! Du bist wirklich erlesen, Patin.

Es war jetzt schon zu spät, um aufs Feld zurückzukehren, und es gab keine andere Möglichkeit, als mit dem Rest der Familie zu Abend zu essen. Kaum hatten wir uns vor dich hingesetzt, da fiel dein schieferkalter Blick auf Lleu, als er seine Tasse hob um zu trinken. Ich sprang nach vorn und schlug ihm die Hand beiseite, so dass die Tasse durch das Atrium flog, gegen die Fensterbank knallte und als Hagel aus Tonscherben und Apfelwein zu Boden ging.

Artus sprang auf und schlug so fest mit der Hand auf den Tisch, dass das Geschirr klapperte. Er brüllte: »Was zum Teufel ist los mit dir, Medraut?«

Mir fiel keine Antwort ein. Ich stand vor Artus und hatte keinerlei Entschuldigung für mein Verhalten.

»Medraut denkt wahrscheinlich, der Apfelwein sei schlecht geworden«, sagte Goewin plötzlich und brach das peinliche Schweigen. »Heute Morgen war eine Flasche schlecht.«

»Das stimmt nicht«, widersprach ich matt.

»Ich habe ihn selbst probiert«, beharrte Goewin vorsichtig und überlegt auf ihrer Behauptung, sie sah mir in die Augen und sagte: »Ich mag mich irren. Aber warum sollen wir es riskieren?«

Ich ballte meine Hände zu Fäusten, damit sie nicht zitterten. Noch nie war ich so nah daran gewesen zu lügen. Ginevra sagte freundlich: »Am besten schaffst du den Schmutz weg, Medraut.«

Nach einem Tag bei der Ährenlese kletterte ich mit nacktem Oberkörper in den roten Felsen des Grates hoch über Feldern, Dorf und Gut herum. Ich traf Lleu, wie er aus dem Heiligen Brunnen, dem im Schatten liegenden Steintrog hoch oben zwischen Bäumen und Felsen, trank und sich darin die Hände wusch. Das Wasser war so dunkel, dass ich seine Hände nicht sehen konnte. »Musst du so weit gehen um zu trinken?«, fragte ich und er antwortete mir: »Ich glaube, unser Brunnen ist vergiftet.« Als er seine Hände aus dem Wasser nahm, fielen anstatt klarer, tiefrote Tropfen zu Boden. »Du blutest!«, sagte ich, er schien es aber nicht zu hören. Ich veranlasste ihn sich umzudrehen, damit er mich ansah: seine Haut war weiß, nicht bleich, von einem toten, unwirklichen Weiß, wie Quarz oder wie der Mond. Als ich seine Hände in die meinen nahm, fühlten sie sich so kalt und leblos an wie Stein. »Du stirbst«, flüsterte ich, und während ich das sagte, sank er langsam am Boden zusammen.

Jemand sagte mit leiser, aber eindringlicher Stimme meinen Namen. Ich drehte mich nicht um, obwohl ich wusste, dass du hinter mir standst. »Medraut«, hörte ich nochmals meinen Namen und spürte eine Berührung auf meiner bloßen Schulter. Ich schüttelte dich ab. »Patin, nein«, winselte ich. Wieder mein Name und wieder deine Berührung.

Dann ein heftiger, heißer Schmerz auf meiner Schulter, als hätte ich plötzlich Feuer gefangen.

Ich schrie: »Verflucht, Lady!« und stellte plötzlich fest, dass ich in meinem Zimmer in der Villa im Bett lag, auf einen Ellbogen gestützt und eine Hand gegen meine Schulter gepresst. Ein Traum, nur ein Traum. Aber der brennende Schmerz –

»Medraut, ich bin's«, sagte Goewin. »Goewin, Goewin – nicht die, die du denkst.«

Im Halbschlaf starrte ich vor mich hin. Goewin stand nur ein paar Schritte von mir entfernt. Als ich aufwachte, war sie erschrocken zurückgewichen. Die kleine irdene Lampe zitterte in ihren Händen und meine Schulter war mit dem abgekühlten Öl aus der Lampe verschmiert. Ich dachte, sie habe mir das heiße Öl absichtlich auf die Schulter gegossen um mich zu wecken. »Endlich rückst du damit raus«, sagte ich atemlos. »Ich wusste nicht, dass ich mehr als einer Sphinx Rechenschaft schuldig bin.«

Goewin fragte unsicher: »Was ist eine Sphinx?«

»Ein Fabelwesen, das Rätsel aufgibt«, murmelte ich, während ich die Brandwunde untersuchte, »es hat den Körper eines Löwen und den Kopf einer Frau und verschlingt junge Männer.«

»Tut mir Leid«, sagte Goewin flehentlich – eine Psyche mit schlechtem Gewissen, die sich nicht sicher war, welche Geister sie gerufen hatte. Sie kniete neben meinem Bett und sagte mit leiser, inbrünstiger Stimme: »Du hast zusammengerollt geschlafen, mit dem Rücken gegen die Wand und geballten Fäusten, und du warst so tief in einen Traum versunken, dass ich dich nicht aufwecken konnte. Ach, Medraut, du schläfst, als hättest du Schmerzen! Ich habe mich zu schnell bewegt und Öl aus der Lampe verschüttet, aber es war ein Unfall. Ich würde dir nie absichtlich weh tun, niemals!«

»Gib mir das Gewand, das über dem Stuhl hängt«, sagte ich. Sie reichte es mir und schaute weg, als ich es anzog.

»Geht es mit der Brandwunde wieder?«, fragte sie.

»Entschuldige dich bitte nicht noch einmal«, sagte ich beinahe amüsiert über ihre Besorgnis. Ich stand auf und trat ans offene Fenster um meine Schulter gegen die wohltuend kalte Steinwand zu drücken. Die Nachtluft strömte Kühle aus. Goewin stand hinter mir im Dunkeln und versuchte die kleine Lampe ruhig zu halten. »Wozu bist du hierher gekommen?«, fragte ich.

»Lleu wird schon wieder vergiftet«, sagte sie. »Er kniete an meinem Bett und litt Todesqualen wie nie zuvor. Ich konnte ihn nicht dazu bringen aufzustehen. Er hat das Gefühl, er stehe in Flammen.«

Ich drehte mich um und sah sie an. »Wieso? Was meint er damit?«

»Er sagt, sein Mund und seine Augen brennen und überhaupt sein ganzer Körper...«

»Das dürfte von Wolfsmilch kommen«, sagte ich. »Ich brauche Milch und besorg mir ein helleres Licht.« Ganz automatisch begann ich meine Regale nach einem geeigneten Gegengift zu durchsuchen, obwohl ich gegen so finstere und unfassbare Machenschaften, wie du sie dir in deiner Wut nebenbei ausdenkst, kaum gewappnet bin.

Lleu befand sich in Goewins Zimmer, er war auf dem Boden neben ihrem Bett zusammengesunken und lag noch genauso da, wie sie ihn verlassen hatte. Er klammerte sich an den schweren Vorhang, als wäre er das Einzige, was ihn noch aufrecht hielt. Ich musste ihm den Stoff aus den Fingern winden. Als ich ihn zwang loszulassen, umklammerte er meine Hände mit dem eisernen Griff der Verzweiflung und ich konnte ihn kaum eine Sekunde lang abschütteln um den Arm voll Flaschen abzustellen, den ich trug. Am Ende musste ich ihm die Hände fesseln. In dem Augenblick schaffte er es, keuchend »O nein!« zu sagen. Es war unsäglich, welche Qualen er leiden musste, was immer er auch verbrochen haben mochte.

Als der schlimmste Teil der Nacht vorbei war, rief Lleu leise: »Was geschieht mit mir? Bin ich der Bauer in einem Schachspiel, werde ich als Spielzeug missbraucht?«

»Wie könnte das passiert sein?«, fragte Goewin. »Beim Abendessen hast du nichts getrunken.«

»Danach habe ich Wasser getrunken«, sagte Lleu. »Vielleicht habe ich meine Tasse nicht genau genug angeschaut.«

»Du hättest die Wolfsmilch doch im Wasser schmecken können?«, fragte ich erstaunt. »Ach, macht nichts. Du warst schon vom Eisenhut benebelt. Kannst du jetzt schlafen, Kleiner?«

»Ich werde es versuchen«, antwortete Lleu.

»Dann gute Nacht«, sagte ich und sammelte die Fläschchen wieder ein, die am Boden verstreut standen. »Morgen werde ich es deinem Vater sagen. Diese Sache habe ich nicht mehr unter Kontrolle.«

Ich brachte Lleu in sein Zimmer, ging dann in meines zurück und breitete die Flaschen und übrig gebliebenen Kräuter auf meinem Schreibtisch aus. Die Nacht war schon halb vorüber. Kurz nach Sonnenaufgang sollte ich im Kupferbergwerk sein, ich war jedoch entschlossen noch vor Tagesanbruch mit Artus zu sprechen. Der Schlaf verhieß ohnehin nur einen weiteren Alptraum. Statt wieder ins Bett zu gehen, setzte ich mich im Flur vor die Tür zu den Gemächern meines Vaters um dort zu sein, wenn er aufwachte. Der Steinboden war kalt und die Tür, an die ich mich lehnte, hart. Die kleine Brandwunde an meiner Schulter war zur Blase geworden, die nun brennend schmerzte. Ich zog die Knie gegen die Brust und stellte mir vor, ich könnte bis zum Morgen Wache halten.

Noch ein Traum.

Ich bin allein in einem verlassenen Garten. Die Steinplatten auf den Wegen haben Sprünge und zerbröckeln, liebliche, blühende Weinreben ranken sich zwischen den verblühten Rosen, saftiges Grün unter einem saphirblauen Himmelszelt. Im Land jenseits der Gartenmauern hingegen trockene, rissige Erde und kahler, roter Fels. Den Hang unterhalb des Gartens durchzieht ein ausgetrocknetes Flussbett. Ich glaube, ich befinde mich im Süden Ägyptens; wenn ich dem Flussbett folge, stoße ich auf den Blauen Nil, die hohen Berge und die dünne, klare Luft von Aksum. Am Ufer des trockenen Flusses sitzt eine Gestalt im Schneidersitz, hinter ihr die Wüste, und ich bin überrascht in diesem von dunkelhäutigen Menschen bewohnten Land jemanden zu treffen, der beinahe so hellhäutig ist wie ich. Als ich mich ihm nähere um nach dem Weg zu fragen, stelle ich fest, es ist mein Bruder. »Das ist nicht Afrika«, sagt er zu mir. »Erkennst du die Ebene von Mercia nicht wieder?«

Und wirklich. Ich kann den Leuchtenden Kamm und den Grat erkennen, obwohl dort kein Wald mehr ist. »Wo sind denn die Bäume?«, frage ich.

Er schweigt. Er blutet wieder, wie im ersten Traum, diesmal aus einer Wunde an seiner Seite. Dann ist es nicht Lleu, Artus' Sohn und Prinz von Britannien, sondern sein Namensvetter Lleu Llaw Gyffes, der Strahlende mit der ganz ruhigen Hand. Man hat ihn verstümmelt, verraten und verzaubert, seine Hände werden zu Klauen und seine Augen rund und golden. Plötzlich ist er ein Adler, der über meinem Kopf kreist und schreit.

In Wirklichkeit schrie Goewin und ich war wach und kauerte auf dem kalten Fußboden im Flur. Artus stand im Eingang zu seinen Gemächern und Ginevra schlüpfte mit einer brennenden Kerze an uns vorbei. Ich stand rasch auf. »Was geht da um Himmels willen vor sich?«, fragte Artus barsch. Durch die offene Tür von Goewins Zimmer hörten wir Ginevra leise und beschwichtigend sprechen und gleich darauf Goewins erschütternde, unterdrückte Schluchzer. »Ist etwas nicht in Ordnung?«, fragte Artus laut.

»Ein schlechter Traum«, antwortete Ginevra. »Sie ist wohlauf.«

Artus wandte sich mir zu. »Meine tapfere Goewin wacht schreiend aus Alpträumen auf«, sagte er in ruhigem Ton. »Lleu kann kaum zwei Stunden hintereinander wach bleiben und du lauerst mitten in der Nacht vor meiner Tür.«

Er machte eine Pause und schien eine Antwort zu erwarten. Ich sagte unsicher: »Ich muss mit dir sprechen.«

»Wenn du den Morgen abgewartet hättest, dann wäre dir das Warten in deinem Zimmer vielleicht leichter gefallen als im Flur.«

Ich schaute schuldbewusst zu Boden.

»Wir können jetzt miteinander sprechen«, sagte Artus. Wir gingen in sein Studierzimmer. Artus setzte sich an seinen Schreibtisch und ich zündete das Feuer an. In der gespannten Atmosphäre war ich froh meine Hände betätigen zu können und froh um die paar Minuten, in denen ich überlegen konnte, wie ich meine Geschichte erzählen sollte. »Du hast wohl nicht gut geschlafen«, bemerkte Artus.

»Nein«, räumte ich ein.

»Setz dich«, sagte er.

»Danke, Sir.« Ich saß da und hatte meine Hände auf die Knie gelegt, damit sie nicht zitterten. Dann erzählte ich dem König ausdruckslos und unvoreingenommen, was du Lleu antatest. Artus hörte ebenso zurückhaltend zu, er war nicht überrascht und es war, als erzählte ich ihm eine Geschichte von fremden Menschen aus einer anderen Zeit und an einem anderen Ort.

»Am einfachsten wäre es, sie fortzuschicken«, beendete ich meinen Bericht. »Man braucht keine Erklärung abzugeben und es gibt keinen Skandal. Niemand in Camlan braucht zu wissen, warum sie abreist.«

»Hast du einen Beweis für ihren Verrat?«, fragte Artus.

»Nichts außer ihrer eigenen dunklen Andeutung«, antwortete ich. »Aber jemand steckt dahinter und es sieht ihr ähnlich. Es ähnelt einer Grausamkeit, die sie mir einmal angetan hat.« Das Sprechen fiel mir schwer und ich versuchte offen zu sein. »In den zwei Jahren, die ich bei ihr war, habe ich sie sehr gut kennen gelernt. Sie kann sehr grausam sein. Ich weiß, dass ihr zueinander keine Zuneigung hegt, und mir ist klar, dass sie keinerlei Grund hat, deine Kinder zu lieben.«

»Hat sie einen Grund, sie zu hassen?«, fragte Artus ruhig nach. »Nun, es stimmt, sie treibt ihr Spiel mit Menschen. Wann hat das angefangen?«

»Ich glaube, es war an dem Abend, als Lleu im Säulenvorbau eingeschlafen ist und du ihn ins Bett tragen musstest«, antwortete ich. »Damals regnete es.«

Artus lehnte sich, die Hände auf dem Schreibtisch gefaltet, nach vorn, seine Miene war noch unvoreingenommen, seine Stimme jedoch bereits unversöhnlich. »An dem Abend, als ich dich direkt danach fragte, hast du mir versichert, mit Lleu sei alles in Ordnung«, sagte er. »Hast du damals gelogen oder lügst du jetzt, und zu welchem Zweck? Und wenn du sie im Verdacht hattest, sie quäle Lleu, warum bist du dann nicht sofort zu mir gekommen?«

»Ich habe nicht gelogen«, sagte ich. »Anfangs wusste

ich noch nicht, was vor sich ging, und ich dachte, er sei nicht in Gefahr.« Dann ballte ich meine Fäuste und sprach langsam und widerstrebend. »Deine Schwester. Ich bin… Ich wollte dem ein Ende setzen, bevor sie deinen Zorn heraufbeschwört. Sie vertraut mir. Zumindest…«

Bevor ich mich verbessern konnte, fragte mein Vater mich jedoch: »Wie kann ich dir dann vertrauen?«

Ich hob von neuem an: »Ich dachte, ich könnte ihre Pläne selbst durchkreuzen. Lleu wird aber immer noch vergiftet. Ich weiß, was sie mir angetan hat und was sie Lleu antun könnte, und das macht mir Angst.«

»Medraut, was hat sie dir angetan?«, fragte Artus.

Ich sagte kein Wort. Ich schaute auf meine Hände, öffnete sie vorsichtig und gab ihm keine Antwort.

»Nun«, sagte Artus milde. »Woher soll ich dann wissen, wovor ich mich hüten muss?«

»Bis zu diesem Sommer hast du mir aufs Wort geglaubt. Ich verstehe, warum sich das ändern könnte. Doch wenn ich mich für deinen Sohn und gegen sie ausspreche, dann kannst du doch nicht meinen, dass sie so einen großen Einfluss auf mich hat.«

»Ich glaube, genau das ist der Grund, warum du mich bittest sie fortzuschicken«, antwortete Artus. »Weil sie ihn hat. Ich glaube, du fürchtest dich viel mehr vor dem, was sie dir antun könnte, als vor dem, was sie Lleu antut.«

»Das mag schon stimmen.« Ich seufzte.

»Lleu ist kaum mehr als ein Kind und mir lieber als mein eigenes Leben«, sagte Artus. »Er muss immer noch vor Angst oder Schmerz bewahrt werden. Aber dich hatte ich für stark und klug genug gehalten dich allein durchzuschlagen.«

Ich saß still da und schwieg. Mein Vater, heißt das, dass ich von dir keinen Schutz und keine Hilfe erwarten kann, dass ich von meiner Treue und Stärke immer nur geben muss und nie etwas dafür bekomme? Nein und nochmals nein, sagte ich mir, das konnte er nicht meinen. Schließlich sagte ich etwas und versuchte mich zu beruhigen und mich zu fügen. »Aber Lleu ist in Gefahr.« Ich blickte Artus in die Augen. »Es hat keinen Sinn, sein Leben aufs Spiel zu setzen, nur weil du mir nicht vertraust.«

»In Ordnung«, sagte Artus. »Wir wecken Morgause, dann kannst du sie offen bezichtigen.«

»Was, jetzt?«

»Warum nicht? Geh sie wecken«, sagte Artus. »Wenn du willst, dass ich sie fortschicke, dann geh sie jetzt selbst wecken und bring sie hierher.«

Ich sarrte ihn an. »Ich selbst?«

»Warum nicht? Sie hat dich als ihr eigenes Kind aufgezogen, du musst doch vor heute Nacht schon Anlass gehabt haben, ihre Gemächer zu betreten.«

Er beobachtete mich aufmerksam, ob ich es tun würde oder nicht, und sah mir meine Scheu an den Händen und im Gesicht an. Ich war wütend, dass ich so leicht zu durchschauen war, stand rasch auf und sagte zu meinem Vater: »Warte hier.« Als ich eine Lampe von einer der Wandkonsolen nahm um auf dem Weg durch die Flure Licht zu haben, dachte ich an Goewins Missgeschick und erwog dir das ganze Öl aus der Lampe über den Kopf zu gießen um dich aufzuwecken. Stattdessen schickte ich jedoch eine deiner Kammerzofen mit der Nachricht, du solltest deinen Bruder im Atrium treffen, in dein Schlafzimmer. Das war kleinlich und gemein, denn es klang wie die Einladung zu einem heimlichen Stelldichein um Mitternacht. Ich weckte auch den Rest der Familie, rief sie zusammen und ging dann zu Artus zurück. Ich verneigte mich vor dem Großkönig und sagte: »Deine Familie erwartet dich im Atrium.«

Alle waren sie da: Ginevra, die Goewins Hand hielt; deren strenges Gesicht trug noch die Spuren des Alptraums und der Tränen; Lleu war kalkweiß vor Erschöpfung und Besorgnis; deine vier anderen Kinder, die in der Villa anstatt in einer der Hallen geschlafen hatten um dir nahe zu sein, solange du noch in Camlan weiltest; und du, heiter und majestätisch in ihrer Mitte. Artus betrachtete seine Kinder und Neffen, seine Frau und seine Schwester, die alle im trüben Licht des Kohlenbeckens auf ihn warteten. »Du wolltest mit mir sprechen, Mylord?«, fragtest du.

Artus setzte sich hin. »Medraut glaubt, du vergiftest den Prinzen von Britannien«, sagte er kühl.

»Welch eine Beschuldigung!«, erwidertest du gelassen. Gareth wand sich ein wenig vor Bestürzung und biss sich unglücklich auf die Lippen. Agravain starrte Lleu mit zusammengekniffenen Augen an, als wäre sein Vetter verantwortlich. Aber keiner der Jungen wagte es, das respektvolle Schweigen zu durchbrechen. Lleu zitterte, er konnte dir nicht in die Augen sehen, er hasste es, als Opfer im Mittelpunkt solch einer Bosheit zu stehen.

»Welch eine Beschuldigung!«, sagtest du nochmals, als genössest du es, dich das sagen zu hören. »Welchen Beweis hast du, Medraut? Ich habe niemandem auch nur irgendeinen Anlass gegeben, schlecht von mir zu denken.«

Artus deutete mit einer ironischen Geste auf mich und sagte trocken: »Er steht vor dir und du sagst das? Ist er nicht Anlass genug?«

Ich wandte mich meinem Vater zu, als hätte ich einen Schlag abbekommen. »Ich?«

Er sprach in grimmigem Zorn. Das musste ihm herausgerutscht sein, das konnte er doch selbst nicht glauben. Ich gab nicht nach. »Wir sprachen vom Prinzen, nicht von mir«, sagte ich zu dir. »Diese Woche hat er mich dreimal um Hilfe gebeten um dem giftigen Mittel entgegenzuwirken, das du ihm heimlich verabreicht hast. Solange du mich so behandelt hast, habe ich nichts gesagt und niemand hat je etwas davon erfahren, aber über den Prinzen hast du nicht so viel Macht und da werde ich nicht den Mund halten.«

»Treu, so treu ergeben«, grinstest du spöttisch. Selbst Agravain schauderte. Lleu und Goewin hatten dich noch nie so zornig gesehen.

»Es ist keine Frage der Treue«, antwortete ich. »Ich werde nicht zusehen, wenn Kinder gequält werden. Ich werde nicht zusehen, wie du mit dem Leben des Thronerben spielst.«

»Warum nicht?«, fragtest du. »Der Mord an ihm würde dir sicher zum Vorteil gereichen.«

»Mutter!«, riefen Gwalchmei und Agravain schockiert.

Artus sagte nur: »Lleu, komm hierher.« Lleu gehorchte, setzte sich seinem Vater zu Füßen und Artus nahm eine von Lleus schmalen, zitternden Händen in die seinen. Ich stand aufrecht und bewegungslos da, bis die anderen wieder ruhig waren, dann sagte ich zu dir: »Aber du hast ihn nicht umgebracht. Du quälst ihn. Vielleicht tust du es, um meine Kenntnisse von Heilmitteln und Gegengiften auf die Probe zu stellen. Ich setzte sie aber ein um dem Prinzen zu dienen und nicht um dir zu gehorchen.«

»Deine Kenntnisse bedürfen keiner Probe«, antwortetest du. »Ich habe sie dir gut beigebracht. Was den Gehorsam mir gegenüber angeht, so wirst du tun, was immer ich von dir verlange.« Du warst genauso kühl wie ich. »Diese belanglose Demonstration deiner Loyalität gegenüber Artus und seinem kleinen Prinzen macht deine Bindung zu mir nicht zweitrangig.« Niemand sprach ein Wort. Streng fragtest du nach: »Nicht wahr?«

Es war Stunden nach Mitternacht. Die restlichen Hausbewohner schliefen. Angesichts des tiefen, ununterbrochenen Schweigens, das auf deine letzte Frage hin eintrat, schaffte ich es kaum, die Worte: »Großkönig, brich mit ihr!« zu flüstern. Ich holte tief Luft, presste eine Hand auf meine Schulter und bedauerte, dass ich mich nicht mehr um die Brandwunde gekümmert hatte. So stand ich ohne einen Trost allein da.

»Am Morgen reist du ab«, sagte Artus endlich zu dir, »und die Jungen bleiben bei mir. Sie sollten ohnedies dableiben. Ich werde es nicht zulassen, dass meine Neffen von dir verdorben werden.«

Gareth brach plötzlich in weinerliches Bedauern aus: »O Mutter, wie konntest du nur?« Obwohl sie dir treu ergeben sind, meldete keiner deiner Söhne einen Zweifel an deiner Schuld an.

Agravain brummte wütend: »Ich würde mich glücklich wähnen, wenn du einem von uns nur halb so viel Aufmerksamkeit schenken würdest.«

Diese Bemerkung ignoriertest du und fragtest Artus: »Bekomme ich die Erlaubnis, in den Süden zu fahren um unsere, deine und meine, Mutter zu besuchen, bevor ich auf die Inseln zurückkehre?«

Agravain fauchte: »Da ist jemand Narr genug, so mit dem Großkönig zu reden, nachdem er seinen Thronerben mit dämonischen Zauberkünsten halb vergiftet hat.«

»Agravain«, sagtest du freundlich.

Er schaute weg. »Entschuldige, Mutter«, murmelte er erbittert.

»Spar dir das, Agravain«, sagte Artus. »Ja, du darfst Igraine besuchen. Ich werde dich sogar eskortieren lassen. Die Männer stehen bereit, sobald du deine Sachen für die Reise gepackt hast. Deine Menagerie, den Rest deines Hab und Guts und deine Dienstboten schicken wir dir nach. Niemand erfährt etwas von diesem Treffen heute Nacht, aber du reist morgen ab.«

»Die Menagerie ist doch mein Geschenk für dich.«

Artus seufzte: »Verschone mich damit, Morgause! Deine Geschenke für Lleu haben mir gereicht.«

»Ist das alles?«, fragtest du.

»Ich könnte mehr sagen«, antwortete Artus gleichmütig, »aber all das muss nicht unbedingt gesagt werden.«

Impulsiv hob Lleu den Kopf um seinen Vater anzusehen, und während er plötzlich aufsah, wandtest du dich ihm zu. »Prinz von Britannien«, sagtest du hasserfüllt, »aber gewiss doch. Du bist so jung und schwach! Kaum mehr als ein seltenes Schmuckstück, ein Spielzeug, das man nach Belieben benutzen und bei passender Gelegenheit weglegen kann.«

»Lleu ist nicht schwächer als deine eigenen Knaben«, sagte Artus kurz und bündig. »Was das Spielzeug anbelangt, so scheinst du an deiner Pfauensammlung mehr Gefallen zu finden als an den Kindern deines Gatten.«

»Und ehrlich gesagt, ist dein anderer Sohn auch nützlicher für mich«, antwortetest du mit Blick auf mich. Agravain schaute mit zusammengekniffenen Augen starr drein, neiderfüllt lechzte er nach deiner Gunst. Alle deine Kinder lechzen danach.

»Medraut hat recht ehrlich gegen dich gekämpft um zu verhindern, dass Lleu ein Leid geschieht«, rief Goewin. Ihre Treue beschämte mich.

»Spar dir das, Goewin«, sagte Artus nun auch zu ihr. »Ich bin fertig mit ihr. Hört auf, ihr habt euch genug angefahren.«

Du verbeugtest dich tief vor Artus und küsstest ihm die Hand. »Dann werde ich mich von dir verabschieden und meine Reisevorbereitungen treffen. Ich danke dir für deine Milde, Mylord.« Du wandtest dich Lleu zu und knietest vor ihm nieder. »Und du, kleiner Prinz«, sagtest du mit sanfter Stimme und stecktest ihm die Hand entgegen, »vergibst du mir?«

Er warf dir einen feindseligen Blick zu und antwortete empört: »Nein, ich vergebe dir nicht. Und ich glaube, du kannst dir denken, warum ich dir lieber nicht die Hand gebe.«

»Du weißt, ich wollte nicht, dass du in deines Vaters Haus ermordet wirst«, sagtest du.

»Ich weiß«, antwortete er. »Du verstehst das vielleicht nicht, aber dass ich wusste, du willst mich nicht umbringen, hat mir am meisten Angst eingejagt.«

Du reagiertest mit einem breiten Lächeln, das im trüben Licht strahlend warm wirkte. »Ich verstehe es«, sagtest du. »Das war auch meine Absicht.«

Im Morgengrauen ergriff ich die Flucht und blieb fast bis Sonnenuntergang im Bergwerk. Du warst bereits abgereist, als ich heimkam. Der Haushalt war noch nicht wieder im gewohnten Gleis, deine Dienstboten tuschelten paarweise oder waren damit beschäftigt, deine Sachen zu packen. Ich konnte deinen Kindern nicht gegenübertreten, obwohl es ihnen wenig bedeutete, ob ich ihnen in die Augen sah oder nicht. Ich suchte Trost bei den jungen Fledermäusen und Goewin traf mich dort, wie ich draußen vor meinem Zimmer unter dem Dachgesims stand. Als sie näher kam, öffnete ich meine hohlen Hände und die Fledermaus, die ich hielt, blinzelte ihr im Dämmerlicht schläfrig zu. Sanft strich sie ihr über den seidigen Rücken. »Sie vertrauen dir jetzt«, sagte sie, »selbst die erwachsenen Tiere.«

»Es ist ganz eigenartig«, erwiderte ich rasch, »weil sonst niemand...« Ich hielt inne und lächelte ihr zaghaft zu. »Sie sind schön, nicht wahr?«

Sie sah mich an und sagte: »Du siehst ganz müde aus.«

»Ich bin auch müde.«

»Du hättest Lleu einfach sterben lassen können oder letzte Woche seinen Tod sogar selbst herbeiführen können. Deine Hände sind so kräftig, dass du das zarte Wesen in deiner Hand zerquetschen könntest, aber du tust ihm nicht weh.« Sie seufzte. »Medraut, träumst du jemals von etwas anderem als deiner Mutter?«

Ich öffnete meine Hände und hob sie in die Höhe und die Fledermaus flog fort in die lavendelblaue Dunkelheit. Ich sah Goewin nicht an. »Wie viel ich dir auf die eine oder andere Weise schon verraten habe«, sagte ich düster.

»Tust du's nun oder nicht?« Sie wollte es unbedingt wissen.

»Über ein Jahr hatte ich nicht von ihr geträumt«, antwortete ich leise, »und diesen Sommer habe ich fast nur von ihr geträumt.« Endlich schenkte ich ihr wieder ein Lächeln. »Heute Nacht will ich vom Schnee auf den Hochmooren träumen.«

Die Kupferminen

Ich versuchte es wieder und wieder, aber mein Glück hatte in diesem Sommer seinen Tiefpunkt erreicht. Dich wiederzusehen und wieder von dir Abschied zu nehmen gab mir das Gefühl, ich sei ein unwillkommener Schatten von dir, der am Rande des Lebens anderer Leute lauert. Deine Kinder fanden sich offenbar leicht in ihr neues Heim ein, sie kamen nie auf die Idee, sich oder mich mit deiner Schande in Verbindung zu bringen. Ich konnte jedoch nicht so rasch und einfach wieder Ruhe und Frieden finden. Als ich am ersten Abend nach deiner Abreise in mein Zimmer zurückkam, schien die Unordnung in den Regalen dort meine Stimmung widerzuspiegeln. Unter den verstreut herumstehenden Flaschen lagen die Pläne für den blockierten Bergwerksschacht unfertig auf meinem Schreibtisch und nun stellte ich auch noch fest, dass sie fehlerhaft und lächerlich waren. Ohne Rücksicht auf die Verschwendung, die das bedeutete, verbrannte ich die ärgerlichen

Pergamentfetzen und warf die leeren Fläschchen weg.

Ich träumte wieder von Aksum und fuhr mitten in der Nacht plötzlich aus dem Schlaf hoch, im Traum war mir die Lösung zur Überwindung der Höhlenwand gekommen. Kidane hatte mich einmal zur Besichtigung der Mine mitgenommen, wo er Gold zu kaufen pflegte. Dort hatte man in den Gruben den Fels mit Feuer und Essig gesprengt, wie es die Römer getan hatten, und die Stollen mit Steingewölben abgestützt. Ich erzählte Cado von meiner Idee. Er verspottete sie als hochfliegend, fremdartig und altmodisch, war im Grunde genommen jedoch davon fasziniert. Ich hatte eine Ahnung, wie es gemacht wird, und nun lernten Cado und ich Gestein sprengen. In unseren Mußestunden arbeiteten wir gemeinsam an der frischen Luft. Wir holten uns Brandwunden und Blasen wie Kinder, die ein verbotenes Spiel spielen, und berauschten uns am Erfolg unserer Experimente. Nach einem misslungenen Versuch mussten wir so heftig lachen, dass keiner von uns beiden mehr den Feuerstein ruhig halten konnte um die nächste Flamme zu entzünden.

Je besser wir das Sprengen beherrschten, um so nüchterner beurteilten wir jedoch unsere Kenntnisse und schließlich baten wir Cadarn um die Genehmigung, die Wand in unserem Schacht wegsprengen zu dürfen. Er lag weit genug entfernt von den Hauptstollen des Bergwerks, so dass das Risiko auf unseren Stollen beschränkt war. Zusammen mit den sechs Männern, die uns unterstanden, stützten wir unseren Gang mit Eichenstämmen ab und begannen die Wand einzureißen. Wir arbeiteten zwar langsam, aber mit sichtbarem Erfolg, im Lauf einer Woche kamen wir ungefähr einen Meter voran. Endlich gelangten wir an einen engen Felsspalt, der uns auf eine dahinter liegende Höhle hoffen ließ, außerdem waren dicke Streifen von grünem und blauem Kupfererz an den Wänden. Nachdem wir die letzten alkoholgetränkten Lumpen in den dunklen Spalt gestopft und sie angezündet hatten, nachdem der Rauch sich verzogen hatte und wir wieder Luft bekamen, stellten wir fest, dass der Durchgang nun breit genug war um einen Menschen durchzulassen.

Mit einer Laterne in der Hand ging Cado als Erster voran. Er quetschte sich durch den Spalt und schien dann unmittelbar dahinter stehen zu bleiben, merkwürdig still und stumm. »Was siehst du?«, rief ich ihm zu. »Sind wir durch?«

Er antwortete nicht sofort. Als er dann sprach, klang seine Stimme leise und entschlossen: »Komm und schau, Medraut. Der Spalt ist eng, aber ich glaube, du kommst durch.«

Er war wirklich eng, der kleine Tegfan war zu breitschultrig um ihn zu passieren, aber die anderen folgten mir bange und doch neugierig auf den Beweis für unseren Erfolg.

Was wir zu sehen bekamen, war ganz anders als erwartet und unheimlich schön. Der Durchgang, den wir ins Gestein gesprengt hatten, führte nicht zu einer

Höhle oder einem Stollen, sondern in eine kleine, natürliche Kammer mit einer niedrigen Decke und runden Wänden. Zwischen blassen Kalksteinflächen waren die Seitenwände in beinahe regelmäßigen Abständen von dicken grünen Malachitstreifen und glattem rotem Ton überzogen und in den Rundungen waren überall Bilder, wie ich sie nie zuvor gesehen hatte. Die vor vielen, vielen Jahrhunderten von Menschenhand gemalten Bilder zeigten einen großen, breiten Hirsch mit einem schweren Geweih, daneben nahmen sich die unbeholfenen Gestalten, die sich an ihn heranzupirschen schienen, zwergenhaft aus. Hier im Mittelpunkt des Berges hatte diese seltsame, primitive Jagd im Dunkel einer vergessenen Zeit überdauert.

»Aber wie sind sie dorthin gekommen?«, fragte ich mich laut.

»Früher gab es einen anderen Eingang«, sagte Cado und hielt seine Laterne hoch. »Schau her! Der Lehm hat den Eingang verstopft, kein einziger Spalt mehr in der Lehmschicht. Wie alt das wohl sein mag?«

Vollkommen begeistert sagte ich: »Das muss ich Leu zeigen.«

»Der mit so viel Liebe und Geschick Mosaike ausbessert.« Cado lachte. »Schick Tegfan nach ihm. Wir stellen derweil die Stützen auf, bis sie zurück sind.«

So kam es, dass Lleu binnen einer Stunde mit mir, Cado und unseren Arbeitern an dem geheimen Ort unter der Erde stand. Seine Augen glühten vor Aufregung im Licht der Fackeln. Er lachte laut vor Vergnügen, dieses verborgene Juwel mit uns ansehen zu können; er lachte vor Freude, obwohl es ihn immer ängstigte, Luft, Licht und die Weite des Himmels so weit hinter sich zu lassen. Lange verweilte er vor jedem einzelnen Bild und musste sich jedes Mal losreißen um einen Blick auf das nächste werfen zu können. »So viel Kunstfertigkeit an solch einem Ort!«, jubelte er. »In meinen kühnsten Träumen hätte ich mir so etwas nicht vorstellen können, wenn ich es nicht gesehen hätte.«

Während wir so redeten und lachten, hörten wir jedoch das unheilverkündende Gepolter von Kieselsteinen. Wie ein Wasserfall stürzten sie die gewölbte Wand über die Flanke des gemalten Hirschs herab und blieben zu Füßen Cados liegen. Tegfan rief von der anderen Seite des Durchgangs: »Sollten wir nicht nach oben gehen, bis sich die Erde beruhigt hat?«

Ich sah Cado fragend an und er nickte. In die plötzliche Stille hinein rieselte in breiter Front Erde die Felswand hinab. »Nimm den Prinzen mit nach draußen«, sagte Cado ruhig.

Lleu war schlanker als wir alle und schlüpfte beinahe mühelos durch den engen Durchgang. Ich ging nach ihm und rief den anderen hinter mir leise zu: »Folgt uns sofort, so dicht ihr könnt.« Ich nahm eine Laterne in die Hand und legte die andere Hand auf Lleus Schulter um ihn zu geleiten. Da brach hinter uns die Decke ein.

Tegfan krächzte: »Schnell!«, und wir drei rannten den Stollen hinauf. Hinter uns konnten wir die ganze Zeit über das Ächzen und Stöhnen aus dem Inneren des Berges hören, dessen Ruhe wir gestört hatten. Steine fielen von der Decke und trafen uns an den Fersen. Wir hatten die Hälfte des Wegs bis zur äußeren Höhle zurückgelegt, als der Boden nachgab und Tegfan hinfiel. Ich drehte mich um, um ihm aufzuhelfen, und rief Lleu zu: »Lauf weiter!« Aber es war zu spät. »Leg dir zum Schutz die Hände auf den Kopf!«, rief ich dann und gab Lleu einen so kräftigen Schubs auf den Rücken, dass er etwa zehn Schritt weiter den Stollen hochstolperte. Ich verlor das Gleichgewicht und fiel gleichfalls der Länge nach hin, die Laterne schlug auf den Boden auf und verlosch. Dann hatte ich weder Kraft noch Mut genug um wieder auf die Beine zu kommen, denn die Decke stürzte über mir ein, die Felsbrocken flogen mir um die Ohren und ich wagte es nicht, mich zu rühren, bis das Grollen und Krachen aufhörte.

Als ich schließlich nur noch meine eigenen unregelmäßigen Atemzüge hörte, versuchte ich aufzustehen, doch waren mein einer Fuß und das andere Handgelenk unter einem heruntergefallenen Balken eingeklemmt. Ich bewegte den freien Arm ein paar Zentimeter und stieß zufällig auf die Laterne. Mit zitternder Stimme rief Lleu im Dunkeln: »Medraut?«

Ich antwortete ruhig: »Bist du's, Lleu? Ich habe noch die Laterne. Komm her und zünd sie an.«

Ich streckte ihm meinen Arm hin, er ertastete ihn und umklammerte meine Hand. Er kroch auf den Knien, weil er Angst hatte, aufrecht zu stehen. Er flüsterte: »Deine Hände sind eiskalt.«

»Zünd die Laterne an«, erwiderte ich.

Er tat es und wir sahen, was von dem Schacht noch übrig war. Hinter mir, wo sich die Trümmer auftürmten, lag Tegfan bis zur Taille begraben ohnmächtig da. Hinter uns beiden reichte das herabgestürzte Erdreich und Gestein bis zur Stollendecke und füllte den Schacht dahinter. Es gab kein Lebenszeichen von Cado und den fünf anderen Männern, die bei ihm gewesen waren.

»Bist du unverletzt?«, fragte ich Lleu. Er nickte. Die Laterne bebte in seiner Hand, daher stellte er sie auf den Boden.

Ich streckte meinen freien Arm zu Tegfan hin, er reichte aber nicht bis zu ihm. »Schau nach, ob ...«, sagte ich zu Lleu, brüllte dann aber: »Nein!«, als er den Trümmerhaufen hinaufzuklettern begann um zu Tegfan zu gelangen. »Verteile dein Gewicht. Leg dich hin und zieh dich den Hang hoch.« Er gehorchte wie im Schlaf und fühlte Tegfan an seinem schlaff herunterhängenden Handgelenk den Puls. »Mach es nicht mit dem Daumen«, wies ich ihn an.

Schließlich sagte Lleu: »Er ist noch am Leben.«

»Halt die Laterne hoch, kannst du irgendetwas von den anderen sehen?«

»Da ist nichts zu sehen, Sir«, flüsterte Lleu.

»Hilf mir.« Ich konnte mich nicht aufsetzen, weil ich eingeklemmt war. Auf einen Ellbogen gestützt, so dass ich das Gefühl hatte, gleich umzufallen, lag ich beinahe flach auf dem Rücken und bemühte mich den Balken wegzurücken, der mich gefangen hielt. Doch auch als

Lleu mir half, konnten wir ihn nicht bewegen. »Nimm die Laterne«, sagte ich ruhig, »und geh Hilfe holen. Lauf nicht, vielleicht haben wir hier nicht viel Luft. Komm nicht zurück, wenn die Erde noch einmal bebt. Hast du den Weg nach draußen gekennzeichnet?«

Er nickte. »Aber Sir«, hob er zu sprechen an. »Bist du verletzt?«

Ich schüttelte den Kopf. »Tegfan ist es aber sicher. Und der Rest unserer Mannschaft, Cado…« Ich biss mir beinahe die Zunge ab, da ich kaum laut zu sagen vermochte, was ich gerade dachte. »Sechs Mann!«, stieß ich ungläubig hervor. »Sechs Mann, und ich verantwortlich!«

Lleu neigte sich impulsiv zu mir hinunter und gab mir einen flüchtigen Kuss auf die Stirn, bevor er die Laterne nahm und den Stollen hinaufging. Ich sah ihm nach. Das Licht entfernte sich immer mehr, je weiter er fortging. Als er um die Ecke bog, war nur noch ein schwacher gelber Schein des warmen Lichts vor der fernen Wand zu sehen und danach war alles nur noch schwarz und ich ganz allein.

Es fällt mir unendlich schwer, davon zu erzählen.

Ich glaubte, ich würde verrückt werden, wenn ich dort sehr lange warten müsste. Doch bald schon, recht bald kamen vier Männer aus den oberen Schächten mit Laternen und Schaufeln herunter. Tegfan war die ganze Zeit, während wir vorsichtig versuchten ihn freizubekommen, bewusstlos und ich schiente, so gut es ging, seine Beine, bevor wir ihn hinaustrugen. Doch dann begann es oben wieder zu beben. Wir ließen die

Werkzeuge zurück, denn um Tegfan zu tragen, waren alle vier Männer vonnöten. Im Stollen vibrierte und rumpelte es, als wir uns, halb laufend, halb kriechend, nach oben bewegten und dabei den Lehm- und Staubschauern auswichen. Es tat unerträglich weh, wenn ich den Fuß belastete, der eingeklemmt gewesen war. Ich schleppte mich hinter den anderen her, außer mir vor Angst, sie auch noch ins Verderben zu stürzen.

Jenseits des in die Erde getriebenen Eingangs zum Hauptstollen waren der Boden und die Decke stabil, dort wartete eine kleine Gruppe auf uns. Sie hatten sich nur bis zu den Steinstürzen und Eichenbalken, die den Eingang abstützten, hineingewagt und schickten ein schlichtes Dankgebet gen Himmel, als wir keuchend in ihre Mitte traten. Ich stand knapp jenseits des vom Beben erschütterten Schachts und zitterte so, dass ich das mit Bier gefüllte Horn nicht halten konnte, das mir jemand anbot. Einer sagte: »Mylord, könntet Ihr Euch Tegfans Bein ansehen?« Ein anderer fragte: »Werden wir uns auf die Suche nach den anderen, die mit Euch waren, begeben können?«

Als Antwort ertönte ein leises Grollen und Scheppern aus der Tiefe des Stollens und der untere Schacht brach ganz ein. Er kappte seine Wurzeln nach außen, als ob sich tief im Inneren ein Wesen danach sehnte, den ganzen Berg zu verschlingen. Ich habe wieder einen Freund umgebracht, dachte ich, sechs Männer lebendig begraben; und so stellte ich mir vor, der Abgrund schlösse sich über mir, und ich versank in der alles verschlingenden Dunkelheit.

Dann spürte ich leichten Nebel und Wind im Gesicht. Ich öffnete die Augen und erblickte den grauen Himmel, der mir blendend hell erschien. Ich lag auf dem ebenen Boden unmittelbar hinter dem Steinbruch, Caius und Cadarn knieten neben mir. »Lleu«, sagte ich keuchend und setzte mich zu rasch auf. Der rote Felsen neigte sich rings um mich. »Wo ist Lleu?«

»Zu Hause«, antwortete Caius. »Unverletzt, er hat nicht einmal einen Kratzer. Langsam, Junge.« Er half mir mich aufzusetzen. »Gott, was für ein Tag für dich. Kannst du gehen?«

Ich zögerte mit meiner Antwort. Cadarn sagte mit einem Stirnrunzeln: »Lass mich deinen Fuß anschauen.«

Er war bereits so stark angeschwollen, dass ich meinen Stiefel nicht mehr ausziehen konnte. »Wir stellen für heute die Arbeit ein«, sagte Cadarn. »Der König hat Caius geschickt um dich nach Hause zu bringen. Du kannst dir eins von den Ponys ausleihen, wenn es dir nicht möglich ist zu gehen.«

Ich konnte die Zügel nicht einmal richtig in die Hand nehmen, denn auch mein Handgelenk war stark geprellt. Als wir bei der Villa ankamen, half Caius mir mich in mein Zimmer zu begeben und schickte nach Aquila. Mein Stiefel musste aufgeschnitten werden, bevor Aquila mein Fußgelenk verbinden konnte. Lleu brachte mir das Abendessen und zugleich die Botschaft, dass Artus danach mit mir sprechen wolle. Ich brachte keinen Bissen hinunter. Ich sagte, ich wolle sofort zu Artus gehen, und Lleu bot mir mit ernster

Miene seine Schulter als Stütze an. Vor dem Studierzimmer seines Vaters sagte er wie zur Entschuldigung und voller Mitgefühl zu mir: »Ich werde bei diesem Gespräch dabei sein.«

Während Artus auf uns wartete, ging er in seinem Studierzimmer auf und ab. »Holt Medraut einen Stuhl«, sagte er kurz zum Gruß. Nun stand er still und lehnte sich gegen seinen Schreibtisch um mich anzusehen. »Weißt du, was mich an der elenden Sache heute am meisten erzürnt?«, fragte er mich nachdrücklich.

Ich schüttelte den Kopf. Ich konnte ihm nicht in die Augen sehen. »Sag es mir.«

»Dass Lleu dabei war, als es passierte. Dass du wusstest, welches Risiko du mit dem Sprengstoff eingingst. Du hast sogar daran gedacht, Cadarns Genehmigung einzuholen, bevor du ihn zum Einsatz brachtest. Dass du wusstest, der Schacht würde möglicherweise nicht tragen, und dennoch hast du Lleu dort hinunter mitgenommen, kaum eine Stunde, nachdem ihr die Wand durchbrochen hattet. Vertrauen! Mein Gott, Medraut, was soll ich von dir denken? Welcher Idiot würde den Thronerben seines Königs in einen gerade erst gesprengten Bergwerksstollen mitnehmen, noch bevor die Erde auch nur eine Chance hatte, zur Ruhe zu kommen?«

»Er ist nicht verletzt«, flüsterte ich.

»Und du tätest gut daran, dem Himmel dafür inbrünstig zu danken«, fauchte Artus. »Und inzwischen solltest du auch noch für die Männer beten, die dir unterstanden und die dir auch vertraut haben, Iaen und Gwyn, Cynedyr, Cado …«

»Ich kenne ihre Namen!«

In jäher Wut schlug Artus mich heftig.

»Vater!«, rief Lleu leise.

Artus wandte sich ihm zu. »Kein Wort von dir, mein Strahlender. Heute bist du kaum klüger gewesen als dein Bruder.« Er schaute wieder mich an und sagte nun freundlicher: »Von dir erwarte ich allerdings mehr, Medraut.«

»Das ist mir so herausgerutscht«, sagte ich leise. »Cado war doch mein Freund. Vergib mir, Sir.«

»Und vergib auch du mir, Medraut.« Artus seufzte. Er schüttelte den Kopf und lehnte sich wieder gegen seinen Schreibtisch, verschränkte die Arme und betrachtete mich sorgenvoll und wütend zugleich. »Ich habe noch nie so viele Menschenleben auf einmal verloren, es sei denn in einer Schlacht.«

Ich zitterte vor unterdrückter Verzweiflung. »Ein Unfall … ich konnte ihn nicht verhindern …«

»Ich weiß.« Er sprach nun in ruhigem Ton und hatte seinen Zorn unter Kontrolle. »Es ist jedoch nach wie vor eine Tatsache, dass Lleu bei dir war, als es geschah.« Diesmal seufzte Lleu, sagte aber kein Wort. Artus fuhr fort: »Dein Vergehen besteht in einem Mangel an Verantwortung, Medraut, und die einzige geeignete Strafe sehe ich darin, dir diese Verantwortung künftig zu entziehen. Du verlierst deinen Posten als Steiger. Du darfst so lange nicht wieder im Kupferbergwerk arbeiten, bis Tegfans Beine wieder geheilt sind. Du bleibst den Rest der Woche in der Villa und den Monat danach wirst du das Gut nur in Begleitung verlassen.«

Ich verneigte mich. Hinter mir hörte ich Lleu fragen: »Und ich?«

Artus antwortete freundlich: »Ich glaube, dieses Erlebnis war Strafe genug für dich.«

Streng blickte ich zu meinem Vater auf und fragte ihn provozierend: »Ist Lleu nicht alt genug zu entscheiden, wohin er gehen will und wohin nicht? Soll er denn nie selbst Verantwortung tragen, nicht einmal für sich selbst? Kannst du ihn davor bewahren, dass er vom Blitz erschlagen wird? Genauso gut kannst du gewährleisten, dass er nie zufällig jemand tötet!« Ich hielt inne um Luft zu holen, mein Herz klopfte rasend schnell. Aus dem Dunkel meines Gedächtnisses kamen mir die Worte in den Sinn: »Bin ich denn der Hüter meines Bruders?«

Artus rührte sich nicht. Erschreckend ruhig sagte er: »Du gehst in dein Zimmer zurück.«

Die Woche danach war der schwärzeste Abschnitt in meinem Leben. Mehrere Tage konnte ich nicht gehen und ich hatte Muße genug, mir ein halbes Dutzend Weisen vorzustellen, wie ich die schwere Katastrophe hätte verhindern können. Stundenlang saß ich, das Gesicht in den Händen verborgen, am Schreibtisch und konnte an nichts anderes denken. Artus erlaubte mir an der trostlosen kleinen Trauerfeier teilzunehmen, die im Bergwerk abgehalten wurde. Den Großteil der Woche war ich jedoch allein in meinem Zimmer eingesperrt.

Als ich mich damit abzufinden begann, dass die schwere Prüfung bei allem Schrecken vorbei und nun nichts mehr zu ändern war, versuchte ich mich abzulenken. Ich destillierte Öle für Ginevra, exotische, aber harmlose Essenzen aus Zimt und Vanille, und ich las viel. Ich las fast alle meine Bücher zum zweiten Mal durch und noch ein paar andere, die ich im Studierzimmer meines Vaters fand. Vor allem vertiefte ich mich in irische Legenden, römische Poesie und die wenigen griechischen Stücke, die ich in lateinischer Übersetzung habe. Eines Novemberabends kam Artus herein, als ich über eines der letzteren gebeugt saß, und sah mich schmerzerfüllt leise vor mich hinweinen. Zuerst bemerkte ich nicht einmal, dass er da war und hinter mir stand. Erst als er mir seine schwere Hand auf die Schulter legte, schrak ich auf und konnte ihn, sprachlos vor Scham, dass er mich über ein Drama weinen sah, nur anstarren.

Dann las er jedoch über meine Schulter gebeugt laut die Sätze: »›Ich weine auch um dich, obwohl ich dich nicht sehen kann, wenn ich mir vorstelle, welch bitteres Los dich erwartet.‹«

Ich blätterte um und wischte mir die Augen. »Ich bitte dich um Verzeihung.«

»Um den König von Theben habe auch ich Tränen vergossen«, sagte Artus. »Mein guter Schütze, ich habe eine Aufgabe für dich, die dir, glaube ich, Freude bereiten wird.«

Ich spürte, wie es mir vor Erleichterung in den Händen kribbelte. Ich war todunglücklich über das Nichtstun, zu dem ich den vergangenen Monat über verurteilt gewesen war.

Artus sagte: »Ich möchte, dass du Lleu das Jagen beibringst.«

Wir nahmen fünf Jagdhunde mit und ritten nach Süden. Zu dieser Jahreszeit war die Ebene von Mercia grau und braun, die Wolken hingen in Fetzen um die fernen Gipfel am Horizont. Ein- oder zweimal hatte es leicht geschneit und hier und da lag unter den Bäumen noch Schnee. Der See, in dem sich die Fischzucht befindet, war mit einer dünnen Eisschicht bedeckt und unsere Pferde schleuderten mit ihren Hufen ein paar Kieselsteine auf die kaum tragende Eisdecke, als wir vorbeiritten. Die Steinchen schlugen erstaunlich laut aufs Eis auf und gaben einen schrillen Widerhall wie Metall auf Stein. Lleu, der seit unserer Unterredung mit Artus kaum ein Wort mit mir gesprochen hatte, fuhr bei dem unheimlichen Laut wie eine nervöse Katze auf.

»Du hast nichts zu befürchten, Strahlender«, sagte ich heiter. »Ich nehme meinen Bogen heute nicht in die Hand.«

»Du schießt überhaupt nicht?«

»Nein, heute schießt du.«

Ich dachte bei mir: Du wirst töten, mein Bruder, du wirst einem Lebewesen das Leben nehmen und für dieses Leben wirst du auf immer verantwortlich sein. So wie ich für den Tod vieler Lebewesen, Menschen und Tiere, verantwortlich bin.

Laut fügte ich hinzu: »Schließlich ist es keine Kleinigkeit, dich zu ernähren, Prinz.«

Lleu warf mir einen grollenden Blick zu und schwieg. Er kannte den Zweck unseres gemeinsamen Jagens.

Kurze Zeit später stießen wir auf einen ausgewachsenen jungen Hirsch. Anfangs konnten wir nicht nah an ihn herankommen und bald schon hatten wir sowohl den Hirsch als auch die Hunde aus den Augen verloren. Wir ritten langsamer und hielten an. Ich stieß lange in das Horn und da hörten wir in weiter Ferne das Hundgebell als Antwort, Lleu machte jedoch keine Anstalten zu folgen. »Kommst du?«, fragte ich ihn ungeduldig. »Verfolg ihn!«

Ich langte nach seinen Zügeln und zog daran, dann raste ich ihm nach, als sein Pferd plötzlich davonpreschte. Wir ritten durch ein Gewirr von tropfenden Bäumen, dann stürmten wir plötzlich auf eine wolkiggraue, vom Nebel versilberte Lichtung und sahen das rostbraune Tier durch den winterlichen Adlerfarn springen. »Deinen Bogen!«, schrie ich. »Jetzt!«

Gehorsam schoss Lleu einen Pfeil ab, der genau zwischen den Enden des zierlichen Geweihs hindurchflog und sein Ziel verfehlte.

Ich ritt neben ihn, streckte meine Hand aus um nochmals seine Zügel zu packen und brachte ihn plötzlich zum Stehen. »Du machst das absichtlich«, zischelte ich. »Das ist das Problem, nicht wahr? In Wirklichkeit kannst du ein bewegliches Ziel treffen, das zweimal so weit entfernt ist. Ich habe deinem Vater versprochen dir das Jagen beizubringen, und wenn wir den Rest des Abends zu Pferde verbringen müssen, du reitest nicht nach Hause um dich vom Großkönig loben und liebkosen zu lassen, bevor du getötet hast.« Lleu war aschfahl im Gesicht. Ich fügte kühl drohend hinzu: »Ich schwöre bei der Wilden Jagd, wenn du diesen Hirsch nicht bei der nächsten Gelegenheit erlegst, dann lasse ich dich seine Eingeweide fressen, wenn du ihn erlegst.« Hirsch und Hunde waren bereits im Wald auf der anderen Seite der Lichtung verschwunden. Ich schlug Lleu leicht seine Zügel ins Gesicht. »Jetzt komm mit!«

Blind vor Wut preschte er von mir weg. Ich holte ihn zwischen den Bäumen ein und wir ritten schweigend nebeneinander her, nur die Pferdehufe donnerten hohl auf dem feuchten Gras. Der junge Bock vor uns wurde sichtlich müder. »Jetzt, Strahlender«, sagte ich. »Ziel!«

Widerwillig spannte Lleu seinen Bogen. Obwohl er zögerte, traf er das Tier mit einem Pfeil in die Kehle.

»Ha!« Ich brachte mein Pferd zum Stehen. »Schön!«

Das Tier war aber noch nicht tot. Die schnellen, schlanken Jagdhunde sprangen grauen Flammen gleich auf es zu. »Nein!«, rief Lleu. Er glitt vom Pferd, warf sich zwischen die Hunde und packte seinen eigenen am Halsband. »Hier, Sir! Zurück!« Sein Hund zerrte; Lleu versuchte ihn festzuhalten und rief zornig: »Ruf deine schrecklichen Hunde zurück!«

Ich rief die Hunde und stieg vom Pferd. »Besser du erledigst es als sie«, sagte ich und gab Lleu mein Jagdmesser.

»Oh, ich kann nicht!«, keuchte er. Er kniete neben dem gefallenen Hirsch auf den Boden, die eine Hand lag sacht auf einem kurzen, stolzen Geweihende, daneben jaulten Goewins Hund und sein eigener.

»Wäre es dir denn lieber, wenn er langsam stirbt?«, fragte ich ihn.

Er hielt noch immer das Geweih fest und bewegte den schweren Kopf des Tieres um seinen Hals zu strecken; dessen dampfender Atem ging erstickt und unregelmäßig. Ich wollte gerade sagen: »Wenn du nicht…« Da schnitt er dem Hirsch mit der Klinge die Kehle durch. Und in dem Moment, als er zu mir aufsah, kam ein zweites Tier durch die Bäume auf uns zu, ein dunkles, beinahe schwarzes Reh, das nicht gejagt wurde und daher auch nicht rannte. Goewins Hund stürzte ihm pfeilschnell nach.

»Schieß es ab, Prinz!«

Lleu stand auf und schoss, elegant und elend zugleich. Ich lachte: »Es stimmt also, du hättest jedes Tier treffen können, auf das du jemals gezielt hast. Was für ein sonderbarer kleiner Idiot du bist.« Ich schaute in sein graues, düsteres Gesicht und sagte freundlicher: »Gib mir das Messer, ich helfe dir. Wenn du Großkönig werden sollst, musst du schließlich nicht nur Wild töten.«

»Ich weiß«, sagte er.

»Es gibt in allen Dingen ein Gleichgewicht, Lleu. Der Tod des Hirsches gibt uns Fleisch für den Winter und die Macht zu töten, zu heilen oder zu urteilen, bringt ein hohes Maß an Verantwortung mit sich.«

»Ich weiß.« Lleu strich sich müde das Haar aus der Stirn. »Ich weiß, du bist mein Lehrer. Erwarte aber bloß nicht, dass ich dir für diese Lektion auch noch danke.«

»Das tust du ohnehin nie«, sagte ich und dachte an den schönen Hirsch und die unter dem Berg begrabenen Jäger.

Offenbarung

Tegfans Beine heilten langsam. Am Ende des Jahres konnte er noch immer nicht gehen. Obwohl ich nun nicht mehr auf dem Gut bleiben musste und kommen und gehen konnte, wie es mir gefiel, hatte ich noch immer nichts zu tun und bemühte mich verzweifelt um die kleinsten Aufträge. Kurz vor Weihnachten schickte Caius mich mit einer Stute zum Beschlagen in die Schmiede. Während Gofan mit dem neuen Hufeisen beschäftigt war, sagte Markus beiläufig zu mir: »Machst du dieses Jahr beim Festspiel mit?«

»Woher weißt du, dass ich je mitgemacht habe?«, fragte ich. Mein letztes Mittwinterspiel, der alljährliche Mummenschanz zur Wintersonnenwende in Elder Field, war vor acht Jahren gewesen. Im Jahr der Hungersnot war die Feier ausgefallen und die ernste Stimmung färbte auch auf das Weihnachten danach ab.

»Caius hat mir erzählt, dass du den Sohn des Alten Jahres, den Winterprinzen, gespielt hast, als du ein Junge warst.« Markus grinste mich an: »In deiner

Abwesenheit habe ich natürlich die Rolle übernommen, aber wenn du willst, könntest du sie mir wieder abnehmen.«

»Keine Angst«, erwiderte ich. »Ich glaube, ich eigne mich nicht mehr für die Rolle des jungen Helden. Ich dachte auch, ihr würdet das Festspiel nicht mehr aufführen.«

»Seit deiner Rückkehr haben wir es nicht mehr gespielt«, sagte Gofan. »Aber dieses Jahr war zum größten Teil ein goldenes. Es ist es wert, gefeiert zu werden.«

»Im Dorf meinen alle, du solltest die Rolle des Magiers übernehmen«, fügte Markus hinzu.

Ich – der Magier? Im Mittwinterspiel wird die Rückkehr der Sonne zur dunklen Zeit des Jahresendes gefeiert. Der Magier bringt das Licht, seine Aufgabe ist es, den ermordeten Erntegott wieder zum Leben zu erwecken. Ich empfand es als bittere Ironie, dass man mich für eine gute Besetzung hielt. Markus schob meine Einwände jedoch beiseite und selbst Gofan lachte. Sie sagten, ich sei der geschickteste Heiler, den die Dorfbewohner je gekannt hätten, auch vermisse man mich im Bergwerk und auf dem Feld. Von ihrer Freundschaft und Schmeichelei wurde mir warm ums Herz. So ging ich denn zu den zwanglos angesetzten Proben für das Stück und auch dort hießen mich die Freunde und Dienstboten des Großkönigs willkommen. Diese Erlebnisse waren Balsam für meine Seele, denn Lachen und Kameradschaft waren mir damals ein dringliches Bedürfnis.

An Weihnachten kam die Kälte. Zum Jahresende waren die Sterne in den klaren, bitterkalten Nächten am Himmel leuchtend weiß. Es schneite nicht, es herrschte nur eine beißende, klirrende Kälte, so dass die Flüsschen fest zufroren und die afrikanischen Katzen sich gemeinsam auf den warmen Fliesen des Atriumbodens zusammenrollten. Die Kornspeicher waren gefüllt und in den Lagerhäusern häuften sich Trockenobst und Pökelfleisch bis an die Decke. Die Leute von Camlan und Elder Field hüllten sich ganz in Stricksachen und Pelze und lachten über den strengen Frost, denn sie waren mit den Vorbereitungen für das freudige Mittwinterfest beschäftigt. Ich war hin und her gerissen zwischen dem Gefühl großer Freude über die Feier und den noch immer quälenden Gewissensbissen wegen meiner Schuld an der Tragödie, die ich im Frühherbst verursacht hatte. Ein Weihnachtsfest mit Glitzerwerk und eitel Freude mitzufeiern hielt ich mich für unwürdig. Und doch konnte ich nicht umhin, mich daran zu beteiligen.

Am Mittwinterabend kehrte ich nach einem langen Tag aus der Dorfscheune in die Villa zurück. Wir hatten auf der Tenne aus Stroh und immergrünen Pflanzen die Kostüme für die Schauspieler gebastelt. Die ganze Familie weilte friedlich im Atrium. Gareth saß mit einer der Katzen auf der Fensterbank, während Gwalchmei gedankenverloren eine kleine Harfe zupfte. Agravain, der sonst nie so viel Geduld hatte, brachte Gaheris und Lleu ein wenig bekanntes Würfelspiel bei. Goewin und ihre Mutter diskutierten einvernehmlich über ein Pergament, das auf dem Tisch ausgebreitet lag. Ich nahm eine Katze in die Arme und legte sie mir um den Hals, ihr Fell hatte die warme Farbe der trockenen Savanne von Aksum vor der Regenzeit. Die Katze wich zurück, weil meine Haut so kalt war, und ich dachte plötzlich an eine Begebenheit, als Lleu kaum mehr als fünf Jahre alt gewesen war. Damals durfte er zum ersten Mal in seinem Leben im Winter nach draußen und zuckte lachend zurück, als ich ihm eine Hand voll Schnee an die Wange hielt.

»Ist es noch immer so kalt draußen?«, erkundigte sich Artus von seiner Liege aus.

»Bitter kalt«, antwortete ich.

»Hast du Tegfan heute gesehen?«

»Ja, er sagt, er hätte keine Schmerzen mehr. Dennoch möchte ich nicht, dass er schon wieder geht.«

»Vernünftig, mein Schütze«, sagte Artus. Er stand jetzt vor mir und kraulte meine Katze unter dem Kinn. »Ich habe nichts gesagt, aber ich weiß, wie sehr dir dieser langwierige Heilungsprozess zu schaffen macht. Deine Geduld ist bewundernswert.«

Ein Lob von ihm, das schlichteste gütige Wort konnte mir das Herz erwärmen. Ruhig sagte ich: »Danke, Sir.«

Ich setzte die Katze auf den Boden und begann meine Handschuhe auszuziehen. Kaum hatte ich sie auf den Tisch gelegt, da kam Caius herein und sagte zu Artus: »Pilger stehen am Tor.«

»Bettler?«, fragte Artus nach. »Wer könnte in so einer Nacht unterwegs sein?«

Caius presste fest die Lippen zusammen. Er sprach so leise, dass nur Artus und ich ihn hören konnten. »Der Junge, der sie hereingelassen hat, sagt, es sei Eure Schwester.«

»Nein«, sagte ich laut. Artus blickte mich streng an. »Du hast sie doch auf die Orkaden zurückgeschickt!«, sagte ich entsetzt.

Artus schüttelte den Kopf. »Sie hat mich schon im Herbst gebeten ihre Rückreise verschieben zu dürfen, weil sie krank sei. Bis zum Frühjahr sollte sie in Ratae Coritanorum südlich von hier bleiben.«

»Aber, Sir!«, rief ich empört. »Das hast du mir nicht gesagt!«

Artus sah mich mit hochgezogenen Augenbrauen an. »Ich habe aus ihren Plänen kein Geheimnis gemacht«, sagte er. »Ihre Kinder verlangen stets nach Nachrichten von ihr.« Dann nahm sein Gesicht einen harten Ausdruck an, und er wandte sich Caius zu. »Dennoch habe ich sie nicht hier erwartet. Sie stellt meine Geduld auf die Probe.« Er winkte zu Ginevra hinüber und Caius erklärte ihr die Lage im Flüsterton.

»Ich will sie nicht hier haben«, zischelte ich. »Ich will nicht in Furcht vor ihr leben.«

»Es ist Weihnachten!«, erwiderte Artus. »Was soll ich tun? Soll ich sie in die Eiseskälte zurückschicken?«

»Es war ihre Entscheidung zu kommen!«

Ginevra sagte: »Wir können sie nicht wegschicken, wir können sie aber bewachen lassen. Artus, lass sie nur so lange hier bleiben, bis das Wetter besser wird, und behandle sie als Gefangene. Ihre Dienstboten können in der Großen Halle schlafen und Aquila kann ihre Sachen nach Gift durchsuchen. Wir stellen ihr selbst nur einen einzigen Raum zur Verfügung, dort wird sie immer unter Bewachung stehen und nie allein gelassen. Beruhigt dich das, Medraut?«

»Bewach auch ihre Dienstboten«, sagte ich mit belegter Stimme.

Artus nickte. »Sorg dafür, Caius.«

»Soll ich sie dann hereinbringen?«, fragte Caius und Artus nickte wiederum. In meinem Pelz und den Wollsachen empfand ich die Hitze im Raum plötzlich als drückend und sagte: »Ich komme mit dir, Caius.« Denn ich wusste, ich muss dir und dem Zorn, den du von unserem letzten Abschied hegtest, ins Auge sehen, und ich wollte nicht warten.

Die Nacht war furchtbar kalt. Vor Kälte zitternd drängte dein Grüppchen im Licht von zwei oder drei flackernden Fackeln in den Hof. Schützend hielt ein Dienstmädchen deine Hände, die in Handschuhen steckten, und rieb sie ganz heftig, aber du schobst es beiseite, als du mich sahst um dich an meine Jacke zu klammern und dich, schweigsam und zitternd, an meine Brust zu werfen. Besorgt hob ich eine Hand um dich wegzustoßen, da ich dir misstraute, hielt aber erstaunt inne, als ich mit meinen Fingern die gefrorenen Tränen auf deiner Wange streifte.

»Patin?«

Du sagtest noch immer kein Wort, also ließ ich dich mich umschlingen und dich deine stummen Tränen an meiner Schulter ausweinen. Ich habe dich noch nie weinen sehen. Freundlich sagte ich: »Patin, sprich mit mir.«

Du hobst den Kopf und schautest mich mit angsterfüllten, tiefblauen Augen an, die Tränenspuren glitzerten im Licht der Fackeln. »Ich hatte nicht gedacht, dass wir so weit kommen würden. Von Ratae Coritanorum ist es eine Reise von einer Woche, aber es war warm, als wir aufbrachen, um die Wochenmitte ist das Wetter umgeschlagen. Ich wäre nie gekommen, wenn ich gewusst hätte, dass es so kalt werden würde. O Medraut, Artus wird mich doch nicht zurückweisen, oder? Heute Nacht muss er mir Zuflucht gewähren. – Nie wollte ich mich ihm so auf Gedeih und Verderb ausliefern! Ich fürchte mich so.«

»Du fürchtest dich doch vor gar nichts«, sagte ich lachend. An meiner Brust balltest du deine Hände zu Fäusten.

»Nein!«, flüstertest du und begrubst dein Gesicht an meinem Hals. Ich war so dick eingemummt gegen die Kälte, dass ich nicht einmal deinen Atem spürte, es war, als hättest du keinerlei Wärme in dir. Du flüstertest in meinen Schal: »Jetzt fürchte ich mich aber. Ich ... ich bin nicht mehr jung und ich habe hier nichts zu sagen und ich möchte heute Nacht nicht erfrieren.«

Da sah ich, dass du nicht nur Trost, sondern auch Untersützung bei mir suchtest. Ich murmelte: »Du kannst bleiben, Artus wird dich jedoch als Gefangene behandeln. Deine Sachen sollen durchsucht werden und du wirst Tag und Nacht bewacht. Wirst du dich dem beugen?«

Deine gekrümmten Schultern hoben sich, als du lautlos weintest. »Ja, verdammt sei mein Bruder und sein Königreich! Nur warm haben will ich es heute Abend.«

Ich schaute zu Caius auf, der dich verächtlich und mitfühlend zugleich betrachtete. »Bring du sie herein«, sagte er. »Ich kümmere mich um ihre Dienstboten.«

Ganz Camlan verbrachte den darauf folgenden Tag mit den Vorbereitungen für ein schamlos heidnisches Fest. Die feierliche christliche Zeremonie fand am ersten Weihnachtsfeiertag statt, nun steckten wir jedoch Stechpalmen an die Fenster um das Übel abzuwehren. Im Kamin in der Mitte der Großen Halle stapelten sich mit roten Bändern und Goldfäden zusammengeschnürte Bündel aus schmalen Buchenscheiten und die Villa war vom süßen Duft der Apfelblütengirlanden erfüllt. Man hatte Zweige geschnitten und sie ins Wasser gestellt, damit sie an Weihnachten blühten. Der kürzeste Tag des Jahres verging rasch. Sobald die Dunkelheit anbrach, waren alle Hausbewohner bereit und erwarteten aufgeregt den Beginn der Feiern, das Mittwinterspiel. Zuerst mussten wir jedoch in Elder Field von Haus zu Haus ziehen. Ich saß da und las, ich wartete darauf, dass Caius mich zum Schauspiel holte, während deine Kinder und die Zwillinge in ihren Sonntagsgewändern auf dem warmen Atriumboden lagen. Der Schein meiner kleinen Lampe erleuchtete unzählige winzige Punkte auf den Eisblumen der Butzenscheiben. Ich tat so, als ließe ich mich durch die erwartungsvolle Miene der jungen Leute, die am

Boden saßen, nicht aus der Ruhe bringen, doch die Nacht war bereits von Magie erfüllt und Lleu lenkte mich mit seiner klaren, gebieterischen Stimme dauernd vom Lesen ab.

»Was soll dieses Mosaik darstellen?«, fragte Gareth. »Gib die Kerze hierher, Gaheris, damit wir es sehen können.« Allesamt knieten sie am Boden rund um das Bild in der Mitte, Gaheris und Goewin hielten die Kerzen so nah daran, wie sie sich trauten um, ohne zu tropfen, das schimmernde Mosaik zu erkennen. Die Stein- und Glasfliesen glitzerten im unstet flackernden Licht. »Das sind verschiedene Götter«, sagte Lleu. »Ich weiß nicht genau, was sie darstellen. Der Stier steht für Mithras und der Löwe für Lleu Law Gyffes, den Sonnengott. Vielleicht ist er aber auch der Adler. Der Mensch ist Christus.«

Ach, welch sträfliche Unkenntnis! Ich konnte das nicht durchgehen lassen. »›Und vor dem Thron war etwas wie ein gläsernes Meer, gleich Kristall‹«, zitierte ich laut, wenngleich mit sanfter Stimme. »›Und in der Mitte, rings um den Thron, waren vier Lebewesen voller Augen, vorn und hinten. Das erste Lebewesen glich einem Löwen, das zweite einem Stier, das dritte sah aus wie ein Mensch, das vierte glich einem fliegenden Adler.‹«

Sie drehten sich alle zu mir um. »Woraus ist das?«, fragte Lleu.

»Deine Mutter behauptet, sie erziehe euch christlich«, sagte ich. »Habt ihr das nie gehört oder gelesen? Es ist ein Buch mit dem Titel ›Offenbarung‹.«

»Nun, es offenbart überhaupt nichts«, lachte Lleu, lehnte sich auf den Fersen zurück, hielt den Kopf leicht arrogant schräg und schaute mich an. Das Kerzenlicht blinkte auf dem Goldreif, den er trug, dem Goldreif, der ihn als Prinzen von Britannien vor den anderen auszeichnete.

»Die Gestalten auf dem Mosaik sind keine heidnischen Götter«, sagte ich milde, mein Buch lag nach wie vor auf dem Schoß. »Es sind symbolische Darstellungen der vier Männer, die das Leben des Propheten aufzeichneten, dessen Anhänger zu sein ihr behauptet.«

»Warum hast du mir das nicht schon früher erzählt?«, fragte Lleu nachdrücklich.

»Du hast nicht danach gefragt, kleiner Prinz.«

»Ich möchte nicht, dass du mich so nennst«, sagte er zu mir.

»Hätte ich ›kleiner Idiot‹ sagen sollen?«

Agravain kicherte. Lleu starrte mich verärgert an und antwortete kurz: »Du brauchst überhaupt nicht ›klein‹ zu sagen. Ich bin so groß wie du.«

»Du bist zwar vielleicht kein Idiot«, räumte ich ein, »aber du bist um einiges kleiner.«

Verlegen saßen die anderen dabei und sagten kein Wort. Lleu machte eine kurze Pause, versuchte sich zu beherrschen, schaffte es aber nicht. Er sprach mit einer Stimme, die so giftig klang, wie sein Gesicht blass war: »Nun, ich danke Gott, dass ich kein Bastard bin, der aus einem Inzest hervorgegangen ist.«

Meine Hände verkrampften sich. Das Buch fiel zu Boden, dann herrschte Stille. Eisiges Schweigen.

Ich hatte mir doch tatsächlich vorgestellt, niemand könne mich so tief verletzen wie du.

»Wen meinst du?«, fragte Gwalchmei leise.

»Das weißt du nicht?«, fragte Lleu rasch und heftig, er war zu erbost um sich zügeln zu lassen oder sich selbst zu beherrschen. »Er, Medraut, mein Bruder und eurer…«

»Lleu, lass das!«, zischte Goewin.

»…der Sohn unseres Vaters und eurer Mutter, die Bruder und Schwester sind«, beendete Lleu seinen Satz in demselben hitzig-dumpfen Tonfall.

»Unsere Mutter ist seine Mutter?«, fragte Agravain langsam. »Aber die beiden…« Er sah mich mit zusammengekniffenen Augen an. Gareth starrte schweigend und hilflos verlegen zu Boden.

Ich blieb ruhig. Meine Arme und Beine schienen plötzlich so zerbrechlich wie eine Elfenbeinschnitzerei. Ich flüsterte: »Muss meine Herkunft unbedingt heute Abend erörtert werden?«

»Da ich der Prinz von Britannien bin, wirst du es nicht wagen, mir zu widersprechen, wenn ich über etwas zu reden wünsche«, sagte Lleu. Goewin schlug ihn auf den Ellbogen und sagte schrill: »Hör auf damit! Hast du nicht schon genug gesagt?«

Ich hatte meine Fassung jedoch wiedergewonnen. Ich kniete vor Lleu auf dem Boden nieder und verneigte mich – selbst wenn wir beide knieten, war ich größer als er. Ich küsste meine Fingerspitzen und hielt sie an das goldene Band um Lleus Schläfen. »Eure Hoheit, ich bitte Euch demütigst um Verzeihung.« Ich hob den Kopf und sah ihm einen langen Augenblick in die Augen, bis er es nicht mehr ertragen konnte und sich abwenden musste. Dann stand ich auf und verließ die Runde.

Wutentbrannt ging ich wie im Traum in mein Zimmer und zog das prächtige Gewand an, das Kidane mir geschenkt hatte. Es ist aus einem feinen, schwarzen, gewebten Wollstoff und hat oben an den Ärmeln und an den Schultern knifflig gearbeitete kleine Einsätze aus indiogoblauer orientalischer Seide. Die Ärmel waren unten eng anliegend, so dass ich darüber die Armreifen alter Krieger, seltene Stücke aus dem Reich der Mitte, tragen konnte. Sie bestehen aus Miniaturdrachen, die sich spiralenförmig dicht an dicht vom Handgelenk zum Ellbogen winden und ein Symbol der Macht sind, das Zeichen des Königtums. Daher hatte Turunesch mich zur Vorsicht gemahnt, als sie sie mir schenkte, und ich hatte sie bisher nie angehabt, aus Furcht, der Anlass sei zu gering. Jetzt trug ich sie aus kindischer Eitelkeit. Aber ich konnte nicht verhindern, dass Lleus schmachvoller Spott in meinem Gedächtnis widerhallte. Mit wilder Entschlossenheit sprach ich laut in den leeren Raum: »Ich bin bin der älteste Sohn des Großkönigs.« Es waren Worte ohne Sinn.

Du saßest gut bewacht in dem einen kleinen Raum, den man dir zugestanden hatte. Ungebeten bückte ich mich zu dir um mich von dir umarmen zu lassen. Mit deinen Armen, die bei aller Eleganz so kräftig schienen wie Draht, zogst du mich herunter, bis ich neben dir kniete und meinen Kopf in deinem weichen Wollgewand wiegte. Deine Berührung war sanft wie

Regenwasser, aber ich war angespannt, ich zitterte vor Ärger und Hass. Ich konnte weder sprechen noch weinen, so sehr war ich von meiner Wut übermannt.

»Still, mein Kind«, sagtest du, und noch einmal: »Still!«

Dort kniete ich lang, recht lang. Mit deinen kräftigen, dünnen Heilerhänden spieltest du in meinem Haar herum, schmerzlich sanft hobst du Strähnen hoch und drehtest sie, diese vertraute Berührung hatte mich aber nie wirklich erquickt oder getröstet. Auch jetzt fragest du nicht, was vorgefallen war. »Woher hast du diese Armreifen? Nicht einmal der Großkönig trägt etwas so Prächtiges.«

»Ich habe sie in Afrika bekommen.«

»Bekommen?«

Endlich hob ich den Kopf. »Jawohl, bekommen, Patin.«

»Diese Turunesch war mehr für dich als bloß die Tochter deines Gönners«, sinniertest du. »Warum bist du zurückgekommen?«

»Dies ist mein Zuhause«, sagte ich bitter.

»Medraut, sieh mich an.« Du nahmst mein Gesicht in deine Hände. »Du bist der wahre Prinz dieses Landes«, sagtest du mit sanfter Stimme. »Wenn du dich nur selbst sehen könntest! Gefährlich und doch von einer merkwürdigen Grazie und Schönheit, welch ein Chaos in deinen Augen! Wenn es in meiner Macht läge, würdest du alles erben.«

»Ach, Patin, sag das nicht«, höhnte ich. »Es hat nie in deiner Macht gelegen.«

»Jetzt habe ich über nichts mehr Gewalt. Artus

erlaubt mir nicht einmal zu dem Fest heute Abend in die Große Halle zu kommen.« Du standst auf, ließest mich kniend zurück und gingst durch den Raum um ein geschnitztes Kästchen zu öffnen und dessen Inhalt durch deine Finger rieseln zu lassen. »Lass mich dir das Haar nach hinten binden, wie ich es früher immer getan habe. Ich habe etwas Golddraht, den ich dir zu einem Kranz flechten kann.«

»Nein!«, fauchte ich sie an. »Ich werde nichts tragen, das wie eine Krone aussieht.«

Du schautest auf mich herab. Langsam spielte ein Lächeln um deine Lippen, ein bloßes Zucken in den Mundwinkeln. »Ach so ist das«, sagtest du mit sanfter Stimme und zogst einen Streifen schwarze Seide aus einer anderen Schatulle. »Dann das.« Du standst neben mir und legtest mir das Band um die Stirn. Ich erhob mich und schüttelte die tiefen Falten meines Gewandes aus, du standst einige Schritte vor mir und bewundertest mich wie ein Meister seiner Hände Werk. »Du brauchst auch ein Ohrgehänge.« Ich ließ mir eines von dir am Ohr befestigen, ein schweres Schmuckstück aus Gold und Gagat, das ich, so scheint mir, schon früher getragen hatte.

»›Mitten unter den Leuchtern‹«, murmeltest du leise, »›einer, der wie ein Mensch aussah; er war bekleidet mit einem Gewand, das bis auf die Füße reichte, und um die Brust trug er einen Gürtel aus Gold. Sein Haupt und seine Haare waren weiß wie weiße Wolle, leuchtend weiß wie Schnee, und seine Augen wie Feuerflammen.‹«

Erstaunt sah ich dich an. »Das ist aus der Offenbarung!«

»Hattest du nicht davon gesprochen?«, fragtest du mit amüsiertem Blick, als seist du überrascht. »Ich weiß, was vorgefallen ist. Agravain war vor dir da und hat mir schreckliche Fragen gestellt. Ich habe sein eifersüchtiges Herz jedoch beruhigt.«

»Wie das?«

»Ich habe ihn angelogen«, antwortetest du beiläufig und begannst dein Haar zu bürsten. »Ich gebe dir ein Rätsel auf, mein tugendsames Kind: Ist es schlimmer, die Wahrheit zu leugnen oder sie zu verbergen? Ich glaube nicht, dass du es eilig haben wirst, ihm die Wahrheit zu sagen.«

Ich wusste nicht, was ich antworten sollte. Während ich noch zögerte, kam der weibliche Wachposten zur Tür herein und sagte zu mir: »Mylord, Caius verlangt nach Euch.«

»Schick ihn herein«, sagtest du zu ihr.

»Das Festspiel!«, seufzte ich. Vor lauter Wut hatte ich es vergessen. »So angezogen kann ich nicht gehen.«

»Warum nicht?«, antwortetest du. Und Caius rief, als er hereinkam: »Medraut, du siehst wie ein Prinz aus!« Er lachte, stellte sich vor mich hin und fasste mich an den Schultern, während er mein prächtiges Gewand bewunderte. »Du brauchst dich nicht umzuziehen. Du weißt, die Kostüme sind groß genug geschnitten, dass man sie darüberziehen kann.«

»Trotzdem.«

»Keine Angst, wir bauen es einfach in die Vorstellung ein. Ich hole dir einen Umhang. Noch darf dich keiner so sehen.«

»Medraut!«

Ich drehte mich noch einmal zu dir um, bevor ich den Raum verließ. Du sagtest ruhig: »Komm mir gute Nacht sagen, wenn alles vorbei ist.«

Wir zogen im ganzen Dorf als namenlose Glücksbringer von Tür zu Tür in unseren unförmigen, zotteligen Kostümen. Als wir auf das Gut zurückkehrten, war unsere kleine Gruppe zu einem regelrechten Umzug angewachsen, denn viele Dorfbewohner hatten sich uns auf ihrem Weg zum Fest in Camlan angeschlossen. Vom Apfelwein und vom Ale in Elder Field erhitzt, platzten wir laut rufend in die Menge, die in der Großen Halle versammelt war und unsere Begrüßungsrufe erwiderte. Dann sprach Gofan mit seiner mächtigen Stimme die ersten Verse des Festspiels:

»Platz! Macht Platz!
Räumt das Feld, gebt den Gang frei!
Wir treiben alle Übel aus mit Frohsinn
An diesem Mittwintertag.«

Er hieß alle schweigen. Die lachende Menge stand still.

»Unter eure grünbekränzten Balken treten wir,
Nicht um zu betteln noch um zu borgen;
Glücklich spielen wir in eurem Heim
Um zu vertreiben all eure Sorgen.

Wir sind der Jahreszeit Reimer!
Schenkt uns euren Gruß!
Feld und Vieh bringen wir Glück
Zum Jahresschluss.«

Nun war unser Publikum gespannt. Die Worte waren altbekannt, doch sie waren in dieser Halle schon lange nicht mehr gesprochen worden. Caius trat nach vorn in das kleine, menschenleere Rund; die rote, mit Stechpalmen verzierte Kapuze hatte er übers Gesicht gezogen, so dass niemand die weiße Leinenmaske darunter sehen konnte.

»Herein komme ich, das Alte Jahr,
Hüter für dieses fruchtbare Land.
Eure reichen Vorräte an Korn, Ale und Fleisch
Sind gesegnet von meiner Hand.«

Vereinzelt ertönten Beifallsrufe. Die Worte passten zum Gutsverwalter, aber niemand wusste genau, ob es Caius war.

»Hier ist eure Hoffnung, hier euer Brot,
Euer Schutz vor des Dunkels scharfem Wind:
Wer wagt es kühn, vor mir zu stehn,
Mich zu besiegen geschwind?«

Bedwyr, der Schwertfechter des Großkönigs, antwortete ihm, er trug eine graue, glitzerende Kapuze mit Eiszapfen aus Silberfolie und Glimmer.

»Herein komme ich, das Neue Jahr;
Der Schnee gehorcht meinem Wort.
Die schwarzen Monate vor dem Frühjahr
wirbeln herum,
Eisig-scharf wie mein kaltes Schwert.
Ich bin der Stärkste von allen,
Die in diesem Zug umhergehn:
Wer von den fidelen Trabanten, Herr,
Wagt es, meinem Angriff zu widerstehn?«

Dann Markus mit seiner Blütenkrone:

»Herein komme ich, der Winterprinz,
Sohn des Jahres, das verronnen;
Grünen Efeu, Rotdorn und Stechpalme trage ich
Als Vorboten der wiederkehrenden Sonne.
Ich kämpfe für das Alte Jahr:
Mag des Mittwinters grimmige Rute den
Boden noch schlagen,
Bald wird unter der jungen Sonne
Des Frühlings triumphierende Erde Sprosse
tragen.«

In der Rolle des Neuen Jahres antwortete Bedwyr:

»Zieht Euer Schwert, junger Erntegott,
Verteidiger der Sonne,
Stirbt das Jahr, werdet auch Ihr fallen –
Euch und das Alte Jahr werde ich beide
bezwingen,
Bevor meine Schritte verhallen.«

Gofan brachte die Schwerter, ihre Griffe waren mit Bändern und grünen Blättern geschmückt. Halb im Ernst, halb im Scherz fingen Markus und Bedwyr mit dem rituellen Duell an. Als bemerkte er das erst jetzt, rief Markus ganz unschuldig aus: »Das Neue Jahr hat nur eine Hand! Wie soll es da gegen mich kämpfen?« Das Publikum lachte, es kannte Bedwyrs Fähigkeit im Umgang mit dem Schwert und hielt seinen Gegner für ungeübt, es erwartete einen jämmerlichen Kampf ungleicher Kontrahenten. Markus reagierte geschickt auf das gutwillige höhnische Johlen der Zuschauer, doch als Bedwyr Markus' Schwert mühelos mit seinem Armstumpf beiseite stieß, brach Lleu vor Entzücken in ein schallendes Gelächter aus und übertönte damit alle anderen. In Windeseile drehte Markus sich um, sah ihm ins Gesicht und forderte ihn mit den Worten: »Ich nehme an, Ihr könnt es besser« heraus. Er riss sich den Blumenkranz vom Kopf und rief: »Heute bin ich schon achtmal getötet worden. Lasst das Neue Jahr gegen jemanden kämpfen, der sich ordentlich wehren kann!« Noch trug er seine weiße Leinenmaske, hatte sein Gesicht also noch nicht enthüllt. So trat er auf Lleu zu und riss ihm den goldenen Reif herunter um ihm seinen Kranz aufzusetzen. »Ein ebenbürtiger Gegner für das Alte Jahr!«, verkündete Markus triumphierend und schleifte den Strahlenden unter Protest in die Mitte des Fechtbodens. Bedwyr sprach noch einmal die ersten Verse:

> »Zieht Euer Schwert, junger Erntegott,
> Verteidiger der Sonne!«

während Markus Lleu sein Schwert in die Hand drückte. Lleu wurde ernst und rückte den Kranz, den er nun trug, zurecht, das schwarze Haar war zerzaust unter den für diese Jahreszeit ungewöhnlichen Blüten, die dunklen Augen funkelten vor Aufregung in seinem weißen Gesicht. Schmal stand er ganz allein inmitten der kostümierten Gestalten da, ein einzelner junger Mann unter Wilden oder Göttern. In vertraulichem Tonfall sagte er zum Publikum: »Ihr wisst, wie ungerecht das ist. Sie haben den ganzen Abend geübt.« Mit seiner Bemerkung erntete er einige Lacher, aber sie fielen gedämpft aus, denn alle erwarteten einen spannenden Zweikampf.

Der Kampf zog sich hin. Selbst Bedwyr, der Lleu das Fechten gelernt hatte, konnte Lleu, Artus' Sohn, nicht entwaffnen. Die Feiernden klatschten Beifall und lachten, bis sie außer Atem waren, sie fieberten vor Vergnügen. Schließlich rief Markus: »Du sollst dich von ihm töten lassen!«

»Wer würde denn so was tun?«, schrie Lleu und verteidigte sich dabei noch lückenlos.

»Damit wir mit diesem närrischen Schaufechten vorankommen und essen gehen können«, brummte Bedwyr.

Lleu warf sein Schwert zu Boden und streckte seine Arme weit aus, in einer komischen Geste gab er sich enttäuscht und unterwürfig zugleich. »Was soll ich tun? Soll ich Euch vor die Klinge laufen?« Bedwyr tat so, als würde er ihn erstechen, und Lleu fiel theatralisch zu Boden, zum Sterben brauchte er beinahe so lang, wie der ganze Kampf gedauert hatte. »Seid Ihr jetzt fertig?«, fragte Bedwyr nachdrücklich und zur Freude der Menge antwortete Lleu klar und deutlich: »Na gut.« Er machte die Augen zu und lag still da.

Bedwyr tat einen übertriebenen Seufzer der Erleichterung und Caius wandte sich ihm wutentbrannt zu:

»Elender Schweinehund, was hast du gemacht,
Meinen einzigen Sohn hast du umgebracht!«

Nun wandte er sich an die Menge:

»Ist unter euch ein Mann, der kunstfertig genug ist,
Dass er den Erstochenen rasch wieder lebendig machen,
Sich dem geregelten Lauf der Jahreszeiten widersetzen
Und diesen Jüngling wieder zum Leben erwecken kann?«

Gofan brüllte mit seiner tiefen Stimme: »Holt einen Magier!«

Bis zu diesem Augenblick war ich wie die anderen Schauspieler kostümiert gewesen. Ich trug einen unförmigen Anzug aus Blättern und Stroh, nur meine Maske war schwarz. Inmitten einer Traube formloser, gesichtsloser Menschen hatte ich unbemerkt den zotteligen Umhang ausgezogen, so dass ich nun in meinem schwarzen Gewand dastand. Auf Gofans Aufforderung hin betrat ich das offene Rund, in meiner rechten Hand hielt ich den letzten meiner Feuerstäbe aus dem Reich der Mitte. Sein glitzernder, weißer Kern versprühte kalte Funken über den wilden goldenen Drachen, der sich um mein Handgelenk wand. Die Menge verstummte.

In das Schweigen hinein sprach ich ruhig: »Ich bin der Magier.«

So stand ich bewegungslos da, bis der Feuerstab verlosch. Dann fragte Gofan: »Oh, bist du es wirklich?«

Bescheiden antwortete ich: »Nun, einige Leute kennen mich als Arzt.«

Ein kurzes, erleichtertes Lachen wogte durch die Menge.

»Welche Gebrechen kannst du heilen?«, fragte Caius und Gofan fügte hinzu: »Mehr als eins oder weniger als zwei?«

Ich sagte die Antwort:

»Ich kann tausend Krankheiten kurieren, die ihr nicht habt,
Und tausend Wunden heilen, die es nie gegeben hat.
Ich bin für meine Wunder berühmt von hier bis Afrika!«

Irgendjemand lachte.

»Ich trage eine Flasche auf meiner Brust,
Eine Essenz, deren reines Feuer einen Gletscher
In einen reißenden Strom verwandeln könnte.
Ein Tropfen davon wird deinen Heimgesuchten Sohn retten.«

»Aber zuerst möchte ich mein Honorar«, fügte ich hinzu. »Zehn Sibermünzen.«

Caius fragte Gofan: »Habt Ihr Silbermünzen?« und Gofan erwiderte: »Nur das, was wir aus den Bleiminen des Penninischen Gebirges zusammengekratzt haben. Hier gibt es kein anderes Erz als Kupfer.« Das Publikum lachte wieder. Caius wandte sich mir zu und berichtete: »Er hat kein Silber.«

»Dann nehme ich Kupfer.« Die rituelle Bezahlung erfolgte. Caius sagte schwungvoll:

»Nun erprobe dein Geschick, Magier.
Mach, dass neues Leben auf das alte folgt,
Wenn dein Zauber durch die Halle webt,
Auf dass es trotz der Kälte wachse und gedeihe.«

Ich kniete nieder und beugte mich über Lleu, der mit geschlossenen Augen lächelnd dalag und auf die altbekannten Verse wartete.

»In Eure Wunden die goldenen Tropfen
Gieße ich aus heilsamem Kelch.«

Er machte die Augen auf und bekam fast keine Luft mehr, als er mich sah. Mit meiner schwarzen Seidenmaske lächelte ich zaghaft zu ihm herab, meine Hand lastete schwer auf seiner Brust von dem goldenen Armreifen, den ich trug. Ich sprach die Strophe zu Ende:

»Wie der Tod den Winterprinzen ereilte,
So mag der Herr des Frühlings auferstehen«

und bot ihm die Hand. Er nahm sie widerwillig, gespenstisch bleich und dennoch lächelnd. Als die

Zuschauer dem Schauspiel des Wunders applaudierten, machte Lleu einen Handstandüberschlag und verlor dabei den Kranz des Reimers, so dass die roten Beeren und weißen Blüten durch die Luft flogen. Markus lachte und gab Lleu seinen Goldreif zurück. Im Sprechchor skandierten wir die letzten Verse des Festspiels:

»Unser Reimen ist nun zu Ende;
Wir wollen hier nicht länger spielen.
Glück walte diesem Heim und Herd:
Willkommen sei das Neue Jahr!«

Während der anschließenden Feier sprach Lleu kein Wort mehr mit mir. Er überbot sich im Tanzen und schaffte es sogar, als Sieger aus einem Ringkampf hervorzugehen, der spontan zwischen ein paar Knaben und jungen Männern in einer Ecke der Halle entstand. Er wollte mich nicht ansehen und in der wilden Menge von Feiernden und Tänzern war es ihm ein Leichtes, mich zu meiden. Doch traf ich ihn danach, bevor ich zu dir kam. Er saß auf dem warmen Atriumboden neben dem Kohlenbecken und spielte mit einer der Katzen.

Den Goldreif, den er tagsüber getragen hatte, hatte er neben sich abgelegt. Die Feuersglut schimmerte in den Augen der Katze und auf ein paar Silberfäden an Lleus Ärmeln und seinem Hals. Er saß allein da, den Kopf gebeugt und ganz ruhig.

»Gute Nacht, Prinz«, sagte ich, denn ich konnte nicht vorbeigehen ohne ihn zu grüßen.

»Medraut!« Er ließ die Katze los, aber sie wollte nicht weg. Sie setzte sich neben ihn auf ihr Hinterteil und rieb ihren Kopf an seinem Ellbogen.

»Mylord?«, sagte ich gleichmütig und wartete, bis er das Wort ergriff.

»Medraut, es tut mir Leid.« Mit einer Hand strich er der Katze über den Rücken und zeichnete dann den Rand des Goldreifs mit dem Finger nach, dabei schaute er mich nicht an. »Ich meine, weil ich mich so schlecht benommen habe.«

»Danke«, sagte ich. Ich holte tief Luft und sagte ruhig, aber in schroffem Ton: »Mylord, mit deiner Entschuldigung kannst du aber nicht ungeschehen machen, was du deinen Vettern heute Abend gesagt hast.«

»Medraut, es tut mir Leid, es tut mir wirklich Leid«, sagte Lleu flehentlich. »Bist du sicher, dass sie es wissen?«

»Jetzt wissen sie es«, sagte ich.

Er rieb sich die Stirn und murmelte: »Ich komme mir schrecklich vor.«

»Oh, kleiner Bruder, das ist Zeitverschwendung«, flüsterte ich.

Das brachte ihn zum Schweigen. Er wollte mit der Katze im Arm aufstehen. Aber kaum war er auf einem Knie, da ließ er sie fallen. Dann bemerkte er den Goldreif auf dem Boden und bückte sich um ihn aufzuheben. Als er versuchte wieder auf die Beine zu kommen, ließ er ihn jedoch gleichfalls fallen. Der Reif klapperte blechern auf dem Mosaikboden und drehte sich im Kreis, bis er schließlich ruhig dalag. Unsicher fasste Lleu sich an die Schläfe, als sei er benebelt, und bückte sich nochmals um den Goldreif zu holen. Ich packte ihn an den Schultern und stellte ihn gerade hin. »Hast du zu viel getrunken?«, fragte ich.

»Fast nichts«, sagte er. Aber seine Augen schienen grundlose Teiche voll schwarzen Wassers und er hatte dunkle Ringe darunter.

»Sieh mich an!«, sagte ich und zog ihn in die Nähe einer der großen Lampen. Er zuckte zusammen, als plötzlich das helle Licht in seine Augen fiel, und wandte sein Gesicht ab. Ich fasste ihn am Kinn und drehte ihn wieder ins Licht. »Lass mich deine Augen sehen.« Sorgfältig untersuchte ich Lleu im Lichtschein der Lampe, befühlte seine heißen Wangen und stellte am Hals fest, dass er einen niedrigen Puls hatte.

Ach, Patin, wie hast du das wieder angestellt?

Gleichmütig sagte ich zu ihm: »Sie scheint dich wieder vergiftet zu haben.«

Nach einer Weile stieß Lleu einen leisen, hellen Schrei aus wie ein Vogel. »Oh, verflucht sei sie!«

Ich sagte langsam: »Heute Nacht wirst du sicher noch Schmerzen haben.«

»Kannst du nichts dagegen tun?«, fragte er.

»Doch, ich kann«, antwortete ich und sah ihm direkt in die Augen. Er konnte kaum aufrecht stehen und seine Haut war so blass, dass sie leicht blaustichig wirkte. Als ich mich zum Gehen anschickte, trat ich absichtlich auf den Goldreif, blieb einen Moment lang mit meinem Fuß darauf stehen und fügte ohne zurückzuschauen hinzu: »Aber ich werde es nicht tun.«

Als er dann wieder sprach, klang seine Stimme leise und unsicher, aber er wagte immerhin zu sagen: »Muss ich es dir befehlen?«

Ich schüttelte ungläubig den Kopf und antwortete ruhig: »Du darfst mir nie Befehle erteilen.« So ließ ich ihn zurück, allein mit seinem glitzernden Mosaik beim verlöschenden Schein des Feuers.

Der verratene Prinz

Die Frau, die dich bewachen sollte, schlief, sie war über dem Kleidungsstück, das sie gerade säumte, eingenickt. »Hast du ...«, begann ich zu fragen, aber du schütteltest den Kopf und legtest diskret einen Finger auf die Lippen. »Sprich leise. Ich habe ihr nichts getan.«

»Jemand anderem aber sehr wohl!«

»Das war für dich.«

»Für mich!« Ich lachte. »Nun, danke. Aber das reicht, Patin.«

»Nein.« Du gingst auf und ab, genau wie deine Wildkatzen im Käfig, du die Wildkatze und ich der Hase, der eigentlich in einer Ecke hätte kauern und hoffen sollen, dass du ihn nicht bemerkst. Ich war jedoch aus freien Stücken gekommen. Ich wartete und wartete und fragte mich, wie du zuschlagen würdest.

Du musstest scharf nachdenken um das, was du zu sagen hattest, in Worte zu fassen, die nur ich verstehen konnte – für den Fall, dass jemand anderer dich zufällig reden hörte. »Ich will, dass du für mich auf die Jagd gehst«, sagtest du endlich.

»Welche Beute soll es sein?«, fragte ich vorsichtig.

»Ich will die Sonne.« Dann verstummtest du eine Weile und hieltest im Gehen inne um deinen Verrat in geheimnisvolle Worte zu kleiden, ähnlich den Kostümen beim Mummenschanz. »Wenn du ein Gefangener in einem kalten Kerker ohne Licht wärst, wenn du ein Verbannter an einem eisigen, finsteren Ort wärst, dann würdest du dir wünschen, dass die Sonne dir gehörte und zu Gebote stünde. Denn dann hättest du Licht und Wärme, ganz nach deinem Belieben. Die Sonne in deiner Hand, *die Sonne als Geisel* – dann beugen sich die bedrückenden Schatten deinem Willen!«

Du hörtest auf zu sprechen, balltest die Fäuste und sahst mich an. »Die Sonne«, wiederholte ich mit tonloser Stimme. »Wie soll ich dir die Sonne holen?«

Du zischeltest verächtlich: »Du dummer Junge!« und wandtest dich ab um von dem kleinen Zitronenbaum, den Ginevra aufs Fensterbrett gestellt hatte, Blätter abzuzupfen und sie zwischen deinen grausamen Fingern in Fetzen zu reißen.

Ich fauchte zurück: »Patin, ich weiß, was du meinst.« Du standst schweigend da, so still, dass ich sogar das leise Prasseln hörte, wenn die zerrissenen Blätter auf die Fliesen fielen. Ich sagte: »Ich bin verpflichtet dem Licht zu dienen.«

»Du bist zuallererst mir verpflichtet.«

»Da ich beiden verpflichtet bin, will ich vielleicht keinen enttäuschen.« Ich war jedoch gespannt, was du sonst noch zu sagen hättest: »Warum sollte ich mehr für dich jagen als für jemand anderen?«

Du sprachst nicht laut. Als Antwort formtest du mit deinen Lippen ein einziges Wort, du sprachst es nicht aus, und doch hörte ich es so deutlich, als hättest du es gerufen: »Königsamt.«

»Verführerin«, spottete ich, der selbst Verführte.

Du flüstertest: »Der Junge stellt dich in den Schatten, so sicher wie die Mittagssonne den Mond bei einer Mondfinsternis. Du weißt das und du hasst ihn deswegen. Als ich letzten Sommer deine Loyalität auf die Probe stellte, hast du ihn nur schlecht verteidigt.«

»Ich wußte nicht, dass es eine Probe war.«

»Du hast dich so schützend vor mich gestellt oder wolltest mich so ungern verlieren, dass du eine Woche brauchtest um es deinem Vater zu sagen«, bemerktest du trocken. »Wenn ich ihn hätte umbringen wollen...«

»Sei still!« Ich schlug um mich. »Deine Tür steht weit offen. Wenn jemand kommt ...«

»Was würde schon passieren? Wie sollte ich noch mehr zur Gefangenen werden, als ich es schon bin?« Du sprachst schnell, ruhig, verzweifelt und zornig, ohne Rücksicht darauf, wer deine Worte hören könnte. »Was für eine nutzlose Reise habe ich gemacht, als ich hierherkam – mein Bruder will nicht mit mir sprechen und ich darf mich nicht einmal zum Mittwinterfest zu den Hausbewohnern gesellen. Sobald das Wetter besser wird, soll Gwalchmei mich für den Rest des Winters nach Ratae Coritanorum zurückbringen, und im Frühling wird Artus dafür sorgen, dass ich auf die Orkaden zurückkehre. Aus den Augen, aus dem Sinn. Gott, ich habe die endlosen Winternächte, die Dunkelheit, die Kälte und die Langeweile satt! Diese Verbannung macht mich noch verrückt, Medraut. Wenn Artus mir nicht von selbst die Freiheit und die Macht zurückgibt, die ich früher hatte, dann werde ich sie mir von ihm erzwingen. Ich will seinen schönen jungen Favoriten, seinen Liebling, festhalten und verletzen. Ich will dieses stolze, strahlende Kind gefangen sehen wie einen kleinen Vogel im Käfig, hilflos wie einen Zaunkönig oder ein Rotkehlchen, das umsonst verzweifelt mit den Flügeln gegen Gitterstäbe schlägt, die ich selbst für es gemacht habe. Ich will verderben und vernichten, was Artus am meisten liebt, bis auch er ein gebrochener Mann ist und sich meinem Willen beugt.«

Darauf hatte ich keine Antwort.

»Die Sonne als meine Geisel«, wiederholtest du leise deine Worte. »Und was dich anbelangt, so erwarte ich dich nach Neujahr in Ratae Coritanorum. Bring mir die Sonne, dann wird Artus nachkommen und alles tun, was ich will. Agravain weiß Bescheid, auch er ist mir verpflichtet. Er wird dich begleiten.«

»Ich jage lieber allein«, sagte ich.

»Allein traue ich dir nicht über den Weg.«

Ich zuckte gleichgültig mit den Achseln. »Niemand vertraut mir.«

»Mein Liebling!« Du sagtest das ohne Zärtlichkeit,

deine Stimme war schwarz und glatt wie angelaufenes Silber. Du schlangst mir die Arme um den Hals und packtest mein Haar mit deinen Fäusten, so dass ich meinen Kopf nicht bewegen konnte. »Du hast noch nicht zugestimmt. Gib mir eine Antwort.«

»Habe ich die Wahl? Du benutzt mich«, schrie ich leise auf.

Du sagtest: »Ich helfe dir!« Aber deine Stimme klang kalt und grausam.

»Ich will deine Hilfe nicht«, flüsterte ich wütend. »Ich bin derjenige, den du verletzt, wenn du zornig bist, womit du sonst auch immer drohen magst. Mich hast du zum Krüppel gemacht.«

»Oh, so verletzt bist du gar nicht.«

Ich sagte zornig: »Und was ist mit dem Schaden an meiner Seele?«

»Für deine Seele bist du selbst verantwortlich«, antwortetest du ungeduldig.

»Wie kannst du für unerheblich erklären, was du mir angetan hast? Du hast meinem ganzen Körper auf jede erdenkliche Art Narben zugefügt, am Rücken, am Hals, an den Händen. Ich habe sogar eine Narbe im Mund, dort, wo du mir einmal mit einer Haarnadel durch die Wange gestochen hast. Ich bin wie ein Stück Pergament, auf dem überall dein Name gekritzelt ist, und zwar so oft, dass es unleserlich geworden ist. Selbst im Schlaf werde ich dich nicht los!«, sprach ich halb flüsternd, halb schreiend, dabei stand ich angespannt und bewegungslos da, während du deine Fäuste in meinem Haar immer fester balltest.

»Du hast mir zwar keine Narben zugefügt«, zischtest du. »Aber glaubst du, ich träume nicht von dir?«

Dann küsstest du mich.

Einen Augenblick lang, vielleicht einen halben, war ich verzückt und verloren. Es zählte nur das reine Vergnügen, die Begierde und eine Art Erleichterung, aber nur einen halben Augenblick lang. Dann riss ich mich selbst von dir los und hinterließ eine Hand voll Haare in deinen Klauen. Ich fiel über einen Fußschemel, der unter meinem Gewicht zusammenbrach. Ungraziös und zitternd saß ich zwischen den Elfenbeinscherben, da bücktest du dich falkengleich über mich, und dann hörte ich Lleus klare Stimme meinen Namen rufen.

»Medraut.«

In dem Moment, als ich zu Boden fiel, war die Wächterin aufgesprungen. Nun kam sie mir rasch zu Hilfe und schrie bestürzt auf, ich bemerkte sie aber kaum. Meine ganze Aufmerksamkeit galt Lleu, der in der Tür stand. Er befand sich auf dem Weg zu seinem Schlafzimmer und hatte sicher noch nicht lange hier gestanden, musste aber genug gesehen haben, dass es ihm den Magen umdrehte. Die helle Verachtung in seinen Augen galt nur mir. »Du widerst mich an«, sagte er ruhig.

Ich rang nach Atem, sprachlos und noch immer zitternd. Ich weiß nicht, wohin du blicktest oder was du sahst, und auch nicht, was die andere Frau tat. Ich sah und hörte nur Lleu, wie er kühl wiederholte: »Du widerst mich an.«

So fällte er sein Urteil, der Strahlende, der Sonnengott.

Plötzlich stand mir alles vor Augen: das Misstrauen meines Vaters, die Schande und der Schrecken in den Kupferminen, Lleu, wie er mich vor deinen anderen Kindern anprangerte; seine klare, jugendliche Stimme, mit der er sogar dann noch Gehorsam verlangte, als er halb vergiftet dastand und auf mein Erbarmen hoffte; das Holzschwert an meiner Kehle.

Ich spuckte ihm vor die Füße. Mit großen Augen schaute er mich an, dann wandte er sich ab und verließ uns ohne sich zu verabschieden.

Was ich dann tat, geschah aus freier Wahl, nicht um irgendjemandem die Treue zu halten oder zu brechen. Bitter sagte ich: »Patin, ich gehe für dich auf die Jagd.«

Am Tag darauf schlug das Wetter um und kaum einen Tag später schickte Artus dich in Begleitung von Gwalchmei nach Ratae Coritanorum zurück. Da Weihnachten nahte, sagte Goewin zu mir: »Bitte, Medraut, kannst du Lleu nicht vergeben? Er ist nur gedankenlos, nicht böse. Ihr habt beide seit der Wintersonnenwende nicht mehr miteinander gesprochen.«

»In der Woche nach Weihnachten gehen Agravain und ich auf die Jagd«, antwortete ich. »Ich nehme Lleu mit, wenn er will.«

»Du weißt doch, wie gern er jagt«, sagte sie mit einem schiefen Lächeln. »Ich versuche ihn zu überreden, dass er mit euch geht.«

»Goewin, warum kommst du nicht auch mit?«, sagte ich. »Dann kann er nicht nein sagen.«

»Möchtest du das denn?«, fragte sie freudig überrascht. »Ich würde sehr gerne mitkommen. Danke, Medraut.«

Zwei Tage nach Weihnachten verließen wir Camlan, vier Tage nach dir. Ich meinte zu Agravain, wir sollten dir für die Reise Zeit geben, also wandten wir uns statt nach Süden zuerst nach Norden. Artus hatte uns seine Erlaubnis und seinen Segen gegeben; Lleu hatte noch nie zuvor eine lange Winterreise unternommen und es würde für ihn eine weitere Probe, eine weitere Lektion sein – ein weiterer Schritt auf dem Weg zum Königsamt.

Wir ritten durch das Wildgehege und durch die Lücke zwischen den Gipfeln südlich des Hochmoors durch, wohin ich die Zwillinge zwei Jahre zuvor im Sommer mitgenommen hatte. Dann befanden wir uns in hügeligem, dünnbewaldetem Gelände, ringsum von den höhergelegenen Mooren umgeben. Der Wald in der Nähe von Camlan ist kultiviert, im Penninischen Gebirge ist es jedoch großenteils wegloser Urwald, in dem Eber, Bären und Wölfe hausen. Bei Tagesanbruch war es grau und dunkel und es wurde den ganzen Tag über nicht richtig hell. Als wir mittags zur Essenspause anhalten wollten, begann es zu regnen, es war ein kalter, alles durchnässender, mit Schnee vermischter Regen. Wenn wir weiterritten, würde uns wärmer sein. Im Laufe des Nachmittags hatten wir mühsam zwanzig Meilen zurückgelegt, nun ritten wir ein Tal unterhalb eines kahlen Kamms entlang, von dessen Gipfel

Platten schwarzen Gesteins abgesprungen waren. »Ich weiß, wo wir sind«, sagte Goewin. »Der Hügel mit dem Abbruch ist der Zerklüftete Berg. Dort waren früher Bleiminen.«

»Die Höhlen sind noch da«, sagte ich. »Auf langen Jagden benutzen wir sie häufig als Schutz. Ich weiß eine Stelle, wo wir bleiben können, bald wird es ganz dunkel sein.«

Erleichtert über die Aussicht auf einen trockenen Schlafplatz, begannen Agravain und Lleu, sich wechselseitig treffende Beleidigungen an den Kopf zu werfen. Agravain prahlte, er werde sicher ein größeres Beutetier ausfindig machen, als Lleu je zu erlegen hoffen könne. Goewin ritt freundlich neben mir her. Ich konnte keinem von ihnen in die Augen sehen, gern hätte ich über Agravains Sticheleien gelacht, aber wegen meines heimlich geplanten Verrats blieb mir das Lachen im Halse stecken.

Ich fand die Höhle, drinnen war es trocken und wärmer als draußen. Die Öffnung lag im Windschatten und es gab einen überhängenden Felsen neben dem Eingang, wo man auch bei Regen ein kleines Feuer machen konnte ohne die Luft im Höhleninneren zu verpesten. Wir fütterten die Pferde, legten ihnen Decken über und luden unsere Ranzen ab. Lleu band die Bündel Speere und Bogen los, die wir an den Sätteln befestigt hatten, und ließ sie mit einem Scheppern direkt in den Höhleneingang fallen, Agravain lachte. Lleu sagte reumütig: »Ich bin müde.«

»Ich auch«, räumte ich ein. Ich hatte starke Halsschmerzen. »Agravain, wenn du Feuer machst, mache ich etwas Wein heiß.«

Ich betrat die Höhle nach den anderen. Sie war vom Feuer und den Laternen, die Agravain am Boden aufgestellt hatte, erleuchtet. Ich verteilte das Getränk ohne darauf zu achten, wer wie viel bekam. Lleu nickte zum Dank, als ich sein Trinkhorn füllte, und bemerkte nicht, dass ich seiner Portion warmen Weins einen Schuss Nachtschatten beigegeben hatte. Plötzlich kamen mir Verse aus dem Mittwinterspiel in den Sinn, allerdings in verzerrter Form:

In deinen Wein die goldenen Tropfen
Gieße ich aus vergiftetem Kelch
Wie der Tod den Winterprinzen ereilt …

Ich bekam keine Luft mehr und wandte mich ab um das durchnässte Hemd und die Jacke auszuziehen, ich spürte, wie ich vor Aufregung und wilder Entschlossenheit rot wurde. Goewin fragte streng: »Ist dir nicht wohl, Medraut?«

Sie hatte bemerkt, dass meine Hände zitterten und ich sie zu Fäusten ballte. Ungezwungen lachte ich ihr über die Schulter hinweg zu und versuchte die Verspannung in meinen Armen und meinem Rücken durch Dehnen loszuwerden. Die Höhlendecke war zu niedrig, als dass ich aufrecht darin hätte stehen können. »Es ist ein harter Tag gewesen.«

»Nun, ja«, stimmte sie mir zu.

»In dem großen Ranzen ist das Essen, Goewin«, sagte ich. »Wir sollten nicht viel essen.« Ich ging nach draußen, vor den Höhleneingang, wo ich aufrecht stehen konnte. Der Schneeregen war in Schnee übergegangen. Ich beobachtete, wie die schwarzen Konturen des Zerklüfteten Berges verschwanden, als es rasch dunkelte, bis ich nur noch die wirbelnden Schneeflocken im Feuerschein sah.

»Um Gottes willen, Medraut, du holst dir den Tod«, sagte Goewin hinter mir. »Du hast nicht einmal ein Hemd an. Komm rein.«

Ich duckte mich im Eingang um mich zu den anderen zu gesellen und setzte mich Lleu gegenüber hin. Agravain teilte die Rationen Pökelfleisch und Trockenobst aus.

»Es schneit, nicht wahr?«, fragte Lleu. Seine Augen schienen verschleiert, dunkel und seltsam.

»Ja«, sagte ich zu ihm. »Aber keine Angst, Strahlender, wir haben Essen, Pelze und eine schützende Höhle und es geht nur ein schwacher Wind.« Ich streckte den Arm aus um ihm die feuchten Haarsträhnen aus der Stirn zu streichen. Seine Hand bewegte sich ziellos, als wollte er meiner Berührung ausweichen, aber seine Muskeln gehorchten ihm nicht. Er kämpfte gegen die aufsteigende Müdigkeit an. Ich hustete und wandte mein Gesicht ab; ich konnte es nicht ertragen, ihn anzusehen.

»Medraut.«

Ich weiß nicht mehr, wer meinen Namen sagte.

Jedenfalls stand Lleu unsicher und mühsam auf und war so mutig und gefasst, wie ich es ihm nicht zugetraut hätte. Er stand vor mir, ich konnte mich aber nicht aufrecht hinstellen und mich ihm zuwenden ohne mit dem Kopf an die Decke zu stoßen. Ich versuchte erst gar nicht aufzustehen.

»Hast du mir ein Schlafmittel gegeben?«, fragte Lleu mit gleichmäßiger Stimme, seine Hände zitterten. »Vor dem Essen wir ich noch nicht so müde!«

»Ja«, flüsterte ich erbarmungslos. »Ich habe es getan.«

»Du hast mir doch versprochen!«, rief er.

»Was habe ich versprochen? Erinnerst du dich genau, was ich gesagt habe?«

»Nein! Was denn?«, antwortete er verärgert. »Es ist zwei Jahre her und ich war im Halbschlaf.«

Goewin sprach nun mit tonloser, kalter Stimme und starrte ins Leere, während sie mein Versprechen im Wortlaut wiederholte. »Er sagte, er würde dich nie wieder schläfrig machen, wenn du krank oder verletzt bist. Du bist weder krank noch verletzt.« Zornig flüsterte sie: »Er hält seine Versprechen.«

»Aber warum tust du das? Damit ich gut schlafe? Medraut, das ist ungerecht! Ich bin nicht kränklich.« Plötzlich sackte er schwer zu Boden, die Beine versagten ihm den Dienst.

»Ich halte mich nicht mehr an die Gerechtigkeit«, sagte ich. »Ich habe es getan, damit du mir auf Gedeih und Verderb ausgeliefert bist.«

»Ausgeliefert?«, wiederholte Goewin meine Worte. Sie war grau im Gesicht. »Was um Gottes willen machst du da?«

Alle vier saßen wir da und starrten einander an. Agravain beobachtete mich grimmig durch eine Strähne seines offenen, kupferfarbenen Haares hindurch, er erwartete ein klärendes Wort von mir und es war, als blicktest du mich durch die Augen eines anderen an. Goewin sagte laut: »Mylord und Bruder, gib mir eine ehrliche Antwort!«

»Ich führe einen Befehl aus«, sagte ich.

Agravain konnte nun nicht mehr schweigen. »Meine Mutter will den Prinzen von Britannien als Geisel einsetzen, wir sollen ihn zu ihr nach Ratae Coritanorum bringen.«

»Mich!«, hauchte Lleu.

»Du bist der Prinz von Britannien«, äußerte Agravain spöttisch.

Lleu grinste höhnisch zurück. »Warum sollte ich dich je ernst nehmen, Agravain?«

Ich fragte freundlich: »Kannst du deine Hände heben, Lleu?«

Er konnte es nicht. Mit einem schreckerfüllten Blick wandte er sich seiner Schwester zu, aber zu rasch, so dass er das Gleichgewicht verlor. Goewin fing ihn auf. »Medraut, du lügst«, sagte sie verzweifelt.

Ruhig erwiderte ich: »Ich lüge nie.«

»Aber warum hast du mich dann mitgenommen?«, fragte sie.

Agravain antwortete: »Du sollst deinem Vater die Botschaft überbringen.« Rücksichtslos fuhr er fort: »Meine Mutter hasst ihren Bruder, sie hasst seine Kinder, euch beide. Sie hasst die Verbannung, in der sie zwar nicht offiziell, aber unausgesprochen leben muss. Sie will Freiheit und Macht.«

Ich sagte mit leiser Stimme: »Lleu bedeutet Freiheit und Macht.«

»Sie will den Prinzen als Faustpfand, um zu verhandeln«, fuhr Agravain fort. »Sein Leben, seine Unversehrtheit gegen was immer sie begehrt.«

»Und warum dient ihr ihr, dem Großkönig zum Trotz?«, wollte Goewin mit zwar noch immer lauter, aber gefaßter Stimme unbedingt wissen.

»Ihr würde ich jedermann zum Trotz dienen«, antwortete Agravain ihr inbrünstig. »Außerdem ist der Großkönig schließlich nicht ihr Herr, sondern nur ihr Bruder.«

»Oh, es ist Hingabe!«, spottete Goewin und hielt Lleu aufrecht, als er gegen ihre Schulter sank. »Dann ist Gwalchmei auch mit von der Partie?«

»Er nicht«, lachte Agravain. »Nicht der gerade erst zum Ritter geschlagene Gefährte des Großkönigs! Er wird auf dem Rückweg nach Camlan sein, wenn wir Ratae Coritanorum erreichen.«

»Aber du, Medraut«, hob Goewin zu fragen an. Dann sprachen sie und Lleu plötzlich gleichzeitig, keiner von beiden war willens oder vielleicht nicht einmal fähig zu glauben, dass ich sie im Stich lassen könnte.

»Hat Lleu dein Vertrauen so furchtbar missbraucht?«

»Ich habe dir mein Leben anvertraut!«

»Bist du nicht verpflichtet ihm zu dienen?«

»Du bist doch mein Bruder.«

»Warum in aller Welt tust du so etwas für Morgause?«

»Weil sie verlangen wird, dass Artus mich an Lleus statt zum König macht«, antwortete ich schonungslos.

»Warum sollte er das tun?«, fragte Goewin kühl.

»Was soll er sonst tun, wenn Lleus Leben auf dem Spiel steht?«, fragte ich zurück. »Ich glaube, er liebt sein jüngstes Kind zu sehr um nein zu sagen. Außerdem, was verliert er schon, wenn er nachgibt? Das Gesicht, vielleicht. Es ist sein Fehler, der mich hindert König zu werden, nicht der meine. Ich bin älter, stärker und klüger als Lleu. Die Gefährten des Königs mögen und bewundern mich. Wenn Artus sich weigert, verliert er uns beide. Einer solchen Gefahr wird er Britannien nicht aussetzen.«

»Ohne euch beide hat er immer noch mich«, brummte Goewin, »und ich bin sehr wohl in der Lage zu regieren.«

»Trachtest du auch nach der Königsmacht?« Ich lachte zu sehr und musste husten. »Dann schließ dich uns an. Wenn Artus sich weigert, können wir, du und ich, den Prinzen gemeinsam töten.«

Goewin warf mir ihr Trinkhorn ins Gesicht, es streifte kurz meine Wange und krachte gegen die Steinwand. Agravain hielt sie zurück und Lleu fiel mit Brust und Wange nach vorn auf den Boden. Er versuchte mit großer Mühe sich aufzurichten und schaffte es, sich auf die Arme zu stützen, so dass er den Kopf und die Schulter heben konnte.

»Du sprichst so leichtfertig vom Töten!«, warf Goewin mir an den Kopf und versuchte loszukommen. »Du bist kein Mörder!«

»Doch, ich bin einer«, sagte ich grimmig, »schon mehrfach nicht aus Versehen.«

Goewin riss sich aus Agravains Griff los, schnellte zu mir hinüber und wollte mir das Jagdmesser abnehmen, das ich noch an der Seite trug. »Ach nein, Prinzessin«, sagte ich und packte sie am Handgelenk, während ich selbst das Messer aus der Scheide zog. »Du bist wie Lleu, flink und gewandt, aber nicht sehr stark.«

Goewin versuchte ihren Arm frei zu bekommen, aber auf Knien konnte sie nicht gut kämpfen, außerdem war sie zwischen mir und Lleu, der auf dem Boden lag, mehr oder weniger eingeklemmt. »Offensichtlich hältst du von seiner Kraft mehr als von meiner, sonst hättest du uns doch beide betäubt«, fauchte sie.

»Goewin«, warnte ich sie mit erhobenem Messer, »beweg dich nicht.«

»Oh, schneid mir doch die Kehle durch! Trau dich!«

»Dir nicht«, sagte ich. Ich hielt sie immer noch am Handgelenk fest und drückte Lleu die Scheide an den Hals. Sein Kopf sank zu Boden. »Beweg dich nicht!«

Goewin wurde schwach: »Das würdest du nicht tun.«

»Ich werde ihn nicht töten, nein«, sagte ich großzügig. »Zumindest jetzt nicht. Wenn du aber nicht aufhörst zu kämpfen, dann verletze ich ihn.«

»Dann nimm ihn doch«, schrie sie. »Ach Gott, du machst mich krank. Obwohl du so kalt und distanziert bist, habe ich dir mehr vertraut als meinem Vater, ich habe mich auf dein Wort verlassen als gelte es mehr als mein eigenes. Du seelenlose Schlange! Nimm ihn! Wie kann ich dir jetzt noch im Weg stehen?«

»Ich ließ sie gehen. Sie stand auf und stürmte nach draußen in die Dunkelheit, den Schnee und die Wildnis.

»Soll ich sie zurückholen?«, fragte Agravain.

»Lass sie in Frieden. Sie kann nirgendwo hin.«

Lleu flüsterte heiser: »Du hättest mir nicht weh getan.«

»Du bist noch unter uns, Strahlender?«, sagte ich erstaunt. »Du musst kämpfen wie ein Löwe. Die Dosis war stärker als alles, was die Königin der Orkaden dir je gegeben hat.«

»Du würdest mir nicht weh tun«, sagte Lleu noch einmal. Kurz bevor er das Bewusstsein verlor, streckte er die Hand aus und nahm meine verkrüppelte Hand in die seine, er hatte keine Angst, er vertraute mir blind. Ich konnte nicht verstehen, was er sagen wollte. Seine Furchtlosigkeit verblüffte mich und ich saß schweigend da und schaute staunend den dunklen Kopf und die schmale Hand an, die die meine umfasste.

Goewin kam zurück in die Höhle und half mir wortlos Lleu die nassen Kleider auszuziehen und ihn für die Nacht in Pelze und Decken zu hüllen. Agravain verpackte das restliche Essen und löschte alle Laternen außer einer. Dann schliefen auch wir ein.

Ich döste, wachte aber zwischendurch häufig aus eintönigen Träumen auf, in denen ich immer wieder im Regen über Moore ritt. Mitten in der Nacht bekam ich einen Hustenanfall, konnte aber nicht aufstehen. Jämmerlich nach Luft schnappend lag ich da und wusste nicht, wo ich war und wer bei mir war. Dann rüttelte mich eine Hand sachte an der Schulter, und eine zärtliche, besorgte Stimme sagte: »Medraut, Medraut, setz dich auf, dann wird es besser.«

Die Stimme redete mir beharrlich zu. Die Hand bahnte sich einen Weg unter meinen Rücken um mir aufzuhelfen und ich konnte wieder atmen. Goewin kniete neben mir, stützte mich und sah mich besorgt an. »Soll ich dir etwas zu trinken holen?«, fragte sie.

Nach einer Weile sagte ich freundlich: »Du bist sehr gütig, Goewin.«

»Oh.« Sie kroch zu den Taschen und Ranzen und goss Wasser für mich in ein Horn. »Dein Husten klang so furchtbar.«

»Vergiss nicht, wo du bist«, sagte ich.

Sie blinzelte. Die Laterne flackerte, sie war niedergebrannt und warf Schatten auf ihr Gesicht. »Ich weiß, wo ich bin«, sagte sie.

»Warum hilfst du mir dann? Um meine Gunst zu gewinnen?«

»Du hast mich aufgeweckt«, sagte sie gereizt. »Es klang, als bekämst du keine Luft. Bist du krank?« Mit ihren kühlen Fingern befühlte sie kurz meine Stirn und sagte: »Du glühst.«

»Immer«, sagte ich finster.

»Nein«, sagte sie und rückte ein wenig von mir ab, sie war nicht sicher, was ich meinte. »Du hast Fieber.«

»Ich weiß«, sagte ich verächtlich.

»Wie lange schon?«

»Seit dem frühen Abend.«

»Geh nicht«, sagte sie.

»Ich muss. Meine Mutter…«

Ich hielt inne und wurde rot. Ich sagte doch sonst nie ein Wort mehr als nötig. Nach einer Weile fragte Goewin langsam: »Nennst du sie je Mutter?«

»Nein«, antwortete ich knapp. »Aber sie ist es.«

»Welche Macht hat sie außerdem noch über dich?«

Mit starrem Blick sah ich sie an. »Welche *Macht?*« Ich hustete wieder, ich war nahe daran zu lachen, so sehr erstaunte mich die Frage. »Genügt das nicht? Du bist doch nicht blind, Goewin.«

»Aber du willst das doch nicht tun!«

»Woher willst du wissen, was ich will?«, fragte ich. »In ihrem Auftrag kann ich an deinem schönen Bruder Rache nehmen und die Schuld liegt ganz bei ihr.«

Goewin fragte energisch: »Rache wofür?« Ein paar Augenblicke lang sagte keiner von uns beiden ein Wort. Schließlich wagte Goewin die Frage: »Du würdest Lleu also foltern und ihr übergeben, was von ihm übrig bleibt? Das würde ihr genauso gefallen, als hätte sie es selbst getan, nicht wahr? So oder so wirst du von ihr missbraucht.«

»Nein!«, platzte ich so heftig heraus, dass Agravain sich im Schlaf rührte. Ich hatte noch die kleine Horntasse, die Goewin mir gegeben hatte, in der Hand und umklammerte sie so fest, dass die Haut an meinen Fingern vor Anspannung ganz weiß war. »Ich habe meinen eigenen Willen!«

»Warum tust du das dann?«, drang Goewin in mich.

Ich hustete und strich mir das Haar aus dem

Gesicht, es war jetzt trocken und verfilzt. Goewin nahm mir die Tasse ab und betrachtete mich besorgt. Ich sagte: »Wenn ein Mensch das versteht, dann du.«

»Ich verstehe deine Mutter«, sagte sie überraschenderweise. »Ich verstehe sie nur zu gut. Ich lebe in ständiger Furcht, ich könnte gefangen gehalten werden wie sie, weil ich gefährlich und mächtig bin und weil ich eine Frau bin. Ich würde Lleu nicht verraten, selbst wenn ich es wollte, er ist mein einziger Verbündeter, mein einziger Schutzschild gegen ein solches Schicksal. Aber du, Medraut, dir hat man die Regentschaft seines Königreichs angeboten, du hast Macht in Händen. Warum dann nur?«

Ich fuhr Lleu mit den Fingern über Mund und Wange, als berührte ich etwas Zartes und Schönes, eine exotische Blume, ein Stück alter Seide, das Gerippe eines Blatts. »Um eines Wortes willen. Um eines Wortes von meinem Vater willen. Um Artus etwas ganz Bestimmtes sagen zu hören. Ich möchte, dass er vor allen Leuten zugibt, dass es sein eigenes Ungenügen war, das mich vom Königsamt fernhält. Dass es seine Schande ist, nicht meine.« Ich zögerte, meine Fingerspitzen zitterten über Lleus schlafendem Gesicht, und dann sprach ich weiter, als wäre sie nicht da. »Und ich möchte, dass Lleu vor mir Angst hat, dass er um meine Autorität weiß und sie anerkennt. Ich möchte...« Wieder zögerte ich, ich war hilflos. Ich wusste nicht, was ich wollte. »Lleu ist so selbstsicher und grausam geworden.«

»Er ist nicht grausam!«, sagte Goewin.

»Doch«, erwiderte ich. »Er ist sich seiner Schönheit, seiner Macht stets bewusst. Und er verspottet mich ständig wegen meiner Narben.«

»Vielleicht töte ich ihn am Ende sogar«, beschloss ich bitter meine Überlegungen. »Ich würde es tun, wenn ich einen Grund hätte, wenn man mir den Befehl gäbe. Er würde es verdienen.«

»Nein. Du quälst dich wie ein eifersüchtiges Kind«, flüsterte Goewin grob. »Ich bin dir genauso im Weg wie Lleu. Nimm mich statt seiner. Lass ihn gehen.«

»Dich könnte ich nicht nehmen«, sagte ich langsam. »Ich habe viel zu viel Angst vor dem, was ich dir antun könnte.«

»Was könnte schrecklicher sein als alles, was du Lleu antun würdest?«, fragte sie.

Unnachsichtig sah ich ihr in die Augen, ich war ratlos, ich konnte nicht glauben, dass sie so naiv war. Dann nahm ich ihr Gesicht in meine fiebrigen Hände und zog sie so nah an mich heran, dass wir uns direkt ansehen mussten. Ich strich ihr den Hals hinunter, über die Schultern, bis ich zuletzt zärtlich ihre Brüste in die Hände nahm. Da wusste sie, was ich ihr antun könnte. »Ich bin deine Schwester«, sagte sie.

»Du siehst, wie es kommen kann«, sagte ich und gab sie frei.

Einen Moment lang saß sie reglos mit gesenktem Blick da, als betete sie. Dann stellte sie die Horntasse vorsichtig auf den Boden und zog sich auf ihren Platz zwischen Lleu und der Höhlenwand zurück. Mit geschlossenen Augen lag sie auf dem Rücken und sagte mit eisiger Stimme: »Wenn du Lleu nicht lebend und unversehrt zurückbringst, dann bringe ich dich um, ich schwöre es dir, ich finde todsicher einen Weg, dich umzubringen.«

»Ich habe genauso wenig Angst vor dir wie du vor mir«, flüsterte ich.

Gipfel und Wald

Am Morgen danach. Lleu wachte auf und war krank. Ich fing an ihm beim Anziehen zu helfen, doch er schrak vor der Berührung meiner heißen Hände auf seinen bloßen Armen und dem Rücken zurück. Goewin schaute zu und brüllte: »Lass ihn los!« Halb grinsend blickte ich sie an, zuckte mit den Achseln, gab Lleu sein trockenes Hemd und seine Jacke und entfernte mich dann. Danach kauerte er sich niedergeschlagen, den Kopf in den Händen, ans Feuer, er konnte noch nicht wieder essen und stehen. Streng sagte Goewin zu mir: »Du, der du nie lügst, weißt du schon, welche Beute du als Beweisstück von der Jagd diese Woche davontragen wirst?«

Mit Mühe hob Lleu den Kopf und fragte ruhig: »Hat er noch nichts?«

Ich holte Goewin zu mir ins Freie hinaus um allein mit ihr zu sprechen. Ich wollte sichergehen, dass sie nach Camlan zurückfinden würde, und es gab noch andere Dinge, über die ich sie unterrichten musste.

»Wenn du nach Hause kommst«, sagte ich, »bleib dort. Überzeuge deinen Vater, dass es weder Sinn hat, nach uns zu suchen noch seine Schwester in Ratae Coritanorum festzunehmen. Er wird auf eine weitere Nachricht warten müssen, bevor er losziehen kann um sein Kind zu retten.«

»Warum sollte er warten«, fragte Goewin, »wenn er weiß, was du vorhast?«

»Das wird er nicht wissen«, sagte ich. »Ich reite nicht die Straße entlang. Ich kann es nicht riskieren, den direkten Weg zu nehmen.«

»O Medraut«, seufzte sie. »Wohin wirst du reiten?«

Die Hochmoore und Täler unter uns waren mehrere Zoll hoch mit Schnee bedeckt. Die Wolken waren dünn, bedeckten jedoch den ganzen Himmel, so dass die Sonne nur schwach silbern durch einen Nebelschleier schimmerte und weder Wärme noch viel Licht spendete. Doch es reichte. »Heute will ich ins offene Land hinausreiten.«

»Dorthin, wo du den Weg findest, indem du der Sonne und dem Geräusch des Wassers folgst, und wo niemand dich finden kann.«

»Genau.«

»Dann kann ich nichts machen außer…«

»Mir gehorchen.«

Goewin brach vor uns auf. Ich ließ sie auch Lleus Pferd mitnehmen, damit sie gezwungen war langsam zu reiten, und damit Lleu von mir abhängig blieb. Der Strahlende, mein Gefangener, verriet seine Angst nur durch die Art, wie er sich an seine Schwester klammerte, als sie ihn zum Abschied umarmte. Er verbarg sein Gesicht an ihrer Schulter und ballte vor Wut und Verzweiflung die Fäuste.

Als sie fort war, ritten auch wir los, durch ein enges, beidseits von steilen Felsen gesäumtes Joch hinab; es war, als bewegten wir uns im Gerippe der Landschaft fort, Felder ragten aus dem Schnee wie dunkle, knöcherne Ellbogen und Knie. Nach dieser öden Rinne gelangten wir in nur leicht abschüssiges Moorgelände, von dem aus man noch klar und deutlich den schwarzen Kamm sehen konnte, der Zerklüfteter Berg heißt. Hier bog ich ins Moor ab, das sich endlos glatt und weiß vor uns erstreckte. Unter dem Schnee war der Boden verräterisch uneben. Wir zogen langsam dahin, jedenfalls langsamer als am Tag zuvor. Als der Zerklüftete Berg nicht mehr zu sehen war, wurde es schwer, sich zu orientieren, denn alle Wege führten zum gleichen nahtlos weißen Horizont. Wir kamen an einer Erhebung auf dem öden Hang vorbei und ritten dann eine ähnlich weite Fläche hinunter.

Unter dem verfallenen Eingangstor einer stillgelegten Mine machten wir Halt, um zu essen. Endlich ragten am Horizont ein paar merkwürdige, niedrige Erdhügel aus dem ebenen Boden empor, es mussten alte Grabkammern oder verfallene Hütten sein. »Wo sind wir?«, fragte Agravain. Während des ganzen Morgens hatten wir kaum ein Wort miteinander gewechselt; solange wir im offenen Gelände waren, machte der Wind es schwer zu sprechen.

»Hast du dich nun auch verirrt?«, murmelte Lleu. »Ich dachte, du leitest diese gewagte Unternehmung.«

»Wo sind wir, Medraut?«, wiederholte Agravain seine Frage.

»Im alten Moor. Der Weg ist kürzer.«

Agravain sagte: »Er ist schwieriger.«

Lleu sah mich schweigend an. Er runzelte ein wenig die Stirn, als versuchte er im Nebel einen Weg ausfindig zu machen und zu ergründen, was ich denken könnte.

»Er ist schwieriger«, räumte ich ein. »Aber auch schöner.«

»Aus dir werde ich nicht schlau«, meinte Lleu.

Mir war heiß, meine Arme und Beine schmerzten vom Fieber. Ich sehnte mich, die Kälte zu spüren, die ich ringsumher sehen konnte. Jedes Mal wenn wir zur Rast anhielten, stellte ich mich mit offenem Umhang und losem Schal aufrecht in den Wind und schaute mit starrem Blick auf die stillen, farblosen Ebenen. Wenn wir zu Fuß gingen um den Pferden eine Pause zu gönnen, oder wenn der Boden holprig wurde und wir abstiegen um uns mühsam zu Fuß einen Weg um die verborgenen Senken im Gelände zu suchen, stellten Agravain und Lleu sich in den Windschatten hinter die warmen Pferde, ich hingegen ging immer auf die Windseite und trat der Kälte nicht nur furchtlos entgegen, sondern sehnte mich geradezu nach ihr. Einmal tauchte ich eine Hand in eine Schneewehe und zerrieb die schmelzenden Kristalle auf der Stirn und im Haar. Agravain betrachtete mich neugierig, schaute dann aber, verwirrt über mein exzentrisches Verhalten, weg. Ganz anders Lleu, er langte plötzlich hoch um mir mit dem Ende meines Schals die Stirn abzutrocknen und sagte ruhig: »Mach das nicht!«

Im Lauf des Tages verließen wir das Moor und tauchten in eines der engen, bewaldeten Täler ein. Wir folgten einem Rinnsal eiskalten Wassers, das irgendwie einen Spalt in den Fels geschnitten hatte. Schneeklümpchen hafteten an den starren, kahlen Zweigen wie winterliche Blüten. Im grauen Dämmerlicht konnte ich nicht ausmachen, ob es schon wieder schneite oder ob die wenigen Schneeflocken nur ab und an von den Ästen über uns herunterfielen. Zwischen den kahlen Bäumen standen reihenweise Kiefern, die dort einst als Bauholz angepflanzt worden waren. Hier richteten wir uns unter dem Schutz eines immergrünen Baumes, dessen schneeschwere Nadeln die ausladenden Äste beinahe bis auf den Boden hinunterzogen, für die Nacht ein. Unter dem Baum lag kaum Schnee und der Boden war so fest gefroren, dass es nicht feucht werden konnte. Als es Nacht wurde, zündeten wir ein Feuer an. Der Baum bildete ein schützendes Zelt um uns herum und wir konnten Wein heiß machen und Brot rösten, der Rauch kräuselte sich und zog in die dunklen Zweige über uns ab. Als wir mit dem Essen fertig waren, kuschelte Lleu sich nah ans Feuer und machte angesichts der Eiseskälte ein verdrießliches Gesicht, seinen Umhang hatte er sich fest um die Schultern und seinen Schal unter der Kapuze um den Kopf gewickelt. »Es ist zu kalt, um zu schlafen«, sagte er.

Agravain antwortete ihm staunend und verächtlich zugleich: »Ist dir noch immer kalt?« Wir waren gut ausgerüstet, sowohl mit Pelzen als auch mit dicken Decken aus guter Wolle.

»Ist dir nicht kalt?«, fauchte Lleu ihn an. »Ich habe nicht gesagt, mir sei kalt. Ich sagte, es sei zu kalt, um zu schlafen.«

»Dann schlaf eben nicht!«, antwortete Agravain ohne jedes Mitgefühl.

Lleu zuckte plötzlich wie unter einem Kälteschauer zusammen, als habe er den Schatten eines Gespensts gesehen oder eine Idee gehabt. Er stand auf und fing an sich aus den Wolldecken zu schälen, in die er sich gehüllt hatte, bis er aufrecht und zitternd dastand, die Hände in die Hüften gestützt und seinen Umhang nach hinten über die Schulter geworfen. »Wenn ich Glück habe, erfriert ihr beide vielleicht heute Nacht.«

»Verlass dich nie aufs Glück.«

Agravain blickte zu mir herüber. Seine Augen funkelten im Feuerschein, er erwartete, dass ich Lleu gehörig bestrafen würde.

»Ich verlasse mich nicht darauf«, antwortete Lleu gelassen. Dann machte er, schnell und behänd, wie er dank seiner Ausbildung zum Tänzer und Fechter war, einen Satz auf die sorgfältig gestapelten Waffen zu und ergriff seinen kleinen Bogen und eine Hand voll Pfeile. Agravain und ich sprangen auf ihn zu, aber er schwang die Pfeile um sich, als hielte er ein Messer oder eine brennende Fackel in der Hand, damit wir nicht näher kamen. Zufällig fügte er Agravain, der seine Hand ausgestreckt hatte, einen Kratzer auf dem Handrücken zu, und als der Vetter mit schmerzverzerrtem Gesicht stehen blieb und fluchte, stolperte ich ihm in den Weg.

Lleu ließ die Pfeile fallen. Während wir noch zögerten, spannte er seinen Bogen. Als ich mein Gleichgewicht wiedererlangt hatte, stand er bereits mit gespanntem Bogen da und zielte in unsere Richtung. Die anderen Bogen und Speere lagen ihm zu Füßen, die Pfeile desgleichen. Wütend platzte er los: »Keine Bewegung! Bei Gott, Medraut, du hast mich töten gelehrt und ich werde es tun, wenn es sein muss um mein Leben zu retten.« Er war blass im Gesicht, aber seine Hände zitterten nicht. Sein Bogen war bis zum Anschlag gespannt, die Sehne so stramm, wie er sie nur spannen konnte. Er stand nah genug bei uns beiden, so dass er kaum zielen musste. Er brauchte bloß seinen Pfeil abzuschießen. Agravain langte nach seinem Jagdmesser und Lleu schoss den Pfeil neben dem Fuß seines Vetters in die hartgefrorene Erde. Er griff nach einem weiteren Pfeil und legte ihn so schnell und genau auf die Kerbe in seinem Bogen, wie ich es nie von ihm erwartet hätte. »Ich kann nicht so gut schießen wie Medraut«, sagte er mit ganz, ganz ruhiger Stimme und Hand. »Wenn ich noch näher an euch heranzukommen versuche, könnte ich euch treffen. Zwingt mich nicht, es zu versuchen.« Er war verzweifelt und meinte es todernst.

»Gebt mir eure Messer! Lasst sie in der Scheide!« Agravain band sein Jagdmesser los und warf es seinem Vetter ärgerlich und widerwillig zu Füßen. Ich bewegte mich nicht, ich war mir sicher, dass ich die Lage irgendwie wieder in den Griff bekommen würde. Lleu richtete den gespannten Bogen auf mich. »Der Jäger wird zur Beute«, sagte er leise. »Ich mag dieses Spiel nicht, Medraut, mein Bruder.«

»Du spielst es sehr gut«, antwortete ich und blieb noch immer bewegungslos stehen.

»Ich werde diesen Pfeil den Rest der Nacht auf deine Kehle richten, wenn du mir nicht gehorchst«, sagte Lleu durch die Zähne. »Wie du mich verachtest! Du rechnest zu sehr mit deiner überlegenen Kraft. Du drohst damit wie der Scharfrichter mit seinem Schwert. Dass du stärker bist als ich, macht dich aber nicht besser, rücksichtsloser oder klüger.«

»Zeig mir doch, wie überlegen du bist«, sagte ich voller Verachtung.

»Ich zeige es dir doch gerade«, beteuerte er lachend. »Warum habt ihr mich nicht gefesselt oder eure Waffen bewacht? Habt ihr geglaubt, ich würde mich ohne Gegenwehr an die grausame Königin der Orkaden ausliefern lassen? Gib mir dein Messer und meins, du hast sie beide.«

»Das mache ich nicht«, sagte ich geduldig abwartend. »Willst du wirklich die ganze Nacht da stehen bleiben?«

Plötzlich wandte er sich Agravain zu, schoss einen weiteren Pfeil auf ihn ab und spannte noch einmal den

Bogen. Agravain sah Lleu mit großen, zornerfüllten Augen an. »Ich gebe weniger auf diesen katzbuckelnden Günstling als auf dich, Medraut. Bring mich nicht so weit, dass ich ihm weh tue. Gib mir die Messer.«

»Tu es«, zischte Agravain.

Genauso hatte ich Goewin in der Nacht zuvor bedroht, wohl wissend, dass sie alles tun würde, was ich wollte, wenn nur ihrem Bruder kein Leid geschah. Verächtlich warf ich die Messer Lleu zu Füßen, eher als nähme ich eine Herausforderung an denn aus Sorge um Agravains Sicherheit. Lleu sagte: »Nun, Agravain, komm her. Ich möchte, dass du die anderen Bogen verbrennst. Rühr die Speere nicht an.«

Rasch und gründlich zerstörte Lleu alle Waffen, die wir mitgebracht hatten, außer seinem eigenen Bogen, den Jagdmessern und einer kleinen Handaxt, mit der er die Speere unbrauchbar machte. Er behielt nur so viele Pfeile übrig, wie er bequem in einem Köcher tragen konnte. Als er die Waffen vernichtet hatte, bewachte er uns nicht mehr ganz so streng und setzte sich wieder uns gegenüber ans Feuer. Sein Gesicht hatte noch immer keine Farbe, trotz seiner offenkundigen Angst war er jedoch gespannt zuversichtlich.

»Wehrlos sind wir jedem Tier und jedem Menschen, die uns angreifen könnten, ausgeliefert«, sagte Agravain verdrießlich.

Lleu lachte wieder: »Oh, die Bären halten jetzt alle Winterschlaf. Das Feuer bietet genügend Schutz, glaubst du nicht, Medraut? Ich bin zwar kein ausgezeichneter Schütze, habe aber eine ruhige Hand. Was die Menschen anbelangt, wen wollt ihr eigentlich in dieser Wildnis mitten im Winter treffen?«

»Was hast du jetzt vor?«, fragte ich gelassen.

Lleu zog seine Kapuze hoch und hüllte sich in seinen Umhang. Die Hitze seines Aufbegehrens hatte sich gelegt. Er stützte das Kinn auf die Fäuste, die Ellbogen lagen auf den Knien, und blickte starr ins Feuer. »Ich weiß nicht, wo wir sind. Du weißt es.« Er sprach langsam, nachdenklich. »Ich möchte, dass du mich durch das Moor, das wir heute durchquert haben, zum Zerklüfteten Berg zurückführst, ab da finde ich mich selbst zurecht. Von dort kehren wir nach Camlan zurück und mein Vater kann euch anklagen oder euch vergeben, wie er es für richtig hält.«

»Du brauchst einen besseren Plan«, sagte ich. »Ich kehre nicht um.«

»Doch, du wirst es tun.«

»Warum sollte ich? Oder tötest du mich, wenn ich mich deinem Befehl widersetze?«

Lleu kniff die Augen zusammen und schaute ins Feuer, als er erkannte, in welchem Dilemma er war. Langsam sagte er: »Das kann ich nicht. Ohne dich bin ich verloren.«

Höhnisch sagte ich zu Agravain: »Seine Ehrlichkeit ist wirklich bewundernswert.«

»Mach dich nicht über mich lustig, Medraut!«, schrie Lleu. »Du bist mir ausgeliefert.«

Ich sah ihm in die Augen und schüttelte den Kopf: »Nicht ganz. Du mir auch.«

Das war so eindeutig, so unabweisbar, dass er nicht

widersprach. Er verharrte einige Augenblicke in stummer Wut und fragte bald darauf: »Was dann? Was tust du stattdessen?«

»Zwei oder drei Tagereisen südlich von hier verläuft die Straße nach Ratae Coritanorum. Wenn du ihr nach Norden folgst, gelangst du zum Leuchtenden Kamm in der Nähe von Camlan. Wir reiten weiter nach Süden, und wenn wir zu der Straße kommen und du immer noch frei bist, kannst du allein heimkehren. Wenn nicht, schlagen wir den Weg nach Süden ein.«

»Wenn ich noch frei bin!«, wiederholte Lleu meine Worte. »Warum sollte ich es nicht sein?«

»Wie willst du uns daran hindern, dich im Schlaf gefangen zu nehmen? Wie willst du uns beide, die wir stärker sind als du, ständig allein überwachen, und das so viele Tage lang, wie es braucht, um an dein Ziel zu kommen?«

Lleu schaute vom einen zum anderen, seine Miene wechselte zwischen ratlosem Stirnrunzeln und starrem Entsetzen beim Gedanken an die Tortur, die vor ihm lag. »Ich werde nicht schlafen. Ich bewache euch.«

»Deine Kräfte könnten nachlassen, bevor wir an die Straße kommen«, warnte ich ihn.

»Ich sehe keinen anderen Weg«, räumte er ein.

Er blieb die ganze Nacht wach. Agravain schlief fest; ich aber wachte alle paar Stunden auf und lauerte darauf, dass Lleu einen Moment lang unaufmerksam würde. In der ersten Nacht machte er keinen Fehler. Er sprach mit den Pferden und sang vor sich hin und im Morgengrauen ging er dann schweigend um unser Lager herum. Kommt Zeit, kommt Rat, sagte ich mir. Hab Geduld mit ihm. Er wird zusammenbrechen, bevor wir die Straße erreichen.

Am Morgen war es wieder grau. Während Agravain und ich die Zelte abbrachen, ging Lleu ziellos und nervös unter den Bäumen auf und ab. Einmal stolperte er über eine unter dem Schnee verborgene Wurzel und ich ließ sogleich einen Stapel Pelze fallen in der Hoffnung, ihn überraschen zu können. Er war jedoch wieder auf den Beinen, bevor ich bei ihm war. Er ärgerte sich über seine Unbeholfenheit und war niedergeschlagen, dass ihm so etwas passieren konnte, wo er doch von Natur aus so leichtfüßig und behänd war. Seine Augen strahlten und sahen zugleich müde aus, sie waren wachsam und blutunterlaufen. Er stieß mit dem Fuß gegen die Überreste des Feuers, bis ihm die Asche um die Füße flog wie sanfte, graue Nachtfalter.

Es gab kein Anzeichen dafür, dass je ein Mensch diesen Ort betreten hatte. Wir folgten immer noch dem Lauf des Flüsschens, das sich immer weiter gen Süden wand, sahen aber den ganzen Tag lang kein einziges Haus in der Ferne zwischen den kahlen Bäumen oder auch nur die Spur eines Tieres im Wald. Leu wollte nichts von dem essen, was ich zubereitete, eine Vorsichtsmaßnahme, damit ich nicht noch einmal versuchte ihn zu vergiften. Seine Entschlossenheit machte ihn kühn. Vor Einbruch der Dunkelheit schoss er zwei Kaninchen und enthäutete und zerlegte sie eigenhändig. An dem Abend hatten wir reichlich zu essen. Ich hatte noch sehr hohes Fieber und aß nur geröstetes Brot und Trockenobst. Ich hatte keinen Appetit auf Fleisch.

Wir kampierten auf einer kleinen Lichtung. Wir kehrten den Schnee beiseite, bis wir eine freie Fläche hatten, die groß genug war um unsere Decken auszubreiten und ein Feuer zu machen. Nach dem Essen saßen wir wie am Abend zuvor um das Feuer. Lleu legte seinen Bogen beiseite und ließ mich einen Moment aus den Augen, während er sein Jagdmesser sauber machte. Da griff ich blitzschnell nach dem Messer.

Er schwang das Messer augenblicklich außerhalb meiner Reichweite und hielt es wie eine Fackel von seinem Körper weg. Er bewegte sich nicht und beäugte mich misstrauisch. Er wusste, der Widerstand hielt ihn wach, bedachte aber nicht, wie sehr er an seinen Kräften zehrte.

Noch einmal sprang ich auf ihn zu. Wir kamen beide wieder auf die Füße und kämpften einen Moment lang miteinander. Ich versuchte an mein Messer zu kommen, das an seinem Gürtel hing, er hatte es aber in der Scheide festgebunden. Empört löste ich mich von ihm und trat seitwärts in den Schnee, in den Schatten neben dem Fleck, den wir freigefegt hatten. Lleu hätte es dabei bewenden lassen, jetzt rappelte sich aber Agravain auf und packte Lleus Arme von hinten. Ein paar Augenblicke lang war Lleu der Gefangene, er keuchte ein wenig, während ich selbstsicher und bewegungslos außerhalb des kreisrunden Feuerscheins stand. Agravain konnte wenig mehr tun, als ihn halten, denn Lleu war mit der blitzenden Klinge bewaffnet, die wir beide ihm hatten abnehmen wollen. Ich wollte Lleu zermürben, ihn bis ans Ende seiner Kräfte ermüden. Ich wartete auf ihn.

Plötzlich befreite sich Lleu aus Agravains Griff und drehte sich rasch weg, ich sprang ihm entgegen. Er steckte sein Messer in die Scheide und beobachtete mich vorsichtig, er war sich unsicher, was ich tun wollte. Während er noch zögerte, warf ich mich mit meinem ganzen Gewicht gegen seine Brust und seine Schultern und versuchte ihn aus dem Gleichgewicht zu bringen. Er hielt sich auf den Beinen, doch ich packte ihn und hielt ihn so fest, dass selbst er sich nicht losreißen konnte. Ich zwang meinen kleinen Bruder in die Knie, drückte ihn dann als ein Häufchen Elend nieder, mit dem Gesicht in den Schnee, dass er seufzte und keuchte vor Wut über die Niederlage. Ich hielt ihn dort fest und sagte zu Agravain: »Fessle ihm die Hände.«

Mit der einen Hand spielte ich mit Lleus Haaren. Als er versuchte den Kopf zu heben, drückte ich ihn gnadenlos nach unten, so dass er mit einer Wange im Schnee lag und die kalten Schneekristalle bei jedem Atemzug ein wenig schmolzen und auf seiner Haut brannten. »Ich möchte dir nicht weh tun«, sagte ich leise zu ihm. »Dann hilf mir aber auch, Strahlender, ich werde dir meine Macht beweisen.« Lleu lag zitternd vor Wut über die Demütigung da, während Agravain seinem Vetter die Arme auf den Rücken zog und ihn so ungestüm an den Handgelenken fesselte, dass Lleu vor Schmerz leise stöhnte.

»Binde das lockerer«, sagte ich zu Agravain.

Mein Mitgefühl brachte mich in eine missliche Lage. Als Agravain seine Knoten wieder löste, machte Lleu einen Purzelbaum und war außer Reichweite, dabei verstreute er Pfeile aus dem Köcher, den er noch trug. Er schnappte seinen Bogen, spannte im Schnee knieend einen seiner restlichen Pfeile ein und rief: »Ich bin keine Schachfigur! Ich bin kein Edelstein, um den man kämpft, den man stiehlt oder tauscht und der von einer Hand in die andere wandert!« Zitternd holte er tief Luft und sagte mit ruhigerer Stimme: »Ach, geh schlafen, Agravain. Stell dir vor, wie viel weniger wachsam ich morgen sein werde. Leg die Pfeile hin!«

Agravain stolzierte zum Feuer zurück, dort mummte er sich in Pelze ein und schien sich schlafen zu legen. Ich beobachtete, wie Lleu aufstand und die verstreuten Pfeile einsammelte. Er schüttelte sich den Schnee von Haar und Kleidern, wickelte sich dann eine Decke um seine hängenden Schultern und nahm wieder seinen Platz am Feuer ein. Er seufzte: »Medraut, fehlt es dir an Macht? Veranlasst dich das, so etwas zu tun? Morgause kann dir doch nicht mehr bieten als Artus.«

»Macht über dich ist es, wonach ich mich mehr sehne als nach allem anderen, und die wird Artus mir nie geben«, antwortete ich in Ruhe, während ich neben ihm saß. »Du kannst dir gar nicht vorstellen, wie sehr ich dich um deine Jugend, deine Schönheit und die Liebe deines Vaters beneide.«

Daraufhin sagte er entwaffnend beiläufig: »Erzähl mir von Afrika.«

»Afrika!«, lachte ich. »Da gibt es nichts zu erzählen, was du nicht schon gehört hast.«

»Ich höre dich gern darüber sprechen.«

Das sagte er, obwohl er gegen mich gewappnet war, in meinem Schatten saß und ihm eine weitere schlaflose Nacht bevorstand. Ich schloss die Augen und dachte an Hähne, die frühmorgens krähen, und den Duft der Holzkohle auf der Kochstelle; an den Schmutz, den Staub, die matte, gelbbraune Farbe ungefärbten Musselins, die Frauen, die aus Tonkrügen, die sie auf dem Rücken trugen, Wasser verkauften; an die Menschenmengen auf den lauten Marktplätzen, Straßenhändler, die Ziegen und Paprikaschoten feilboten, und an das Gefühl, dass ich immer als Fremder kenntlich war, mein bleiches Haar und mein bleiches Gesicht nie verbergen konnte. Ein kalter Fremder aus einem kalten Land.

»Wenn ich in den Straßen von Aksum spazieren ging«, erzählte ich, »zog ich immer eine Schar Bettler an, zum einen wegen meiner feinen Kleider, aber auch weil ich so ganz anders war. Selbst in Deva fanden die Leute mein fahles Haar befremdlich und schauten mir nach. In Aksum war allein schon meine Hautfarbe auffällig.«

Lleu betrachtete mich und biss sich ständig auf die Lippe.

Ich fragte ihn: »Erinnerst du dich an die Aussätzigen, die im Alten und Neuen Testament beschrieben sind?«

Er nickte.

»Die Bettler in Aksum waren alle krank oder verrückt. Sie waren blind, es fehlten ihnen Gliedmaßen und sie waren schmutzig.«

Er rief aus: »Aber du warst dort glücklich!«

»Jawohl.« Ich lehnte mich vor um noch einen Zweig auf das Feuer zu legen, und entfachte Funken, die himmelwärts stoben. »Kidanes Haus war ja groß und kühl, mit weißen Wänden und einem offenen Innenhof. Turunesch hielt Tauben und Papageien.«

»Wie sah sie aus?«, fragte Lleu.

»Du stellst Fragen wie eine alte Frau!«

Er runzelte die Stirn, schüttelte den Kopf und sagte: »Dann erzählst du es mir eben nicht.«

»Sie war ›braun, aber gar lieblich wie die Zelte Kedars, wie die Teppiche Salomos‹«, sagte ich mit sanfter Stimme zu ihm und dachte an die Abende, die wir gemeinsam verbracht hatten, über alte Bücher gebeugt, Hymnen singend oder Geschichten erzählend.

Schweigend saßen wir beide da und starrten ins Feuer, während die süßen Worte des Hohenlieds in der kalten, windstillen Luft widerhallten. Dann flüsterte Lleu: »Wie würde sie dich erst bewundern, wenn sie von der Jagd diese Woche erführe?«

Ich flüsterte meine Antwort: »Sie würde das nicht bewundern.«

»Hast du sie geliebt? Hast du je irgendetwas geliebt?«

Ja, ja, all die falschen Dinge, die Jagd und das Dunkel und den Winter und dich, Patin.

»Oh, sieh dich vor, kleiner Bruder«, hauchte ich. »Du rührst an gefährliche Fragen.«

»Für meine Freiheit riskiere ich alles«, erwiderte er. Die ganze Nacht war er auf und wachte.

Unverändert grau kam der Morgen. Wir durchquerten zu Fuß noch kahlere, noch verlassenere Wälder; von einem Schleier der Erschöpfung umgeben, ging Lleu ungestört seines Wegs. So weit das Auge reichte, waren die Bäume und der Waldboden schneebedeckt und Schnee wehte über unser Blickfeld. Es gab nur das weiche, unwirkliche Licht, bei dem man ins Träumen kommt, graue Wolken, Schnee oder blaue Schatten, kein einziges Mal kam die Sonne richtig heraus. Am Nachmittag verließen wir das Tal und begannen ein weiteres Stück öden Moors zu überqueren. Lleu ritt hinter mir am ersten Tag, aber nun gab ich ihm keinerlei Hilfe. Rein durch seine Willenskraft hielt er sich aufrecht im Sattel und ritt beharrlich weiter, obwohl er vor Müdigkeit ganz benommen war.

Vor Einbruch der Dunkelheit gelangten wir an einen kleinen, runden Hügel, breiter und niedriger als diejenigen, an denen wir zuvor vorbeigeritten waren. Hier stiegen wir vom Pferd. Lleu leistete keinen Widerstand, als ich ihm die Hände auf die Schultern legte um seine verspannten Nackenmuskeln zu massieren. »Machen wir hier Halt?«, fragte Agravain. Am Fuß des Hangs war es windgeschützter, wenngleich immer noch kalt, die Erhebung bot sehr viel weniger Schutz als der Wald.

»Steig hinauf«, sagte ich. »Hinter dem Rücken sind wir besser geschützt.«

Agravain führte die Pferde und ich geleitete Lleu

den kurzen Weg zur Anhöhe. Es stellte sich heraus, dass der Hügel kleiner war, vielmehr ein Erdwall rund um eine schüsselförmige Senke. Den äußeren Rücken bildete eine Mauer rings um die Senke zum Schutz eines vorgeschichtlichen Steinkreises. Die Steine, die umgefallen waren, lagen nun unheimlich in der Gegend verstreut, einige wenige standen jedoch noch senkrecht da oder ragten in schrägen Winkeln zum Himmel auf. Unter meinen Händen zitternd, stand Lleu am höchsten Punkt der Erhebung und blickte auf dieses alte, vergessene Heiligtum hinunter. Mit einem Unterton der Verzweiflung murmelte er: »Sollen wir hier unser Nachtlager aufschlagen?«

»Die Erdwälle halten den Wind ab«, sagte ich.

»Ich glaube, ich würde lieber frieren.«

Agravain sah Lleu amüsiert an und spottete: »Es sind nur Steine, du wirst nicht geopfert.«

»Nein.« Lleu schüttelte meine Hand von seiner Schulter ab und fragte: »Wie weit sind wir noch von der Landstraße entfernt?«

Die Straße war weniger als eine Meile vom Steinkreis entfernt, ich wollte es ihm aber nicht sagen. »In der Nähe«, antwortete ich. »Morgen kommen wir hin.«

»Wie nah?«, fragte er beharrlich weiter.

»Das sage ich dir nicht«, antwortete ich direkt. »Bis jetzt hast du schon so viel gewonnen, da werde ich es dir nicht auch noch durch Hoffnung erträglicher machen.«

Unter einem der schräg stehenden Steine schlugen wir das Lager auf. Es war vollkommen windstill. Holz für ein Feuer war nicht vorhanden, nur die Laternen gaben Licht. Lleu nahm sie an sich und belegte all unsere Schwerter und Feuersteine mit Beschlag. Er löschte die Lichter aus bis auf eins, das er dicht neben sich stellte. Er behielt eine Hand auf dem Deckel einer dunklen Laterne und trommelte leise mit den Fingern darauf. Ich konnte mir nicht vorstellen, wie er noch eine Nacht durchstehen wollte.

»Er muss versuchen ein wenig zu schlafen«, sagte ich leise zu Agravain. »Wenn du und ich abwechselnd ruhen, dann müsste einer von uns ihn endlich überwältigen können.«

Aber diese Nacht war für mich beinahe so hart wie für Lleu. Mein Husten saß mittlerweile tief und war bellend. Ich hatte Schmerzen beim Schlucken und manchmal sogar beim Atmen. Einmal, als Agravain mich aus meinem unruhigen Schlaf weckte, damit ich ihn ablöste, schlug ich seine Hand weg und tobte: »Rühr mich nicht an!«

Agravain murmelte angewidert: »Wollte ich gar nicht. Ich bin nicht deine Mutter.«

Das machte mich hellwach. Boshaft sagte ich: »Wie sehr du mich beneidest!«

Agravain antwortete mit derselben Leidenschaft, die ihn getrieben hatte, dir von Anfang an zu dienen: »Ja, und ich beneide auch den Strahlenden, denn ich weiß, wie sie ihn benutzen wird, sobald sie ihn in ihrer Gewalt hat.«

In unverhohlenem Schrecken blickte Lleu auf: »Was will sie von mir?« Er rieb sich die Augen und lehnte sich bleich und elend an den alten Stein. »Ach Gott, ihr seid beide verdammt.«

»Und du mit uns«, murmelte Agravain bitter.

»Nein, für meine Seele bin ich selbst verantwortlich«, antwortete Lleu ebenso bissig und sah mich dabei an. »Ich habe die meine noch nicht verkauft.«

In seiner klaren Stimme hörte ich einen Widerhall deiner Ungeduld, ein Echo deiner Verachtung. Lleu starrte mich und Agravain an, uns, die wir beide steif und zitternd im Schatten des dunklen Steins saßen. »Ihr hofft, mich überraschen zu können. Ich schwöre euch, das schafft ihr nicht.«

Plötzlich konnte Agravain sich nicht mehr zurückhalten und versetzte seinem Vetter einen so heftigen Schlag, dass Lleu benommen der Länge nach in den Schnee fiel. Er presste seine Hand auf sein Gesicht und zog mit der anderen sein Jagdmesser aus der Scheide – eine leichtere und weniger anspruchsvolle Art, sich zu verteidigen, als Pfeil und Bogen. Mit Furcht erregender Stimme stieß ich »Agravain!« aus.

Plötzlich verachtete ich seinen blinden, schwärmerischen Gehorsam dir gegenüber so sehr und war neidisch auf die Willenskraft meines Bruders, dass ich nicht bemerkte, dass Lleu im Nachteil war. Welchen Grund hatte Agravain, Lleu zu hassen, außer dem, den du ihm eingeflüstert hattest?

»Auf welche Weise du auch immer dem Prinzen weh tust, ich werde dir das Gleiche antun«, sagte ich in stiller Wut und schlug Agravain einfach ins Gesicht. Verblüfft und grollend sah er mich an. »Verstehst du das?«, fragte ich im gleichen Tonfall.

»Ja, Sir«, brummelte er.

»Na, ausgezeichnet«, sagte ich. »Schlag ihn nicht wieder!«

Lleu bewegte sich an seinen Platz neben der Laterne zurück, seine einzige Sicherheit war das Messer in seiner Hand, sonst nichts. »Was für ein Spiel spielst du jetzt? Auf wessen Seite bist du?«, forderte er ärgerlich eine Antwort von mir.

»Bedenke, dass ich der Königin der Orkaden gehorche wie ein Hund seinem Herrn«, sagte ich bitter. »Ich will aber nicht, dass man dir ohne Grund etwas zu Leide tut.«

»Du hast mir gedroht mich zu töten!«, widersprach mir Lleu.

»Dafür gibt es einen guten Grund«, antwortete ich ihm.

Am Morgen kamen wir zu der geraden, gepflasterten römischen Landstraße, die direkt nach Ratae Coritanorum führt. Unter dem Schnee war sie kaum zu erkennen, das Moorland ringsumher war verlassen wie eh und je. Lleu seufzte auf, er wollte uns nicht zeigen, wie erleichtert er war. Agravain führte die Pferde in Richtung Süden die Straße entlang. Lleu schüttelte den Kopf. »Was machst du da?«

»Ich verlasse dich«, sagte Agravain feierlich. »Meine Mutter erwartet mich, ich nehme die Pferde und reite nach Süden weiter. Zu Fuß brauchst du zwei Tage bis Camlan.«

»In Ordnung«, sagte Lleu. »Ich werde in Aquae Arnemetiae Zuflucht suchen und rasten, es ist höchstens sieben oder acht Meilen nördlich von hier.« Er schickte sich an zu gehen, doch da legte ich ihm eine Hand leicht auf die Schulter und sagte: »Ich schließe mich dir an.«

»Sir?«, fragte Agravain mit versteinerter Miene. »Du kommst nicht mit mir?«

»Wozu?«, grinste ich höhnisch. »Es ist nicht ruhmvoll, ohne Abschuss von der Jagd zurückzukehren. Ohne die gewünschte Trophäe zieht es mich nicht nach Ratae Coritanorum.«

»Was soll ich der Königin sagen?«, fragte Agravain laut und in schroffem Ton. »Warum solltest du umkehren, wenn du bei einer Unternehmung bereits so weit gekommen bist?«

»Ich kehre gar nicht um«, antwortete ich, »ich biege nur ab um mein eigenes Ziel zu verfolgen.«

»Warte doch«, unterbrach Lleu unser Gespräch. »Was meinst du damit? Du kannst doch nicht dein eigenes Ziel verfolgen, wenn du dich mit mir auf den Weg machst.«

»Doch. Ich kann dich als meine Geisel festhalten.«

Er schaute auf meine Hand, die leicht auf seiner Schulter lag, und sah gequält drein. »Du selbst würdest mich also töten, wenn mein Vater deine Forderungen nicht erfüllt?«

»Ja«, sagte ich gelassen.

»Noch bin ich frei!«

Ich nahm sein Gesicht in meine Hände. Er versuchte nicht sich abzuwenden, sondern sah mich mit seinen dunklen, verzweifelten, bläulich umschatteten Augen an. »Ja, du bist noch frei«, erwiderte ich ruhig.

»Dann komm mit mir, es macht mir nichts aus«, sagte er mit dem Mut der Verzweiflung. »Ich möchte lieber von deiner Hand sterben, ich möchte lieber, dass mein Tod dir auf ewig Gewissensbisse bereitet, als dass deine herzlose Mutter mich sofort vergisst.«

»Du musst dir im Klaren sein, wie wehrlos du jetzt bist«, flüsterte ich. Es fröstelte mich, als ich ihn so unverblümt von seinem eigenen Tod sprechen hörte, ihn, der sich vor der Dunkelheit fürchtete.

»Ich bin mir darüber im Klaren«, sagte Lleu düster. »Wir sind allein und es ist tiefster Winter. Und nur wenn meine Kräfte nicht weiter nachlassen, kann ich verhindern, dass du mich gefangen nimmst. Wenn ich am Ende nicht mehr kann, bin ich ganz in deiner Hand. Du, der du mich hasst und beneidest, kannst mich nach Belieben benutzen. Ich liefere mich dir bewusst aus.«

»Glänzend«, sagte ich. »Agravain, hier und jetzt verlassen wir dich.«

»Wie kannst du nur?«, sagte Agravain. Plötzlich schien er nicht älter als Lleu und genauso verzweifelt ob der Aussicht, in einem fremden Land in der Wildnis allein gelassen zu werden.

»Ich wage es, weil ich von der Königin der Orkaden genug habe«, sagte ich heftig. »Du kannst zu deiner Mutter zurückgehen und kannst ihr erzählen, dass ich nicht mehr ihr Mündel bin. Sag ihr, ich schulde ihr nichts. Sag, ihr, ich entscheide selbst, wen ich verrate.

Sie hat mich da hineingezogen und jetzt stecke ich bis zum Hals drin, aber aus eigenem Antrieb und nicht als ihr Günstling.« Ich ging zu den Pferden, band ein paar Ranzen los, hängte sie mir über die Schultern und schnürte dann Pelze und Decken zu einem Bündel, das ich auf dem Rücken tragen konnte. »Nimm die Pferde, Agravain. Wir gehen zu Fuß.«

Ich fasste Lleu am Ellbogen und ging durch den Schnee die Straße entlang; verwirrt und zornig schaute Agravain uns nach. Nun befand ich mich allein mit meinem kleinen Bruder im Ödland und wir gingen langsam nordwärts auf die höheren Hügel zu – nach Hause oder in den Tod, jedenfalls in den Wind.

Aquae Arnemetiae

Lleu und ich gingen, wie in den letzten drei Tagen schon, wortlos nebeneinander her. Nur war unser Schweigen nunmehr ein wechselseitiges, es trennte uns nicht, sondern verband uns eher. Die niederdrückende Kälte ließ keinen Augenblick nach und das Schweigen dauerte fort. Nur die alte Landstraße, der wir folgten, brachte etwas Abwechslung. Hier und da tauchte im Schutze eines niedrigen Hügels das Dach eines Häuschens oder einer Schäferhütte auf oder es zeichnete sich unter der Schneedecke eine Steinmauer ab, die ein Feld vom nächsten abgrenzte. Ansonsten blieb das Ödland um uns herum unverändert kahl und weiß, die Eintönigkeit des Moorlands ungebrochen.

Einmal hielt Lleu jedoch erstaunt inne und sah mit starrem Blick auf die menschenleere Straße vor sich. Er blinzelte und fasste sich an die Schläfe. »Was war das?«, fragte er.

Gespannt beobachtete ich ihn. »Was glaubst du, dass es war?« Es war weder ein Laut zu hören noch eine

Bewegung oder ein plötzlicher Sonnenstrahl zu sehen gewesen.

»Ich dachte…« Er runzelte die Stirn und rieb sie sich. »Es war ein blitzartig aufleuchtender Farbfleck über der Straße – ein Vogel oder ein Schmetterling, grün, golden und scharlachrot. Aber jetzt ist er weg…« Er zögerte, denn er merkte, dass er etwas Verrücktes gesagt hatte. »Du hast es nicht gesehen?«

»Nein.« Ich stupste ihn an der Schulter, damit er weiterging.

Wir legten sieben oder acht Meilen zurück ohne zu rasten. Am frühen Nachmittag führte die Landstraße uns in ein Tal hinunter, in die ehemals römische Stadt Aquae Arnemetiae, eine Stadt mit Heilbädern und Mineralquellen. Die römischen Bäder waren jetzt verfallen, die Quellen sprudelten nach wie vor klar und warm, fingen aber an aus den Brunnenbauten auszubrechen, die man um sie errichtet hatte. Die Außenbezirke der alten Stadt lagen in Trümmern, die Häuser hatten keine Dächer und waren menschenleer. Die Stadtmitte war jedoch weiterhin bewohnt. In einer Straße, durch die wir kamen, befand sich eine Gaststätte, durch die offene Tür waren von drinnen Bruchstücke einer ruhigen Unterhaltung zu hören. Ich machte den kleinen, kargen Lederranzen auf, den ich trug, und langte hinein um die paar Münzen zu suchen, die ich mitgenommen hatte. Ich fragte Lleu: »Sollen wir hier essen?«

Erstaunt und erschrocken betrachtete er mich, als ich die Hand aus der Tasche zog. Ich sah die Angst in seinem Blick, konnte sie aber nicht verstehen. Verblüfft, ja beunruhigt sagte ich: »Was ist los? Du kannst dich doch unmöglich davor fürchten, mit anderen Leuten eine Mahlzeit zu dir zu nehmen.«

Lleu flüsterte: »Warum hast du Federn in deiner Tasche?«

»Federn?«, fragte ich leise und bekam es schon selbst mit der Angst zu tun. »Federn?«, fragte ich noch einmal nach. »Wo hast du sie gesehen?«

Wir standen unter dem Dachgesims eines niedrigen Gebäudes und sprachen ruhig miteinander, wie zwei gewöhnliche Reisegefährten, die eine Stadt durchqueren und beratschlagen, ob sie ihr Mittagsmahl in einem Gasthaus am Ort einnehmen sollen oder nicht.

»Du hast sie gerade eben aus deinem Ranzen geschüttelt«, sagte Lleu. »Nicht wahr? Eine Hand voll schwarze Federn, wie dunkle Schneeflocken flatterten sie dir aus der Hand und stoben über die Straße …«

»Ach, Gott steh dir bei, Lleu«, flüsterte ich. Einen Moment lang stand ich da und fragte mich, ob er eine Ahnung hatte, was vor sich ging. Dann bückte ich mich und langte nach unten, als würde ich neben meinem Stiefel etwas Kleines aufhebe und hielt mir die Hand vors Gesicht. »Eine Feder wie die hier?«

»Du hast nichts in der Hand«, antwortete Lleu.

»Bist du dir sicher?« Langsam drehte ich meine Hand um. Sein Gesicht verriet ihn. »Was hast du gesehen?«, fragte ich ihn.

»Ich weiß nicht«, keuchte Lleu leise. »Du hast … nichts in der Hand.«

»Nein«, sagte ich. »Ich habe nichts in der Hand. Aber du hast etwas gesehen.«

Schweigend standen wir beide da. Lleu sah die weißen Tauben auf den Dachgesimsen der Gebäude auf der anderen Straßenseite an, dann machte er die Augen zu, schrie kurz auf und wandte rasch sein Gesicht ab.

»Komm, lass uns hier essen gehen«, sagte ich. »Du musst dich ausruhen, Lleu. Es ist selbstzerstörerisch, wenn du so weitermachst.«

Vorsichtig sagte Lleu: »Angenommen, die Leute hier haben gehört, dass ich entführt wurde?«

»Das ist ein Risiko, das ich eingehe.«

»Und wenn ich sie laut um Zuflucht bitte?«

»Wirst du das tun?«, fragte ich.

»Nein«, antwortete er. »Das ist jetzt allein unsere, deine und meine Auseinandersetzung. Ich werde die Leute meines Vaters nicht vor die Entscheidung zwischen dir und mir stellen.«

Wir betraten die kleine, dunkle Wirtschaft. Dort saßen etwa ein Dutzend Männer, Schafhirten und Bauern aus den nahe gelegenen Mooren und ein paar Städter. Ich bestellte Schalen mit Porridge und Becher mit warmem Ale für mich und Lleu, und die anderen Gäste machten auf einer Bank für uns Platz. Lleu schaute von seinem Essen auf um die Gesichter um ihn herum zu studieren, als suchte er nach einem mitleidigen Menschen oder sogar nach einem Bekannten. Plötzlich ließ er seinen Kopf auf den Unterarm fallen und lehnte sich mit bebenden Schultern auf den Tisch.

»Setz dich auf, du kleiner Idiot«, sagte ich ihm ins Ohr und half ihm sich aufzurichten. »Was ist los?«

»Ich dachte, einer der Männer trage ein Hirschgeweih wie der Gott des Todes auf der Wilden Jagd«, flüsterte Lleu verzweifelt. »O Gott, ich bin so müde.« Als er endlich all seinen Mut zusammennahm und nach dem Becher griff, zitterte er so sehr, dass er ziemlich viel auf dem Tisch verschüttete. Die Männer neben uns warfen ihm neugierige Blicke zu, schauten jedoch höflich weg, als sie sahen, wie ich Lleu freundlich die Tasse aus der Hand nahm und den Tisch abwischte.

Als ich bezahlen wollte, äußerte der Gastwirt leise zu mir: »Es ist eine schlechte Zeit, um im offenen Gelände so weit zu reisen. Ist der Junge einfältig?«

Lleu hörte das und warf trotzig den Kopf in den Nacken, sagte aber kein Wort. Ich antwortete: »Er ist nicht einfältig, höchstens ein wenig närrisch.« Ich nickte Lleu aufmunternd zu. »Er könnte am Hof eines Königs für Unterhaltung sorgen, nicht wahr, Kleiner?«, sagte ich. »Gib ihnen die Vorstellung, die wir zur Wintersonnenwende hatten.«

»Du traust dich mich herauszufordern!«, sagte Lleu laut. Er stand auf, stellte sich vor mich hin und gab seinen Bogen und seinen Köcher einem der Gäste. Dann machte er trotz seiner Erschöpfung, trotz der Streiche, die ihm seine Augen spielten, auf dem engen Raum zwischen einem Tisch und einem aus Binsen geflochtenen Wandschirm schnell und schwungvoll einen Handstandüberschlag vorwärts und einen rückwärts. Danach klammerte er sich an den nächsten

Tisch um sich abzustützen und blinzelte um wieder klar zu sehen, während die erstaunten Gäste vor Bewunderung in tosenden Beifall ausbrachen.

»He, Maria«, rief der Besitzer in das Hinterzimmer und schob den Wandschirm beiseite. »Bring die Kinder hierher. Da ist ein Akrobat.«

Eine magere Frau kam, gefolgt von zwei kleinen Jungen, aus dem Hinterzimmer heraus. Der ältere schien etwa sechs Jahre alt zu sein, und der jüngere, dessen Gesicht und Hände mehlbestaubt waren, war vielleicht vier. Der Kleine versteckte sich hinter den Rockschößen seiner Mutter und schaute mit großen Augen durch seine mehligen Finger. »Na, kommt, ihr«, wies der Besitzer seine Gäste an. »Tretet zurück, macht ein wenig Platz!«

Sie zogen die Tische und Bänke beiseite und warteten gespannt, alle Augen waren auf Lleu gerichtet. Er blickte im dunklen Raum um sich und biss sich auf die Lippe, dann lachte er plötzlich, fuhr sich mit der Hand durchs Haar und sprach mit seiner klaren, respektgebietenden Stimme:

»Unter eure grünbekränzten Balken trete ich
Nicht um zu betteln noch um zu borgen;
Glücklich spiele ich in eurem Heim
Um zu vertreiben all eure Sorgen.
Ich bin der Namensvetter des Sonnengotts –
Schenkt mir euren Gruß!
Feld und Vieh bringe ich Glück
Zum Jahresschluss.«

Er sah mich an, grinste und zuckte mit den Achseln, während die Zuschauer Beifall klatschten und ihn zu neuen Taten ermunterten. Er machte noch ein paar Handstandüberschläge und die Kinder sahen mit großen Augen zu. Plötzlich kniete Lleu neben dem älteren Jungen nieder und sagte: »Möchtest du das auch probieren?«

Das Kind nickte. Lleu stand auf und führte seinen Schüler in die Mitte des Runds, dann hielt er ihn bei seinen Händen und ließ ihn zwei- oder dreimal einen Überschlag vorwärts und rückwärts machen. Das Kind lachte vor Freude, bis Lleu es endlich wieder absetzte. »Welch ein Talent!«, lobte er es. Er fuhr dem Jungen übers Haar und fügte hinzu: »Ich könnte dir auch noch das Schwertfechten beibringen. Aber vielleicht ist es für heute genug.«

»Bekommen wir noch ein Kunststück zu sehen?«, rief jemand. Lleu war entgegenkommend, machte eine halbe Minute lang einen Handstand auf einer Hand und kam mit einem Überschlag rückwärts wieder auf die Beine. Schließlich holte er tief Luft, verneigte sich und stellte sich neben mich.

Die Männer freuten sich, klatschten Beifall und schlugen mit den Fäusten auf die Tische, der Gastwirt spendierte Lleu zur Belohnung für seine Vorstellung noch ein Getränk.

»Vielen Dank, Meister«, sagte Lleu, während er nach der Tasse langte, er grinste noch immer vor Vergnügen und Erschöpfung. Statt zu trinken rief er jedoch plötzlich »Ach, nein!« und warf den Becher weg. Er begrub sein Gesicht in meinem Ärmel und murmelte zusammenhangloses Zeug: »Der Griff hat sich bewegt. Ich dachte, es wäre eine Schlange.« Ich legte ihm den Arm um die Schultern und streichelte ihn am Hinterkopf.

Schweigend wandten sich die Stadtbewohner ab und die Frau sagte zu den Kindern: »Jetzt aber fort mit euch.« Sie liefen in das Hinterzimmer zurück.

Der Besitzer sagte leise zu mir: »Wenn ich ihm irgendwie behilflich sein kann ... braucht ihr eine Bleibe für die Nacht? Ihr braucht es nicht zu bezahlen.«

Lleu hob den Kopf und antwortete für uns beide, auf ruhige und entschiedene Art lehnte er den Vorschlag des Mannes ab. »Danke für Ihr Angebot, aber wir bleiben nicht. Ich bin sehr müde und wir haben noch einen langen Weg vor uns.«

Ich lud mir die Decken und Ranzen auf den Rücken, dann zog ich Lleu seinen Umhang über die Schultern und machte ihn ihm zu. Der Mann, der Lleus Bogen hielt, übergab ihn mir. Lleu stand vor den Leuten und hielt mit forderndem Blick die Hand auf. Ich überließ ihm den Bogen.

Die anderen Gäste machten uns Platz, damit wir leichter zur Tür kamen. Als Lleu an der mageren, müde aussehenden Frau vorbeiging, nahm sie seine Hand und gab ihm höflich einen Handkuss. Ruhig sagte sie: »Gott sei mit Euch, Schöner.«

Diese Geste traf mich erbarmungslos. Warum musste er auch noch Krieger oder Verwalter werden? Sein

Volk liebt ihn ohnehin auf den ersten Blick, er brauchte nur ein paar Handstandüberschläge zu machen und ein Kind zu streicheln und schon flogen ihm die Herzen zu.

»Warum hast du das Angebot nicht angenommen?«, fragte ich ihn, als wir die Stadt verließen und auf der Straße den Hügel in Richtung Norden hinaufgingen.

»Weil du bei mir bist«, antwortete Lleu bitter. Während er sprach, stapfte er mit gesenktem Kopf, den Blick auf die Füße gerichtet, durch den Schnee. »Weil sie dich für meinen Beschützer und Führer hielten. Es war ihren Gesichtern anzusehen, dass sie glaubten, ich habe den Verstand verloren. Wenn ich dir Widerstand geleistet hätte, wären sie gegen mich angetreten, und zwar ohne jede böse Absicht.«

»Vielleicht.« Ich blieb stehen und er drehte sich zu mir um. Ich sagte: »Hier verlassen wir die Landstraße.«

Lleu widersprach mir heftig: »Nein! Warum? Über- quer das Moor doch selbst! Ich will mich nicht darauf verlassen müssen, dass du mir den Weg zeigst!« Nach der heiteren und warmherzigen Atmosphäre in der Stadt fürchtete er sich sehr davor, wieder in den Wald und das unbewohnte Moorland zurück zu müssen.

»Du hast nicht mehr Kraft genug um allein die Straße entlangzugehen«, sagte ich geduldig. »Dies ist der direktere Weg, er führt uns schneller nach Camlan.«

»Warum solltest du eher nach Camlan wollen?«

»Aus dem gleichen Grund wie du, ich bin körperlich auch nicht gerade in der besten Verfassung«, antwortete ich.

»Stimmt«, grinste er spöttisch. »Seit unserer ersten Nacht im Freien kurierst du dein hohes Fieber aus.« Er lachte kurz auf. »Komisch, dass du dich erkältet hast und nicht ich!«

»Ich habe aber keine Halluzinationen«, sagte ich freundlich. »Ganz gleich, wer von uns wen in der Hand hat, wenn wir Camlan erreichen, wir müssen beide rasch dorthin.«

Widerwillig ging Lleu in meiner Spur hinter mir her, als wir von der Straße abbogen. Wir stiegen durch den kahlen Wald hinauf und legten wiederum mehrere Meilen zurück. In der Abenddämmerung befanden wir uns in der Nähe eines verlassenen Hügels und schlugen dort zwischen den Bäumen unser Nachtlager auf, diesmal nur ein kleines Feuer und daneben die Pelze und Decken. Lleu packte das übrige Trockenobst und den Rest Käse aus und machte Wein heiß. Zuerst wollte er mich nicht mithelfen lassen, aber dann keuchte er mitten in seinen Vorbereitungen staunend: »Meine Hände bluten.« Er streckte eine bloße Hand aus und zeigte mir die Handfläche. »Schau! Blut rinnt mir zwischen den Fingern durch und hinterläßt Flecken auf meinem Ärmel.«

Ich konnte es kaum ertragen, ihm zuzuhören. »Zieh deine Handschuhe an!«, sagte ich. Sein Ärmel war sauber.

Danach überließ er mir die Essensvorbereitung. Er vermied es, irgendetwas anzufassen, damit es sich nicht vor seinen Augen verwandelte.

Als wir mit dem Essen fertig waren, zog er seinen Umhang aus, faltete ihn doppelt, wickelte ihn sich um die Schultern und kauerte sich unter die Decken und Pelze. Obwohl er näher am Feuer war als ich, zitterte er noch immer. Ich konnte mir nicht vorstellen, wie einem so kalt sein kann, ich spürte die Kälte nicht einmal in den Händen. Ich sang das düstere Lied von Lleus berühmtem Namensvetter vor mich hin:

»Es wächst eine Eiche im Hochland,
Verfinstert sind Himmel und Schlucht;
Neunfache Not hat er ertragen
In ihrem Wipfel, Lleu Law Gyffes.«

»Ach, hör auf«, sagte Lleu.

»Auch jetzt noch erinnerst du mich an deinen Namensvetter«, sagte ich freundlich. »Du kannst dich nicht mehr auf deine Körperkraft verlassen und auch dein Geist gehorcht dir nicht mehr. Denk an den verzauberten Lleu, der auf andere Weise gefangen war! Denk dran, wie es sein muss, auf seine eigenen Hände zu schauen und statt ihrer entsetzliche Adlerkrallen zu erblicken.«

Mit einem wilden Schrei des Entsetzens unterbrach mich Lleu. Er hielt sich ganz fest die Ohren zu und sagte wutentbrannt: »Am Ende der Geschichte ist die Ordnung aber wiederhergestellt worden und die Gerechtigkeit hat gesiegt. Du weißt das, Lleu wird gerettet und geheilt, er erhält seine Ländereien zurück und wird gerächt.«

»Und wahrlich scheinen seine Strafen kaum schlimmer zu sein als die Fantasievorstellungen, unter denen du leidest«, sagte ich. Ich trank etwas kalten Wein und verrieb mir eine Hand voll Schnee auf der Stirn. »Warum zitterst du so?«

Hasserfüllt und spöttisch sah er mich an. Er hatte die Knie eng an die Brust gezogen und unter dem Kinn die Hände in den Handschuhen fest zu Fäusen geballt. »Komm«, sagte ich und streckte ihm einen Arm hin, damit er sich an meine Schulter lehnen konnte.

Er murmelte: »Ich mag deine Kälte nicht.«

»Ich biete dir meine Wärme an«, sagte ich.

Widerwillig grollend kuschelte er sich in meine Achselhöhle. Ich murmelte leise:

»Es wächst eine Eiche an einem Abhang,
Zuflucht einem holden Herrn;
Irre ich nicht,
Kommt Lleu in meinen Schoß.«

Lleu seufzte und machte die Augen zu, aber bald schon zwang er sich sie wieder aufzumachen, da er mir misstraute. Er starrte ins Feuer, das mehr und mehr herunterbrannte.

Ich war jedoch selbst unerträglich müde. Binnen kurzem dösten wir beide. Ich hatte nicht die Kraft, mit Lleu zu kämpfen, und ließ ihn in den tiefen, gesunden Schlaf äußerster Erschöpfung sinken. Schließlich wickelte ich die Decken um uns beide und schlief auch.

Ich erwachte, weil mir kalt war. Im Schlaf hatte das Fieber seinen Höhepunkt überschritten. Durstig und frösteInd setzte ich mich in der Dunkelheit auf. Das Feuer war ausgegangen, die Nacht aber nicht kohlrabenschwarz, die Wolken hatten sich verzogen und durch die kahlen Bäume strahlte der Himmel sternenklar. Der neue Mond war bereits untergegangen. Im Dämmerlicht konnte ich Lleu sehen, er schlief fest und hatte den Kopf in die Armbeuge gekuschelt. Er war wehrlos. Vorsichtig zog ich ihm rasch das Messer aus dem Gürtel und schnitt die Sehne seines Bogens durch.

Damit weckte ich ihn jedoch auf. Lleu zwang sich die Augen aufzumachen, stützte sich mit dem Kopf zitternd auf einen Ellbogen und richtete sich sofort auf, als er bemerkte, was passiert war. Er blieb bewegungslos und fürchtete um sein Leben, verlagerte dann langsam sein Gewicht und machte ausfindig, wo das Messer in meiner Hand silbern aufblitzte. Er sprang auf mich zu und in unserem Zweikampf ließ ich das Messer fallen, fasste es dann aber mit der anderen Hand an der Schneide.

Nach einem Moment der absoluten Stille griff Lleu nach unten und packte mich am Handgelenk. Mit seinem ganzen Körpergewicht warf er sich auf meinen Arm, und als er ihn unter sich gepresst hatte, bog er meine steifen Finger gewaltsam um des Messers Schneide. Dann wand er mir langsam und beharrlich das Messer aus der Hand –

Ach, Gott, meine Hand!

Die Klinge hatte meinen Handschuh durchschnitten und war tief in meine Handfläche und die Finger eingedrungen. Ich keuchte und zog mich von ihm zurück, ein Geschlagener.

Grimmig sagte Lleu: »Das hat wehgetan, nicht wahr! Du blutest.«

Hämisch zog ich rasch den Handschuh aus und schmetterte ihm meine Hand ins Gesicht.

Voller Entsetzen schrie er auf und verbarg sein Gesicht im Ärmel. Dann führte er das Messer im Dunkeln heran, bis es mir an der Kehle lag. Beide waren wir wieder regungslos in dieser Haltung erstarrt. Ich atmete stoßweise durch die zusammengebissenen Zähne, Lleu war mucksmäuschenstill. Ein paar Augenblicke hielt er mir das Messer an die Kehle, dann warf er es fort, in der Dunkelheit hörte ich es noch über den Boden schlittern. »Ich habe noch nie jemanden getötet, zumindest noch nie einen Menschen«, flüsterte er. »Ich kann es nicht.«

»Das Können hast du schon«, erwiderte ich flüsternd. Mit dem gesunden Arm presste ich die blutende Hand an meine Seite. »Aber es braucht mehr als das Können, nicht wahr?«

Lleu saß stumm da. Er rieb sich die Augen. »Ich hasse dich nicht«, sagte er eigensinnig. »Ich will dich nicht töten.«

»Töten hat oft sehr wenig mit Hass zu tun«, flüsterte ich. »Beim Jagen tötet man, weil man das Fleisch braucht oder aus Kurzweil und Freude an der Geschicklichkeit – nie aus Hass. Wenn man etwas hasst, tötet man es nicht. Man tut ihm weh.« Ich hatte nur noch meine schmerzende Hand im Kopf, das ließ mich rücksichtslos werden, ich war entschlossen ihn zu bestrafen. Ich ruhte mich noch einen Moment aus, dann zwang ich Lleu mit aller Kraft plötzlich zu Boden, presste ihn dort mit seinem Arm auf dem Rücken unter seinem Körper fest und rieb ihm meine verletzte Hand über Mund und Augenlider. Lleu schrie auf.

Meine Finger bluteten. Lleu schob sich mit seinem freien Arm von mir weg, doch ich packte ihn mit meiner gesunden rechten Hand und presste seine Hände in den Handschuhen so fest zusammen, dass sie allmählich steif wurden. Wieder schrie er aus schierer Verzweiflung.

»Du Wilder, du«, flüsterte ich. »Ich würde dir gern die Hände abschneiden, dich versengen, dich blenden ... Ich sollte dir deine schmalen Finger zerquetschen. Ich könnte dir alle Knochen deiner Hand brechen, wenn ich sie mit meiner nur fest genug umschlösse. Du bist so rein und gefährlich wie eine ungezähmte Katze, deine Schönheit macht mich krank. Und, o Gott, du hast mir wehgetan, du hast mir wehgetan ...«

Mit ruhigerer Stimme fuhr ich fort: »Aber ich habe Angst davor, das Vertrauen meines Vaters aufs Spiel zu setzen oder vielmehr das, was davon noch übrig ist. Ich habe Angst davor, dich auf der Stelle zu töten. Ich habe daran gedacht, dich so zu schädigen, dass es nicht wiedergutzumachen ist, so dass du niemals König werden kannst, obwohl du noch am Leben wärst und ich untadelig dastehen würde. Ich könnte dich taub machen, man kann jemandem so fest auf die Ohren schlagen, dass er das Gehör verliert.« Lleu versuchte seine Hand wegzuziehen, mein eiserner Griff um seine Finger wurde nur noch fester.

»Zweifelst du, dass ich das könnte?«, fragte ich. »Oder ich könnte dich halb ersticken, wenn du zu lang keine Luft bekommst, wirkt sich das auf den Verstand aus, obwohl du daran nicht sterben müsstest. Und es gibt noch andere Weisen, dich zu bestrafen, die du noch schrecklicher fändest als jede Verletzung. Beweg dich nicht!« Ich bückte mich, legte ihm meine verletzte Hand aufs Haar, presste meinen Mund auf Lleus warme, von Wind und Wetter verbrannte Lippen und küsste ihn sachte.

Er lag steif da, als hätte man ihn soeben mit kochendem Wasser verbrüht.

»Dein Mund schmeckt süß«, sagte ich.

»Gott«, hauchte Lleu. Sein Haar war kalt. Er roch nach Erde, Schnee und Blut.

»Bleib ruhig liegen!«, sagte ich. »Beweg dich nicht! Bin ich nicht selbst ohne Messer ganz gut gegen dich gewappnet? Ich brauche bloß ein paar Tropfen Blut, und ...«

»Mach's nicht«, sagte Lleu ruhig. »Lass es, Mylord.«

Er sprach ohne Furcht in der Stimme, ich hörte nur Befehl und Vorwurf heraus. Es war, als wollte er mich daran erinnern, wie viel ich noch zu verlieren hatte.

Er unternahm noch einen Versuch, sich aus meinem Griff zu winden, aber ich hielt ihn fest. »Was willst du, Medraut? Das Erbe, das du von unserem Vater bekämst, gäbe dir doch nie Macht über mich, *mich*. Und ich werde dich nie um Gnade anflehen, selbst wenn du versuchen solltest mich in den Wahnsinn zu treiben. Kann sein, dass ich den Tod fürchte, vor dir habe ich deswegen aber noch lange nicht Angst.«

»Das sagst du«, fauchte ich.

Er zuckte zusammen und wandte sein Gesicht ab. »Dann mach mit mir, was du willst«, stieß er hervor. »Du bist genauso wie deine Mutter. Du würdest mich leise zu Grunde richten, wenn es deinen Zielen diente. Und bei dieser rachsüchtigen Bestrafung tust du mir weh, weh, weh. Ich habe dich in Notwehr verletzt, ich wollte es nicht tun! Wenn ich das mit meinem Augenlicht bezahlen muss, dann stich mir die Augen aus! Ist das gerecht? Ist das fair? Wenn du mir wehtust, dann wird deine Hand davon nicht wieder heil, und du wirst mich auch nicht so weit bringen, dass ich es bedaure, mich gewehrt zu haben. Gemäß deiner Devise ›Aug' um Auge, Zahn um Zahn‹ hätte man dich für deinen Fehler in den Minen von Elder Field lebendig begraben müssen.«

»Du hast Recht«, sagte ich langsam, ließ ihn los und mühte mich ab auf die Knie zu kommen. »Aber dich hat man nie für eine deiner Taten zur Rechenschaft gezogen.«

Auch er setzte sich auf, wischte sich heftig den Mund ab und hob an zu sagen: »Du wirfst mir das an den Kopf, als ob ...«

»Nein«, unterbrach ich ihn. »Ich meine, du wirst jetzt wieder gutmachen, was du mir gerade eben angetan hast. Du wirst die Wunde an meiner Hand zusammennähen.«

»Das werde ich nicht!«, rief er.

»Bei Gott, du wirst es tun!«, sagte ich heftig. Meine Augen hatten sich inzwischen an die Dunkelheit gewöhnt, ich konnte den weißen Leinenstreifen an Lleus Handgelenk sehen und außerhalb meiner Reichweite den Silberschein der Brosche, den Verschluss seines Umhangs. Ich tastete nach dem Umhang und band ihn mir um die Hand, hoffend, so die Blutung zu stillen. Es hörte aber nicht auf zu bluten.

»Nun, hol dich der Teufel! Da – da beim Feuer liegt die Laterne.« Ich stupste ihn in die richtige Richtung. »Ich weiß nicht, was du mit dem Feuerstein und dem Zunder gemacht hast, aber in der schwarzen Ledertasche sind Nadel und Faden. Zuerst musst du die Nadel in die Flamme halten um sie keimfrei zu machen. Und du musst auch die Schnittwunde säubern, das kannst du mit Schnee machen.«

»Mach es selbst«, sagte Lleu verzweifelt.

Ich antwortete ebenso verzweifelt: »Das kann ich nicht.«

Er fand die Laterne und machte sich mit zitternden Händen daran, sie anzuzünden. Er ließ den Feuerstein in das erloschene Feuer fallen und musste in der heißen, lockeren Asche danach suchen. Doch schließlich wurde seine Mühe belohnt, eine winzig kleine neue Flamme flackerte auf, er zündete die Kerze in der kleinen Laterne an und öffnete deren Gittertür, damit sie so viel Licht wie möglich spendete. Ich saß über meine Hand gebeugt da und schaute ungerührt zu Lleu hoch. »Ach, kleiner Bruder, weine nicht.«

Lleu rieb sich ärgerlich die Augen. »Tu ich gar nicht. Es ist nur das Licht.«

»Du hast Blutspuren in deinem Gesicht«, sagte ich. »Und auch im Haar, jedenfalls sieht es so aus.«

»Das ist mir egal«, sagte Lleu und ging sauberen Schnee holen.

Schließlich hielt er meine geschundene Handfläche in seinen Händen und die Nadel bereit. Er holte einige Momente lang tief Luft, tat aber nichts, offenkundig fehlte ihm der Mut, mit der Operation zu beginnen. Doch ich hatte ihn auch diesmal unterschätzt. Ohne Vorwarnung stach er brutal in die tiefe Schnittwunde auf meiner Handinnenfläche.

Vom plötzlichen Schmerz überrascht, heulte ich auf und zog rasch meine Hand weg. Lleu sagte arglos: »Ich dachte, du hättest keinerlei Gefühl in dieser Hand.«

»Du Trottel«, keuchte ich. »Gib mir die Nadel, ich mach es selbst.«

»Ich mach es schon, Medraut«, sagte er gelassen. »Ich mach's. Aber du kriegst mich nicht.« Diesmal ging er mit Geduld und Sanftmut an die Arbeit. Und es war bitterkalt.

Jahreswende

Lleu brauchte lange, denn er arbeitete sehr sorgfältig. Als es vorbei war, saßen wir schweigend in der grauen Morgendämmerung, beide so ausgelaugt, das wir weder sprechen noch uns bewegen konnten. Schließlich verband Lleu mir die Hand und fing dann an die Decken aufzusammeln und sie zu falten. Als er das getan hatte, fachte ich das Feuer wieder an, machte den letzten Rest Wein für uns heiß, damit wir ihn zu dem, was an Trockenobst und Brot noch übrig war, trinken konnten. Während ich arbeitete, saß Lleu am Feuer und hatte sein Gesicht in den Händen vergraben. Als ich ihm etwas zu essen anbot, schüttelte er nur den Kopf.

Der Morgen war kühl und klar und atemberaubend strahlend. Nach so vielen Tagen, an denen es ständig nur bewölkt gewesen war, war der Glanz der Sonne beinahe unerträglich. Die Helligkeit schien Lleu wehzutun, mit schmerzverzerrtem Gesicht zuckte er zusammen, als er endlich den Kopf hob, lange Zeit hielt er sich noch schützend eine Hand vor die Augen. Er zitterte immer noch. Doch als ich ihm seinen Umhang hinhielt, schauderte ihn und er sagte: »Verbrenn ihn!« Er war mit meinem Blut befleckt. Ich warf den Umhang auf das beinahe ganz heruntergebrannte Feuer und warf dann die Decken darauf. Rauchend und schwelend zerfielen sie.

Noch einmal brachen wir auf und gingen im leichten Pulverschnee zwischen Bäumen mit glänzenden Zweigen hindurch, an denen sich im Sonnenlicht Eiszapfen bildeten. Wir gelangten ins Moorland und fingen nun an bergab zu wandern. Meilenweit gingen wir schweigend einher, verließen das Hochmoor und kamen wieder in einen Wald, der aber lichter war und höhere Bäume hatte als derjenige, den wir hinter uns gelassen hatten. Lleu bemerkte das nicht. Nach den paar Stunden Schlaf hatte er nun zwar keine Halluzinationen mehr, konnte sich aber kaum auf den Beinen halten. Er stolperte immer häufiger und schließlich hörte er ganz auf zu gehen. Bewegungslos stand er da und wartete darauf, dass ich ihn ansah.

Ich drehte mich zu ihm um, als er Halt machte. Wie eine Gewitterwolke hingen noch die Wut und Spannung der letzten Nacht zwischen uns. Ich wusste, dass er am Ende seiner Kräfte war und dass ich mich nur ein wenig zu widersetzen brauchte, damit er mein wäre. Von einem vereisten Zweig brach ich einen Eiszapfen ab, um ihn als Waffe zu verwenden, und zog ihn ihm wie ein Messer über die Wange.

Er stand still und machte die Augen zu, versuchte

aber nicht nach den Messern an seiner Taille zu greifen. Ich fuhr ihm mit dem Eiszapfen über die Kehle, er war genauso scharf wie ein Jagdmesser und sogar noch kälter, ich hielt ihm die Kristallschneide unter das Kinn und beobachtete, wie sich das Sonnenlicht tanzend darauf spiegelte.

»Selbst jetzt noch scheinst du unbesiegt«, flüsterte ich, »und obwohl ich dich leicht erledigen könnte, will ich dein Erbe eigentlich gar nicht. Ich beneide dich um dein Selbst, um deine Seele. Mehr als alles andere will ich dein von keiner Schande beflecktes Geburtsrecht, deine saubere Abstammung.«

»Das kannst du nie bekommen«, sagte Lleu mit geschlossenen Augen und ohne den Kopf zu bewegen, eine Hand hatte er jedoch beinahe versehentlich zum Schutz seiner Augen an sein aschfahles Gesicht geführt. »Wie soll das gehen?«

Ich ließ den Eiszapfen über seine behandschuhte Handfläche gleiten, dann nahm ich ihn beim Handgelenk und führte seinen Arm sacht an die Seite. Vorsichtig machte Lleu die Augen auf, das Sonnenlicht und der glitzernde Eiszapfen so nah an seinem Gesicht blendeten ihn. »Ich kann es nicht ändern«, räumte ich ein, »aber wenn du mir ausgeliefert bist, kann ich meinen Vater dazu bringen, dass er anerkennt, dass es seine Schuld war. Dass ich ebenso wenig das Geschöpf meiner Mutter bin wie er.«

»Du und nicht das Geschöpf deiner Mutter!«, platzte Lleu heraus. »Warum sonst willst du mich als Geisel festhalten? Doch nur, um dich über deinen gekränkten

Stolz hinwegzutrösten? Niemanden kümmert es, wer deine Eltern sind! Die Menschen bewundern oder verachten dich für das, was du bist, was du selbst gemacht hast. Was habe ich damit zu tun? Du beneidest mich nicht um meine Herkunft, du beneidest *mich*.«

Ich stand da und starrte ihn an, darauf fiel mir keine Antwort ein, ich fühlte mich so niederträchtig, so ungerecht, so verdorben. Stahlhart umklammerten meine Finger sein Handgelenk. Halb staunend sagte er: »Ach, mein Bruder, von Gestalt bist du so stark und gewandt, so klug und flink von Verstand, so edel und aufrichtig im Aussehen …«

»So unerbittlich auf Wahrheit aus«, beendete ich seine Lobeshymne im Flüsterton.

Ich drehte seine Hand um und zerbrach das spröde Eis mühelos über seiner Handfläche. Er spürte kaum etwas, nur ein kurzes Kältegefühl durch den Handschuh, dann zerschmolzen die zertrümmerten Kristalle in seiner geöffneten Hand. »Es ist nur Wasser, Lleu«, sagte ich ruhig. »Wenn ich so ein Ding etwas länger als zwei Augenblicke an dein sonnenbeschienenes Gesicht hielte, würde es sich in Luft auflösen.« Ich fuhr ihm mit den Fingerspitzen über die Wange und verschmierte ihm dabei die Tränen. Er sank auf die Knie in den Schnee. Kalt schien das Sonnenlicht durch die kahlen Bäume und der Boden war öde und gefroren. »Lleu«, sagte ich sanft und fasste ihn bei den Händen um ihm auf die Beine zu helfen.

»Ich kann nicht«, flüsterte er. »Ich kann nicht, ich kann nicht.«

Ich kniete mich neben ihn. »Lleu, steh auf. Du hast keinen Umhang. Du wirst erfieren.«

»Du wirst mich ohnehin töten«, flüsterte er nur noch, er war zu müde um lauter zu sprechen.

Verzweifelt vor Reue und Selbsthass schüttelte ich sprachlos den Kopf. Er bemerkte es nicht. Ich hielt ihn mit einer Hand aufrecht, löste den Verschluss an meiner Schulter, nahm meinen Umhang ab und breitete den weichen Stoff über meine Knie und auf dem hellen Schnee rings um uns aus. Ich zog Lleu näher heran, er fror zu sehr und war zu erschöpft um etwas dagegen zu haben, so sank er auf dem warmen Umhang zusammen und lehnte sich an meine Brust, ich umarmte ihn. Er fing richtig zu weinen an, schluchzte, das Gesicht in meiner Jacke vergraben, und weinte dann hemmungslos, seine atemlosen, schrillen Schreie erschütterten seinen ganzen Körper. »Weine nicht«, flüsterte ich. »Weine nicht.«

Als seine Schluchzer leiser wurden, legte ich eine Wange auf sein Haar, beugte mich über ihn und wiegte ihn wie ein Kind. Mit seinen kalten, tränennassen Fäusten klammerte er sich an meine Jacke. Ich lachte ein wenig. »Du klammerst dich so fest an mich – vertraust du mir immer noch, nach alledem?«

Leise sagte er mit gebrochener Stimme: »Ich habe dir immer vertraut.«

Dann hörte er plötzlich zu weinen auf, drehte sich in meinen Armen um, so dass er mich ansehen konnte, und sagte: »Wenn du mich töten willst, dann töte mich gleich.«

Nachdem er das gesagt hatte, wurde seine Stimme kräftiger. »Tu es. Tu es! Erstich mich, wirf meine Leiche den Tieren, die durch diesen Wald streifen, zum Fraß vor und niemand wird je etwas davon erfahren. Niemand wird dir je die Schuld geben.«

Ich flüsterte: »Ich könnte dich nicht niedermetzeln.«

Er wagte es, mich auf die Probe zu stellen, auf die Gefahr hin, dass er sich in mir irrte und sein Leben verwirkte. Aber er wusste, dass er Recht hatte. »Dann lass mich hier liegen«, sagte er. »Ich kann nicht mehr gehen. Ich weiß nicht, wo ich bin. Bis zum Abend wäre ich erfroren und du könntest wiederum deine Hände in Unschuld waschen.« Er bekam keine Luft mehr, weinte noch halb und platzte heraus: »Ich bin dein Bruder! Du bist mein Freund! Du bist der Mensch, den ich mein ganzes Leben lang am meisten bewundert und beneidet habe, und der einzige, dem ich es immer gleichtun wollte! Wenn du mich wegen meines Erbes so hasst, dann will ich es nicht, ich kann deinen Hass nicht ertragen. Dann lass mich hier liegen! Bring mich um!«

»Das kann ich nicht«, keuchte ich. »Ich kann es nicht. Ich kann dich nicht töten. Ich liebe dich.«

Du siehst, wie viel geschehen musste um diese Erkenntnis in mir reifen zu lassen.

Zitternd hielt ich Lleu ganz fest, den Kopf abgewandt geißelte ich mich mit Schimpfnamen: Du Schlange, Verführer, Schänder, Betrüger, verkommener Ausgestoßener, Verräter und Kröte. Mich zu schmähen half Lleu jedoch nicht im Geringsten. Vor

Erschöpfung verkrampft schluchzte er noch eine Weile, obwohl er auf eine Weise über mich triumphiert hatte, die er nie hätte planen können. Sein bedingungsloses Vertrauen und seine Liebe waren eine Auszeichnung, die ich nie begehrt hatte, und sie waren unendlich stärker und heilsamer als die Angst vor mir, die ich vergeblich von ihm eingefordert hatte. Endlich flüsterte er gähnend: »Du bist nicht böse, du bist nur so zerrissen! Was treibt dich? Wenn ich König würde, hättest du mehr Macht als jeder andere Mensch in Britannien, aber du hast dich dafür entschieden, Morgause Gefolgschaft zu leisten.«

»Sie hat mich alle Grausamkeiten gelehrt, die ich kenne, das stimmt«, sagte ich. »Aber Lleu, du hast den Zorn angestachelt, der mich dazu getrieben hat mich auf solch ein Unterfangen einzulassen. Wenn du etwas nicht so tun willst, wie dein Vater es dir sagt, beruft er sich dann eigentlich auf seine Macht als König und sagt, du hast nicht einmal das Recht, ihm den Gehorsam zu verweigern?«

»Tue ich so etwas?«

»Du hast zu mir gesagt, ich hätte nicht einmal das Recht, dir zu widersprechen, wenn du mich zu beleidigen beliebst! Dieses Recht gewährt mir selbst die Königin der Orkaden!«

»Das war kindisch von mir. Ich habe einen Versuch gemacht, mich zu entschuldigen.«

Ich seufzte. »Ich weiß, dass du das gemacht hast. Aber da war noch der Hass meiner Mutter um meinen eigenen zu schüren. Jetzt hat sie mich so weit gebracht, dass ich mich selbst mehr hasse, als ich dich je gehasst habe. Ich werde frei.«

Lleu seufzte und schloss die Augen. »Vielleicht, aber sie triumphiert noch immer. Ich sterbe in jedem Fall, ich habe nicht mehr die Kraft, nach Hause zu wandern.«

Es tat mir weh, ihn so reden zu hören. Freundlich sagte ich: »Wir sind kaum fünf Meilen von Camlan entfernt. Hast du das wirklich nicht gewusst?«

Er biss sich auf die Lippe. Furchtlos hatte er dem Tod ins Auge geblickt, es musste ihn hart ankommen jetzt zu erfahren, wie nah er bei seinem Elternhaus war. »Du wirst mich hier liegen lassen müssen«, sagte er. »Ich kann nicht mehr weitergehen.«

»Hast du denn keine Angst?«

»Nein, seit ich weiß, dass du mich nicht ermorden wirst, fürchte ich mich nicht mehr.«

Ich flüsterte: »Wenn du jetzt stirbst, dann habe ich dich ermordet.« Ich wickelte ihm meinen Umhang um die Schultern. »Ich werde dich tragen.«

»Sir, wie soll das gehen?«, sagte Lleu genauso leise. »Ich bin fast so groß wie du.«

»Ich werde es tun«, sagte ich. »Sie sei verdammt! Ich lasse mich nicht mehr benutzen!« Die Gefühle, gegen die ich mich so lange gewehrt hatte, fachten meine Leidenschaft an. »Du hast dich beinahe selbst in den Wahnsinn getrieben um meiner Grausamkeit zu trotzen und ich werde die Kraft aufbringen, dich nach Hause zu tragen, auch wenn es mich für immer ruiniert.«

Wortlos nahm ich Lleu in die Arme und torkelte auf

die Beine. »Fünf Meilen?«, flüsterte Lleu. »O Sir ... deine Hand und das Fieber ...«

»Was ist das schon, verglichen mit deinem Leben?«, rief ich aus. »Das Fieber ist vorbei. Die Hand war schon verkrüppelt.« Ich legte ihn mir bequemer in die Arme und begann langsam unter den Bäumen gen Westen zu gehen. »Versuch ein wenig zu schlafen«, fügte ich hinzu. Lleu lehnte den Kopf an meine Schulter und schlief.

Nach einem kurzen Stück Wegs musste ich bereits anhalten und vor Erschöpfung rasten. Ich schaffe das nicht, dachte ich verzweifelt, es ist, als versuchte ich einen jungen Bock auf den Armen zu tragen. Idiot! verfluchte ich mich daraufhin selbst. Du, der du dich Jäger nennst, würdest du einen Bock auf den Armen tragen? Danach nahm ich ihn auf den Rücken und trug ihn huckepack. Er bemerkte es kaum. Er schlief so tief, als hätte er ein Schlafmittel bekommen.

Kurz vor Einbruch der Dunkelheit hielt mich das Getrappel eines Pferdes hinter uns in Bann, zwischen den Bäumen war das Tier zwar noch nicht zu sehen, aber es näherte sich im Galopp. Ich hatte keine Zeit, mich gegen den unbekannten Reiter zu rüsten, keine Zeit, Lleu genügend wach zu bekommen, dass ich ihn auf die Beine hätte stellen können. Ich drehte mich um und sah dem ins Auge, was da kommen mochte, ich stand aufrecht, nachgerade trotzig da, obwohl ich Lleu auf dem Rücken trug. Ich wollte mir nicht eingestehen, wie erschöpft ich war. Ich stand da, wartete und sah den Reiter heranpreschen, die Hufe wirbelten den Schnee nur so durch die Luft.

Es war Goewin. Noch bevor sie mich erblickte, muss sie gewusst haben, dass sie mir begegnen würde. Sie saß auf ihrem Pferd und hielt eine Lanze waagrecht unter dem Arm, als führte sie ein Heer in die Schlacht. Plötzlich brachte sie ihr Pferd zum Stehen und wirbelte wiederum eine Schneewolke auf. In Klumpen setzte sich der Schnee in meinem Haar und in den Falten meines Umhangs ab, den ich um Lleu gewickelt hatte.

»Wir haben den Rauch gesehen«, sagte sie. »Von den schwelenden Decken, die du zurückgelassen hast, stieg eine rabenschwarze Rauchwolke auf. Hast du geglaubt, niemand würde das bemerken? Was hast du dir da nur für einen Ort ausgesucht um ein Feuer zu machen, wenn du nicht gesehen werden wolltest! Eine halbe Meile weiter wärst du auf dem Gipfel des Leuchtenden Kamms gewesen, wo die Leuchtfeuer brennen.« Sie sprach zwar beherrscht, aber in verbissenem Zorn.

»Woher willst du wissen, dass ich nicht gesehen werden wollte?«, fragte ich zaghaft nach.

»Agravain hat erzählt, du wolltest den Prinzen nicht Morgause überlassen, sondern ihn selbst töten«, sagte Goewin ohne eine Spur Angst in der Stimme, obwohl Lleu noch bleich und still auf meinem Rücken hing. »Ich traue Agravain nicht, obwohl ich ihn hart auf die Probe gestellt habe, aber du hast mein Vertrauen genauso missbraucht. Du hättest – jederzeit hättest du – Lleus Tod so arrangieren können, dass es wie ein

Unfall ausgesehen hätte oder als sei jemand anderer schuld.« Noch immer verbarg sie ihre Angst. »Hast du es getan?«

»Nein«, sagte ich. »Er schläft nur.« Dann fragte ich ungläubig: »Agravain? Agravain ist nach Camlan zurückgekommen?«

»Heute ist er frühmorgens angekommen«, antwortete Goewin. »Er fürchtete den Zorn seiner Mutter mehr als den des Königs. Und er hat uns alles erzählt.« Sie sprach mit harter, klarer, gleichmäßiger Stimme und geriet kein einziges Mal ins Stocken. Mit herrischen, kalten, dunklen Augen blickte sie auf mich herab. »Nach seiner Ankunft haben wir uns auf die Suche nach euch begeben, ich, mein Vater und Caius. Wir wollten Agravain gerade dazu veranlassen, dass er uns dorthin zurückführt, wo er euch verlassen hatte, da sahen wir die Rauchwolke und fanden die Überreste eures Lagers. Sag bloß, Bruder, was wir bei diesem Anblick denken sollten: Fetzen von Lleus Umhang, die in dem stinkenden, rauchenden Trümmerhaufen zu Asche zerfielen, der Schnee blutbefleckt, eure Ranzen und Taschen dort einfach liegen gelassen.«

»Das Blut war meins«, sagte ich und verlagerte Lleus Gewicht. »Sieh her!« Ich hielt meine bandagierte Hand von seinem Körper weg.

Hufschläge dröhnten durch die Luft, als Goewins Gefährten sie einholten. »Halt! Hier sind sie«, rief sie ihnen zu und pflanzte ihre Lanze als Standarte auf. Artus und Caius ritten zu uns heran, Agravain zwischen ihnen.

»Lleu!«, rief Artus und schwang sich vom Pferd, Caius richtete eine Lanze auf mich.

»Er lebt«, sagte Goewin kühl. »Haltet euch zurück!« Keiner, nicht einmal der König, trat vor und missachtete ihren Befehl.

»Nun, Medraut, es waren zwei Paar Fußspuren«, sagte Goewin. »Wir wussten also, dass du ihn nicht umgebracht hattest. Wir folgten den Spuren bis an den Ort, wo im Schnee ein Abdruck war, als habe dort jemand gelegen, und danach waren nur noch deine Fußstapfen zu sehen. Ich konnte mir nicht vorstellen, was du Lleu angetan hattest, obwohl ich sicher war, dass du ihn trägst – schließlich gab es weder einen Blutfleck noch eine Leiche.«

Sie hatte die anderen hierher geführt. Sie war immer noch ihr Anführer.

Ihre Stimme war ruhig, doch sie musste sich sichtlich beherrschen. »Was hast du ihm angetan?«

Nun kam ich ins Stocken. Ich machte den Mund auf um zu sprechen, zögerte und schaffte es dann endlich, heiser zu flüstern: »Das sage ich nicht. Das kann ich dir nicht sagen.«

Sie glitt vom Pferd und richtete die Lanze auf mich. »Du kannst es mir nicht sagen – kann er's denn? Wird er es tun? Guter Gott! Ich sollte …« Plötzlich schlug sie mich wütend mit dem Schaft ihrer Lanze auf die Schienbeine. Sofort fiel ich torkelnd auf die Knie.

Artus trat vor und legte Goewin mahnend eine Hand auf die Schulter, tadelte sie jedoch mit keinem Wort.

Ich klammerte mich an Lleu, der müde den Kopf hob, durch den plötzlichen Ruck war er aufgewacht.

»Lass ihn runter«, sagte Goewin. Lleu starrte sie und seinen Vater ungläubig an, schließlich hatten seine Augen ihm schon manchen Streich gespielt. »Lass ihn runter!«, rief Goewin noch einmal und drohte mit ihrer Lanze. Ich stellte Lleu sachte auf die Erde. Einen Moment stand er neben mir und hielt sich im Gleichgewicht, indem er sich mit einer Hand unsicher auf meine Schulter stützte, dann ging er mit vorsichtigen Schritten zu seinem Vater hinüber und stellte sich neben ihn. Ich kniete im Schnee vor Goewin und sah ihr in die Augen.

»Du – du gehorchst nicht einmal deiner feinen Mutter!«, sagte Goewin. »Wem dienst du – nur dir selbst? Oder einem längst vergessenen dunklen Gott?« Und dann versetzte sie mir mit dem Schaft ihrer Lanze einen gewaltigen Schlag auf die eine Seite meines Kopfes. Ich taumelte, fiel mit meinem ganzen Gewicht auf meine verletzte Hand seitwärts in den Schnee und konnte einen schrillen Schmerzensschrei nicht unterdrücken. Ich sagte kein Wort, hob nur ein wenig den Kopf um auf den nächsten Angriff gefasst zu sein, weder aufsässig noch ängstlich fügte ich mich in mein Schicksal und war mir vollkommen im Klaren darüber, was sie vorhatte. Als Goewin zu einem weiteren Schlag ausholte, sagte Lleu plötzlich: »Tu's nicht.«

Erstaunt blickte ich zu Lleu hinüber.

»Er hat mir nichts zuleide getan«, sagte Lleu.

»Er könnte es doch noch tun«, erwiderte Goewin kühl.

»Das wird er nicht«, sagte Lleu. »Du wirst ihn noch töten, wenn du so weitermachst. Dadurch ist nichts gewonnen, gar nichts. Du zerstörst dich selbst, du zerstörst uns alle, genauso wie Morgause es gern hätte. Sei doch keine Närrin, Goewin, er ist kein Verräter.«

»Oh, ist er das nicht!«

Lleu sagte ruhig: »Ich bin in Sicherheit, ich bin unversehrt. Zerstör mich nicht jetzt noch.«

»Bist du ihm so sehr verpflichtet?«, grinste Goewin spöttisch. »So wie er seiner Mutter?«

»Ich bin niemandem verpflichtet«, antwortete Lleu sogleich. »Aber er ist schließlich unser Bruder.«

»Ach, Strahlender«, sagte Artus. Er fasste den Jungen an den Schultern, so dass sie einander in die Augen sehen konnten, und umarmte ihn dann, zitternd und den Tränen nahe lagen sie sich in den Armen. Artus sagte: »Er hat dich verändert. Er hat das getan.«

»O Gott, nein«, sagte ich leidenschaftlich. »Ich habe nur versucht ihm wehzutun. Er hat sich verändert. Vor allem aber hat er mich verändert.«

Ich saß im Schnee und wartete ab. Liebevoll hatte Artus Lleu seine schweren Hände auf die Schultern gelegt, Lleu sagte: »Frag Medraut noch einmal, wem er Gefolgschaft leistet.«

Ohne ein Wort zu sagen fragte Goewin mich, nur mit den Augen und einem leichten Achselzucken.

Ich richtete mich auf, kniete auf einem Bein und

flüsterte mit stolz erhobenem Kopf unter Schmerzen aufrichtig: »Ich diene dem Prinzen von Britannien.« Und fügte etwas lauter hinzu: »Dem Strahlenden, Artus' Sohn.«

»Mylord, mein Bruder, ich habe dich gehasst und beneidet...« Dann brach mir die Stimme und ich konnte nicht mehr förmlich bleiben. »Ach Goewin, bring mich um, wenn du es tun musst, ich bin todkrank davon, dass ihr mir mit so viel Furcht und Misstrauen begegnet.«

Sie sah zuerst mich an und dann Lleu. Seine Miene war unbewegt, aber entschlossen, sein Blick zeugte von Autorität und Gerechtigkeit, er wirkte erwachsen und selbstsicher. »In Ordnung!«, sagte sie ruhig und warf ihre Lanze zu Boden. »In Ordnung!«

»Komm, mein guter Schütze«, sagte Artus, der ja auch mein Vater war, gebieterisch und versöhnlich zugleich. Er trat vor, fasste mich an den Händen und half mir auf die Beine. »Früher habe ich dir schon einmal gesagt, dass du immer zu mir zurückkehren kannst.«

Darum kann ich nicht zu dir zurückkehren, Patin.

Lleu seufzte und schauderte vor Erschöpfung und Erleichterung. Dann lachte er plötzlich laut, sanft und ruhig, aber freudig erregt. Mit einer Hand verbarg er seine Augen, als hielte er sein Lachen für unangemessen, die Freude in seinem verschämten Lächeln traf mich wie ein verstohlener Sonnenstrahl.

»Lleu...«, hob Goewin besorgt zu fragen an.

»Ich bin so froh, dass das zu Ende ist«, sagte er klar

und deutlich und zeigte sein strahlendes Gesicht, als er sie ansah.

Darum werde ich nie wieder zu dir zurückkehren.

Artus half Lleu auf Goewins Pferd, dann bestieg er sein eigenes. Goewin und ich gingen neben Lleu zu Fuß, jeder auf einer Seite, wir passten auf, dass er nicht vom Pferd fiel. Wir gingen westwärts auf das dämmrige Abendlicht zu. Es wurde bereits immer dunkler, der Himmel glühte aber noch rosa am Horizont, bald schon hatten wir den Wald hinter uns und konnten endlich die schwarzen Silhouetten der Bäume auf dem Grat sehen, wie sie sich vom Himmel abhoben. Weiter unten flackerten die Lichter von Camlan und winkten von nicht allzu fern herüber. Wir beendeten die Heimreise über dieses weite, heitere Land.

So begann das neue Jahr.

Glossar

Dumnonia: kleines Königreich im Südwesten Britanniens.

Gagat *(Jet)*: eine Art Braunkohle, meist tiefschwarz und von samtartigem Wachs- oder Fettglanz.

Gwyn-ap-Nudd *(Gwyn, Sohn des Nudd)*: der König des Feenreichs.

Hypokaustum: antike Bodenheizanlage.

Iona: kleine Insel der inneren Hebriden.

Kaledonien *(Caledonia)*: lateinischer Name für Hochschottland.

Orkaden *(Orcades bzw. Orcadae insulae)*: lateinischer Name für die 67 Inseln, die der Nordspitze von Schottland vorgelagert sind, heute: Orkney-Inseln.